KB019918

갈밭을
헤맨
고양이들

제4권

박주원 장편소설

갈밭을
헤맨
고양이들

제4권

새로 열리는 길

bookin

차
례

제 4 권 새 로 열 리 는 길

제4권

새로 열리는 길

1. 두루말이 10년

양지가 바라보는 인생 10년은 격랑의 파도를 박제시킨 한 컷의 사진과 같다. 산줄기를 말했지만 산 구비구비에 잠재한 숨은 뜻을 다 설명하기 쉽지 않듯이 두루말이처럼 세월 십 년이 흘러간 흔적도 그렇다. 그러나 나이는 사람에게 참 많은 것을 가르친다. 물러설 때 나설 때 멈춰 있을 때, 그 가운데 많은 것들이 사라지고 나타나기도 한다. 한때나마 요란 삑적지근했던 '우먼파워'의 존재도 그 중 하나다. 몇몇 남은 회원들도 마흔이 넘고부터 잠적한 듯 수녀원으로 또는 아예 이민을 갔다는 소문이 바람결에 흘러왔으나 그 나머지 소식마저 점점 종적을 감추었다. 모이면 뭘 해. 울고불고 술이나 마실 걸. 누군가가 자조적으로 내뱉었던 말이 그들의 현주소였다.

밥버러지 같은 년들, 딸들에 대한 아버지의 관념은 하나도 안 변했다. 딸년이 술장사나 한다는 소리 듣기 싫어서 친구들 있는데도 못 간다는 아버지였다. 지난 십 년의 경과를 눈으로 보면서도 아버지 최태복 씨는 늘 꼬꼬장한 눈길로 딸들을 비아냥거린다. 귀남이 돌아와서 정신없는 짓을 하는 것도, 호남이 꽤 여러 개의 가게를 운영하고 있는 것도 아버지의 눈에는 여전히 홀로 사는 딸들의 궁상맞은 신세 쪽으로만 묶여보이는 것이다.

양지가 아버지의 지청구를 상기할 때마다 괴로운 것은 사실이지만. 아버지의 말은 아픈 깨달음을 주는 각성제에 다름 아니었다. 참새 세 마리가 굶어죽어야 종손이 굶는다는 절대비호의 골수관념이 아직도 아버지를 조종하고 있음이다. 그런 쪽으로 보면 사실 아버지만큼 자기 인생을 골차게 보내는 이도 없을 것이니 만만한 자식들에게 퍼부을 명분은 충분했다. 아버지는 눈앞에 드러난 현상만을 인정한다. 양지가 얼마나 정성스러운 손길로 소들을 돌보는지. 오빠에게 실망스러운 모습을 보이지 않기 위해 얼마나 열심히 자신이 맡은 일을 하는지. 새롭게 눈뜬 생명에 대한 외경심으로 얼마나 따뜻하고 부드러운 마음으로 동식물을 바라보는지 따위는 관심도 두지 않는다. 하지만 몸에 좋은 약은 쓰다는 말대로 그 굴욕의 나날은 또 뚜렷한 목표로 양지의 심중에 자리매김됐다. 의식이 있다면 누군들 자기 인생을 허투루 흘려보내고 싶겠는가. 제 아무리 능력자라 해도 조건이 갖추어지지 않으면 눈썹 한 오라기도 어쩌지 못하고 환경의 지배를 받게 된다. 그러므로 자신의 의지로 환경타파를 하는 자만이 진정으로 성공한 사람일 것이다. 좌절하지 않고 버티는 것은 가슴에 박힌 대못 같은 한의 힘 때문이다. 자신을 구할 사람은 자신밖에 없다는 또렷한 인지력으로.

아버지의 구박은 오히려 양지의 오기를 살리는 힘이 되었다. '아버지 두고 보세요. 아버지가 내린 핍박과 독즙으로 제가 어떤 딸이었던가를 꼭 보여드릴 겁니다.' 대찬 사내처럼 언니들을 독려하는 호남은 나름 사업가의 티를 보이기 시작했고, 정신장애를 가진 귀남으로 인한 바람 잘 날 없는 일상도, 정수리가 얼추 이모들의 턱을 받치게 커 오른 수연이까지 맏이로 양지가 자신을 버틸 수 있는 이유는 많았다.

그녀는 오늘도 오빠가 준 월급봉투를 받는 즉시 은행으로 갔다. 완공된 진양호 댐에 담수가 시작되자 스멀스멀 언덕으로 기어오르던 수몰지역에서 본 방만한 수면처럼 마침내 만만찮은 자금으로 활용될 저축. 장마오이처럼 죽죽 잘 자라지 않는 금액이 보람에 비하면 늘 미흡해서 안타까웠으나 언젠가는 꼭 이룩되리라, 꺼뜨리지 않는 희망의 촛불로 허전한 속을 달랜다. 그렇게 보낸 십 년 내공은 의연한 중년으로 거듭나게 그녀를 길들여간다. 가슴에 품고 있는 올곧고 건강한 꿈나무가 있는 한 비록 초라한 외양일지라도 겉만 따지는 눈길에는 퇴보한 듯 보일지라도 비원祕苑의 원정처럼 개의치 않을 마음의 준비도 되어 있는 상태였다.

쓰든 달든, 어떤 건 천천히 받아들이고 어떤 것은 스치면서 나아가다 보면 어느 덧 그곳에 닿아 목도하게 될 결과, 또 그 결과가 비록 미흡하더라도 결국 개인에게 주어진 인생 몫이라는 깨달음으로 수용할 때까지 오직 한 길 한 마음으로 움직일 것이다. 하지만 자본주의 만연한 세상에서 돈없이 무슨 일을 도모하기란 윤활유 없이 기계를 돌리는 것처럼 불가능한 일이다. 그래서 양지는 답답한 생각의 돌파구로 어느 날은 옆 사람 아무도 몰래 복권을 사기도 했다. 돈복도 있는 놈이라야 돈이 들어오지 여적 한 회도 거르지 않고 복권을 샀지만 작은 액수라도 한번 당첨된 적이 없다고 투덜거리는 노동자풍 사내의 푸념을 듣고 쓴웃음을 같이 지은 적도 있었다.

그런 어느 날 신문 한 장을 손에 들고 흔들면서 호남이 뛰어들어왔다.

수연의 양모에게 양육비를 송금하고 막 들어온 양지가 일복을 갈아입고 있을 때였다. 주체 못하게 가쁜 숨으로 양지를 잡고 쓰러질 듯 지탱한 호남은 더펄개라는 옛 별명이 그대로 살아 있는 몸짓으로 외치듯이 말했다.

"언니야, 옴마가 기연 우리를 돕는갑다!"

침까지 괴괴하게 베문 호남은 앞뒤 없이 제 감정부터 쏟아내서 감 잡지 못한 양지를 어리둥절하게 만들었다. 이 시간이면 자신의 업소에서 손님 접대준비를 하고 있어야 할 텐데 직장 일을 빼먹고 여기까지 달려온 화급한 문제는 무엇이며 깃발처럼 흔드는 저 신문은 무엇 때문인가.

"애, 숨넘어갈라. 진정부터 좀 해라."

호남은 진정시키는 양지의 손을 뿌리치며 호들갑스러운 동작을 멈추지 않았다.

"언니야, 야야야, 우짜모 좋노. 에나 에나 우짜모 좋노. 이런 기 대박이다 대박!"

무게감 있게 침착한 양지의 대꾸도 무시한 채 호남은 아직 양지를 잡고 흔드는 동작은 물론 격한 감정을 두서없이 토해내기 바쁘다. 작심한 양지는 호남에게서 빼낸 몸을 얼마큼 거리를 두고 옮겼다. 호남은 그제야 움켜쥐고 휘두르던 신문을 양지에게로 넘겨주며 내용을 채 읽기도 전에 답부터 채근했다.

"언니야, 봤제? 봤제? 우리 인제 부자 됐다. 내가 도둑질하고 사기 친 것도 아이고, 이런 일은 틀림없이 옴마가 도운 기다. 그리 안 하모 이런 기적이 일어날 택이 없다. 아이고 여기 봐라, 여기, 여기."

호남이 성급하게 짚어보이는 지역신문에는 신도시 개발에 대한 뉴스가 도배되어 있었다.

"차암, 난 또 무슨 호들갑을 그리 요란떤다꼬. 도시야 느는 인구를 수용하기 위해 신도시 개발을 하는 게 당연하지. 그게 우리하고 무슨 큰 연관이 있다꼬."

"아이고 답답, 그란께 내가 기 막히고 코 막히고 다 막히서 숨이 막히게 뛰왔제. 내가 뭐 할 일이 없어서 내하고 상관없는 일로 이리 야지발광을 할 끼고."

"거기 또 분점 낼 준비라도 하고 있었던 기가?"

"내 볼따구부터 한번 쎄기 꼬잡아봐라. 꿈인지 생신지 실감 안 나기는 나도 마찬가진께."

어린애처럼 자신의 얼굴을 양지 앞으로 바짝 들이미는 호남을 보며 정말 무슨 즐거운 일이 있기는 있는 모양이라 여긴 양지는 마지못해서 픽 웃어주었다.

"여기, 여기 내 땅이 있단 말이다! 옴마가 우리를 도왔단 말이다."

"그쪽하고 연관도 없는 니가 무슨 땅이 있다고. 야아 호남아, 제발 내가 알아듣도록 천천히 좀 똑바로 말해봐라."

"옛날에, 옛날에 내가 돈 빌려간 적 있었제? 언니는 그때 샤일록인가 뭔가도 모른다고 망신주면서 내 기를 팍 쥑있는 데 짚기는 그때 바로 짚었어. 글치만 나는 샤일록이 아니라 구세주 소리 들을 짓을 했던 기고. 결과적으로 나는 그때 행운줄을 잡아땡긴 기란 말이다."

"야가 참 알다가도 모를 소리만 하고 있다. 자세한 내용이나 먼저 말해봐."

호남을 방방 뛰게 만든 그 횡재란 양지가 들어도 선뜻 납득 안 되는 남의 불운에서 휘돌아온 행운이었다.

옛날, 호남이 불고깃집에서 일할 때였다. 어느 날 주방에서 설거지를 하고 있는데 주인을 찾아온 손님과 둘이 나누는 대화 내용이 귀에 들어왔다.

"이 사람아, 내가 오죽하모 자네를 찾아왔것나. 백 모티이 다 둘러봐도 돈 나올 데는 없는디 이놈의 새끼는 이런 기회를 놓치모 평생 후회하게 될 끼라꼬 눈물 콧물 짜는데 내가 능력이 있나."

"와요, 똥 묻은 중의 팔아서 공부 갤친 자식이 더 큰 호강시키줄 끼라 캅디까? 인자는 나도 안 쏙을 깁니다. 내 말은 귀에다 전봇대를 박고 들었는가, 아침 해장으로 홀쩍 마시뿟는가. 형이나 그 장한 아들놈 믿고 또 투자하시우."

자세히 보니 손님은 팔다 남은 농산물 리어카를 끌고 와서 자주 떨이를 넘기고 가던 이웃동네의 농부였다.

"동상 말도 틀린 말은 아닌 줄 알지만, 평생 땅뒤지로 땅만 파고 살던 내가 믿을 거는 자식빼끼 더 있나. 하것다는 공부를 작파시키는 부모가 어데 있것나."

"그래요. 그게까지는 그렇다 치지만, 그 자식이 뜬금없이 모텔 사업한다꼬 거금 들여서 리모델링인가 할 때도 내가 그랬지요. 우후죽순모냥으로 들어서는 게 모텔인데 막차 탔다 안 캤어요? 시내 사람들 모두가 집에서 안 자고 다 모텔 가서 잔다 캐도 돈 안 된다꼬 내가 캤지요. 수리비 대출 내준 거 아직 안 갚았다고 은행에서 내한테로 독촉 왔습디다."

"이 사람아. 사업 아닌가. 비싼 학채 딜이갖고 지가 외국에서 하고 온 공부가 호텔경영인가 뭐 그런 긴데 사업을 해서 돈을 벌어야 빚도 갚제.

밑천 안 들고 사업이 되나."

"그런데 내가 보기에 형님 자식은 안 된다 그 말이라요. 자식이 겉멋하고 허풍만 복쟁이 배아지모냥으로 빵빵하게 들어갖고 지 처지에 시작부터 이미 튼 거라. 파장에 전 펴는 꼴이라 이 말이요."

"이 사람아, 너무 볼촉시리 그라지 말게. 그래도 우짜것노. 여게 안 되모 저게도 찔러보고 그래 갖고 제 길 찾아가는 기 사업 아이가. 이번 한번만 우째 주게. 내 다시는 이런 에럽은 부탁은 자네한테 안 함세."

"형님한테 다시 한번 듣기 싫어도 바른 말 하는데요, 요새는 농사도 배운 놈이 더 잘 짓는다던데 그놈 푹 쑤시서 바람 빼갖고 곱다시 형님 뒤따라서 농사나 짓게 하소. 지가 무슨 재벌집 둘째 아들도 아니고 피땀 흘리서 농사짓는 부모 등골만 빼묵는 거 아니요. 진날 갠날 없이 에미·애비는 들에 사는데 지는 기생 오래비모냥으로 쪽 빼입고 댕길 때 알아봤소. 형님, 내 들은 소리 하나 할께요. 어느 고물장사 애비가 똑 형님모냥으로 자기는 먹을 것 하나 몬 먹고 입을 것 하나 제대로 몬 입고 아끼면서 쎄빠지게 공부를 시키는께 참 양복 입고 책상에 앉아 일하는 신선한 직장에 취직을 했대요. 이런 아들이 얼마나 장하고 자랑시럽은지 보고 싶어서 찾아갔더니 지 애비를 본 이놈이 머슴이 심부름을 왔다고 옆사람한테 그라더랍디다. 형님새끼도 그 짝 안 날줄 아우? 괜히 헛다리 잡지 말고 내 말 명심해서 처신을 해요."

"지 놈이 내 말 들을 놈도 아니지만 새옹지마란 말도 있고 칠전팔기란 말도 그런 예가 있은께 나온 말 아이것나. 자네도 알지만 이놈을 내가 잘못 갤친 거는 인정하네. 제 누부들은 어차피 남의 집에 시집 갈 것들인께 넘 존일 하는 기라 공부보다 밥이나 시키묵고 살림이나 배우라꼬 잡아앉혔제. 새복부터 밤늦게까지 손발톱이 모지라지게 지은 농사, 리아카에 실고 나가서 지 에미나 나나 돈 벌어 오모 돈이나 잘 쓰고 부잣집 도령님 행사하면서 컸제. 그게 또 내가 애비노릇하고 사는 낙이었고. 참, 내가 하고 산 고생 생각해서 씻고 벗고 하나뿐인 이들이니 제 놈은 우짜든지 손톱 밑에 흙 안 옇고 편히 살기를 바래고 공디맀제."

"그러게 답답하단 말 아니요. 알면서 와그라요. 제발 그놈한테 처엏을 돈 있으모 아지마씨 합죽하게 썩은 이빨이나 해주고 성님 옷이라도 누르팅팅하게 흙칠갑 안 된 새옷 한 벌 사입는 기 났소. 될성부른 나무는 떡잎부터 알아본다는 말이 괜한 말인 줄 아우?"

주인남자가 더 할 말 없다는 듯이 일어서자 농부는 번개같이 매달리면서 속엣말을 털어놓았다.

"아이구 아이구, 이 말은 참말로 안 할라 캤는데 그놈이 간밤에 술 처묵고 환장해서 제 마누래를 팼는데 병원에 누워서 이혼하자꼬 나온단다."

"허허, 내 말이 그 말 아니요. 전에도 가시나 건드리 갖고 언내 떼고 돈 물어주고, 또 경찰서도 한두 번 갔다왔소?"

"글치만 우짜것노. 사업은 안 되고 지 안사람은 사사건건 시비만 걸고 성이야 나것지만 꾹 참아야 되는 긴데 이놈이 그걸 본 한 기라."

"괜히 연대보증은 서줘갖고, 그것도 골치 아파죽겠는디. 좌우간 나는 안 돼요. 한두 번도 아니고, 내가 뭐 형님네 은행이요 뭐요?"

얀정 없는 어투로 결론을 내린 주인은 자리를 모면하는 방법으로 노인을 피해 밖으로 나가버렸다. 혼자 남은 노인은 사정하는 자세로 꿇어세우고 있던 무릎을 퍼더버리며 넋을 잃고 주저앉았다. 탁자를 짚고 앉은 노인의 검은 안색이 맥을 놓아버린 듯 창백하게 변해갔다. 한참을 맥 없이 혼자 앉아 있던 노인이 부스스 일어나는데 신발이 놓인 곳까지 가는 짧은 거리인데도 곧 쓰러질 듯 힘이 없어보였다. 그 모습을 바라보는 호남의 시야로 문득 째보아재를 만나 거절당하고 돌아설 때의 아버지 모습이 떠올랐다.

호남은 황급히 노인을 뒤쫓아나갔다. 노인은 더 걸을 힘조차 소진되고 없는지 가게 앞 시멘트 축에 엉덩이를 붙인 채 꼬꾸라져 있었다. 그 모양을 보고 다시 안으로 들어온 호남은 두어 잔 남은 소주병과 정리하다 모아둔 고기 안주 몇 점을 챙겨들고 노인에게로 갔다. 노인은 고맙다는 말이 담긴 목멘 눈물을 머금고 호남이 주는 소주를 마셨다. 내게도 딸 주영이 있는데, 해서는 안 될 상상이지만 훗날 만약 저런 경우를 당한다면 부모의 심정은 똑 같을 거라 생각하니 찡해진 제 가슴이 진정되도록 술과 안주를 권했다. 그날 호남은 우선 이거라도 갖고 가서 급한 불이라도 끄라며 노인이 필요한 돈 일부를 빌려주었다. 곧 갚겠다며, 이런 은혜는 죽어도 못 잊을 거라며 노인은 감격의 눈물을 줄줄 흘렸다.

그 후로도 노인은 몇 번이나 호남의 돈을 가져갔다. 처음에는 어차피 어디서든 둘러써야 할 돈이라며 농산물 판 돈으로 꼬박꼬박 이자도 주었다. 호남은 또 그녀대로 어려운 처지의 이웃을 도와준 대가이며 은행에 넣어놓는 것보다 훨씬 높은 이자를 받는 맛이 오지고 고소했다. 그때 튼 인연으로 노인의 피땀으로 모은 재산인 땅문서는 한 장 한 장 호남에게로 넘어왔다. 맨입으로는 염치없으니 우선 이거라도 받아놓으라고 내놓으니 아드님 사업이 얼른 잘 풀려서 곧 찾아가기를 바랄게요, 덕담하면서 받아들였고 제 손에 돈이 없을 때는 남에게 빌려서라도 필요한 금액을 구해주었다. 그런 연유로 그 사람에게 말하면 돈을 구할 수 있다는 노인의 귀띔을 듣고 목돈이 필요한 농가에서 하나 둘 호남을 찾아왔다. 사주에 없는 돈놀이꾼이 되어 꽤 짭짤한 수익을 올리며 호남의 주머니는 부풀어갔다. 몇 년을 거치는 동안 상추밭·부추밭뙈기까지 호남에게로 들고 오는 사람 숫자까지 늘었다. 고난에 처한 이웃을 돕는다는 작은 뜻을 빌미로 호남은 돈은 돌아야 하는 물과 같고 돈이 돈을 벌며 돈이 곧 인심이고 사람노릇을 하게 만든다는 체감을 했다.

속에 감춘 그런 자신감 때문이었는지 호남은 점점 옛날의 당당함을 회복했고, 양지에게도 자주 이런 말을 했었다.

"돈 벌어서 떵떵거리고 살모 되지. 언니야 걱정마라. 설마 우리한테 사는 길도 안 열리겠나. 언니야 꿈을 가져라. 젊은이여 희망을 가져라, 그런 말도 안 있나."

"꿈 좋지. 희망도 좋지. 먹고 사는 거야 나도 오빠네 농장 일을 하고 있으니 걱정할 거 없는데, 요즘은 고작 나 하나 먹고 사는 것에 매달려 이 좋은 시기를 허비하고 있는가 싶으니 한없이 초라해 미치겠어. 우리 수연이도 데려다 길러야 되는데 지리멸렬하게 자꾸 세월만 가니까 입맛도 떨어지고."

그랬는데 이 대박 난 뉴스는 양지네에게 환한 빛과 무한한 터전, 아니 그보다 더 풍성한 꿈의 성취를 실현 가능한 길로 이끌어주고 있다. 그야말로 신이 된 어머니의 뜻대로 운이 풀리는 것으로 믿어도 좋을 대박 난 뉴스였다.

"언니야, 우리 이참에 같이 한번 거기 가보자."

"그래 좋다. 내려가다 언니도 데려갈까?"

"그 사고뭉치?"

"그런 말 자꾸 쓰지 마라. 언니가 와 그렇게 될 수밖에 없었는지 잘 알면서 박절하게 그라모 되나. 우리 이 소식 들으면 언니도 아주 좋아할 거다. 일없이 시간만 보내려니 심심해서 너나 나한테 찍자 붙을 궁리밖에 안 했을지도 모르고."

"심심풀이로 우리를 괴롭힌다꼬? 언니가 그리 감싸니까 더하는 거 아이가. 잘못한 거 있으모 따끔하게 나무래기도 해야지. 지가 무슨 상전이라꼬."

"감기처럼 며칠간만 약 먹고 쉬면 나을 병도 아니고, 마음에 병은 우리가 더 감싸고 따뜻하게 대할수록 빠른 회복도 기대할 수 있다고 의사가 안 그라 더나. 아픈 사람을 우짜노 우리가 봐줘야지."

"봐, 봐. 누가 언닌지 동생인지. 참 기가 막힌다."

"언니는 아직 어린애나 마찬가지다. 낯선 땅에 정착하기 어려운 귀화 식물과 다를 바 없어. 그래도 요즘은 약도 꼬박꼬박 챙겨먹고 스스로 밥을 해놓기도 한다. 너 남자친구 있는 것도 알던데 설마 같이 자다가 들킨 건 아니지?"

"저 생각해서 둘이만 자다 그러니 더 화가 나지. 자기보다 많이 누리는 욕심쟁이로, 질투는 물론이고 온갖 걸 다 빼딱하게 보고 모두 나쁜 사람으로 몬다 아이가."

"그러니까 환자지. 트라우마 뭐 그런 말 의사가 안 하 더나."

"엊그제는 동네 아줌마한테 행패도 부렸다며?"

"본인도 억울하니까. 여기 방이 조금만 너르면 같이 있어도 될 텐데 너한테서 사고치고 나와 방을 따로 얻어서 있게 한 게 잘못된 것도 같아.”

"밤에는 언니가 내려가서 같이 잔다 아이가. 하긴 전에 나한테 하듯이 언니한테는 같이 잘 때 안 그런다니까 그나마 다행이긴 하다만.”

양지는 호남이 왜 저토록 진저리치며 귀남을 경원하는지, 불에 덴 듯 요란한 전화를 받았던 그 새벽을 떠올리면 귀남 언니도 동생 호남이도 다 측은해졌다.

귀남이 양지네의 품으로 돌아온 지 얼마 되지 않았을 때였다. 비몽사 몽간에 전화를 받으며 본능적으로 벽시계를 보니 새벽 다섯 시였다. 수 화기를 드는 순간 득달같이 날아든 호남의 비명이 귀청을 때렸다. 그런 데 공 굴리듯이 쏟아내는 내용은 더 충격적이었다.

"언니야, 어서 와서 저것 좀 데꼬 가라. 같이 더 있다가는 저것 손에 내 가 죽겠다. 언니 말 들었다가 내가 제명대로 몬 살것단 말이다!”

귀남을 제대로 언니 취급 안 하는 것은 물론 '저것'이라는 앙칼진 표현 으로 사태는 감지되었다.

"자다가 뭔가 섬뜩한 느낌이 들어 눈을 뜨니 이게 글쎄 저승사자처럼 뻐끔하게 나를 들여다보고 있다 아이가. 귀신이 무얼 씹듯이 아작아작 껌을 씹으면서 히히 웃더라고. 깜짝 놀라 일어나서 무슨 일로 또 시비 걸 게 있느냐꼬 따졌더니 이런다. 너는 어쩜 그리 태평스럽게 단잠을 자 노 궁금하다. 나는 아프고 외롭고 슬퍼하면서 떠돌 때도 넌 그렇게 편한 잠을 잤겠지, 하면서 부르르 떠는 기라. 참말로 미치고 팔딱 뛰겠다. 나 만 와 그래야 되노. 내가 뭘 잘못했노, 따지고 드는데, 그러다가 눈이 홰 딱 디비져갖고 잠자는 내 목이라도 에나 팍 눌렀다 카모 우짤 뻔했노.

난 도저히 저런 흉기를 옆에 두고 못 산다. 당장 내 옆에서 치아주라."

"언니는 지금 우짜고 있노?"

"몰라, 내가 하도 기함을 한께 저도 무안했는지 밖으로 나갔는데 죽든지 살든지 나는 더 이상 신경 안 쓴다."

"그래도 어서 나가 찾아봐. 저번처럼 또 미안하다며 안고 울지도 몰라. 전에도 밤늦도록 일하고 들어온 너 술국 끓여놓고 기다렸다면서? 정상이 아닌 사람이니 우리가….”

"또 그 소리 듣기 싫다. 오늘 당장 데리고 안 가나모 내가 따로 나간다."

"내가 무슨 대책을 찾아볼 테니까 우선 진정이나 해라. 여기는 좁고 불편해서 안 된다고 니가 먼저 같이 있기로 자청한 거니까 조금만 더 참고 있어봐."

"그때는 누가 이렇게 골 때리는 인간인지 알았나. 아무튼 그때는 그때고 지금은 지금이다. 나도 더 이상 못 참고 무슨 짓을 저지르고 말지 나 자신도 무섭거든."

"이딴 취급이나 받으려고 그토록 오고 싶어했다니, 하면서 언니가 울 때는 나도 미안하고 부끄러워."

"저 그렇게 되라고 우리가 시켰어? 우리가 무슨 죄냐고. 아무튼 난 징그럽고 섬뜩해서 더 이상 같이 안 되니께 언니가 알아서 해."

다음 날 양지는 마음씨 좋아 보이는 주인댁을 골라 귀남의 거처를 따로 마련했고, 밤에는 자신이 거처하던 목장의 숙소를 떠나 보초 서듯이 귀남이와 한 방에서 잠을 잤다.

이제는 끝났으려니 여겼으나 고난과 고행은 여전히 끈질기게 동행을 했다. 일견 먹고 사는 걱정만 덜면 한결 안온해지려니 했던 작은 바람은 연일 귀남으로 인한 소스래바람으로 파장을 일으켰다. 호남이 말하는 엊그제 일도 양지가 같이 있었기 망정이지 귀남이 혼자 있을 때였으면 또 어떤 불상사로 커졌을지 다시 아찔해졌다.

그날 양지가 목장에서 돌아오니 귀남은 자고 있었다. 양지가 소리 죽이며 바꿔 입은 자리옷의 매무새를 살피고 있는데 누군가 양지의 방 현관문을 무례하도록 탁탁 두드려댔다. 모처럼 깊은 잠이 든 것 같은 귀남의 잠을 깨울까 겁나는 왁살스러운 울림이다. 양지가 상을 찌푸리면서 얼른 문 앞으로 다가서는데 이쪽에서 신호하고 문을 열 사이도 없이 잡아채듯이 밖으로부터 문이 먼저 열렸다. 시장바구니를 든 채 가쁜 숨을 씨근덕거리며 서 있던 주인집 여자가 쏟아지는 물동이처럼 급하게 말을 쏟아놓았다.

"저기, 길가에 젊은 여자가 쓰러져 있는데 사람들이 막 모여 있어. 이 집 언니가 또 술 취해서 누워 있나봐. 어서 나가봐요."

순간, 양지는 불에 덴 듯 얼굴이 화끈해졌다. 아니라고 양지가 대답할 사이도 없이 뜬눈으로 듣고 있던 귀남이 살쾡이처럼 주인여자를 겨냥하고 달려든 것은 거의 눈 깜짝할 사이였다. 허옇게 이를 드러낸 성난 얼굴로 귀남은 주인여자의 멱살을 움켜잡고 흔들기 시작했다.

"씨팔년, 니가 언제 나 술 사줬다고 술 취한 여자, 땡깡만 부리면 다 나한테 뒤집어씌워어!"

놀란 양지가 엉겨들어 귀남의 손을 뜯어냈지만 사슬처럼 억세게 감아 쥔 귀남의 손은 여자의 숨통을 조이면서 더 단단해졌다. 목이 졸려 성대를 압박당한 주인여자가 캑캑 대는 가운데서도 잘못을 시인하고 사과를 했지만 귀남은 이미 파랗게 눈을 뒤집고 강파르게 발발 떨었다. 귀남의 눈빛에는 어이없이 철천지원수를 응징하는 순간에서나 나옴직한 희열이 번질거리고 있었다. 먹이를 문 악어처럼 귀남이가 흔들고 뒤채는데 따라 주인여자의 몸은 한 마리 물고기처럼 이리 뒤집혔다가 저리 내동댕이쳐지기도 하는가 하면 야수의 어금니에서 벗어나려는 몸부림 때문에 오히려 더 심하게 머리를 처박히기도 했다. 이럴 수는 없다. 이래서는 안 된다. 한 대문 안에 산다는 것 때문에 가져준 관심인데, 저 아닌 것을 확인시키는 방법이 이렇게 무지막지한 폭력이라니. 포달부리는 귀남의 모습은 묶음이 풀린 머리카락마저 곤두서서 마치 독기를 뿜어내는 메두사의 대가리처럼 섬뜩해보였다.

귀남의 악에 받친 소란이 끝난 것은 보다 못한 동네 사람의 신고로 경찰이 와서였다. 처음에는 술주정인 줄 알았는데 귀남은 술을 먹지 않은 날도 건 수만 삐딱하게 걸리면 상대가 누구이며 장소가 어디라는 것도 가리지 않고 포악을 터뜨렸다. 처음 왔을 때, 방송을 통해서 그녀가 가족을 찾는다는 전화를 받은 양지도 호남이도 얼마나 좋아했는지 모른다. 부모로부터는 사랑도 관심도 못 받고 자란 처지지만 이제부터 우리 자매들만이라도 오순도순 남이 부러워하도록 서로 위하며 살아보자고 방송국으로 가는 차 안에서 내내 다짐을 했었다. 언제일지 기약도 없이 흩어졌던 자매들이 다시 모이게 되다니, 이건 신이 된 어머니가 끌어붙인 핏줄의 끌림이라 여기며 전신을 감돌고 있는 더운 피의 감사함을 마냥 느끼면서 즐거워했다.

그런데 귀남은 그게 아니었다. 어릴 때부터 외국생활을 한 다른 입양인들처럼 말이 통하지 않을 것을 걱정했던 양지와 호남의 예상을 완전히 뒤집어놓았다. 귀남은 양지와 호남을 처음 본 순간 껴안으려는 그들의 손을 뿌리치면서 등을 보이고 돌아서버렸다. 그리고는 가슴이 찢어지는 듯한 오열을 혼자 쏟아놓았다. 수십 년 넘게 쌓였던 정한이 주체할 수 없는 격정을 일으킨 것까지는 이해할 수 있다. 쌓이고 쌓인 그리움이면 능히 그런 행동으로 앵돌아질 수 있을 것까지. 이 모습을 지켜보는 양지나 호남도 공연한 죄책감으로 몸 둘 바를 몰랐다. 사랑을 받았네 못받았네 불평하는 것도 같이 사는 자식들의 배부른 투정이었음을 깨닫지 않을 수 없는 정경이었다. 그녀를 달래서 마무리하는 동안 방송이 지연되는 사태가 빚어지기는 해도 혈육을 향한 농도 짙은 그리움이 격랑을 일으킨 때문이라고 모두들 수긍했다. 인간의 패악이, 가녀린 여자의 몸이 만들어내는 독기가 얼마나 끈질기고 악랄한 것인지 그때는 미처 몰랐다. 험하고 궂은일에 관한 한 또래의 여자들에 비해서 어지간히 많은 경험을 했던 양지였지만 귀남의 귀국과 함께 겪어야 했던 고난은 이제까지 생각지도 못했던 문제들이었다.

호남을 향한 귀남의 과민반응이 처음부터 발현된 것은 아니었다. 귀국해서 형제를 찾으면 곧장 정체성 회복이 되는 것도 아닐 터여서 귀남은 늘 우울하고 쓸쓸한 안색으로 방을 지키기만 했다. 정에 굶주렸던 사람의 그늘진 모습이거니 양지는 안쓰러운 마음으로 종종 호남의 식당으로 귀남을 데려갔다. 세 자매가 마주 앉아 허심탄회하고 다정한 시간을 만들다보면 앞으로 살아갈 밝은 방향도 찾아지려니 했던 것이다. 그러나 마주 앉으면 호남이 운영하는 가게의 특성상 자연스럽게 한 잔 두 잔 술을 마시게 됐고 술 때문에 지난 날의 한을 곱씹는 귀남의 한탄은 알코올 도수와 비례해서 점점 드높아갔다. 어느 날은 철없는 젊은 취객의 행동에 주제 넘는 간섭을 해서 경찰이 들이닥치게 하기도 했고, 한국어 영어 뒤섞어서 악에 찬 욕설을 퍼부어 구경꾼도 취객도 입을 딱 벌리고 말문이 막히게 했다. 나날이 심해지는 귀남의 주정을 보다 못한 호남이 영업에 방해되니까 다음부터 가게에는 얼씬도 하지 말라고 호통을 쳤다. 속에서 곪은 귀남의 병소가 터져나온 것은 그때였다. 온갖 억측과 오해를 사실인 양 왜곡해서 양지와 호남을 향해 퍼부었다. 도가 넘치게 부푼 귀남의 패악은 결국 참다못한 호남의 주먹까지 불렀다. 호남이 후려친 뺨을 어루만지면서 귀남은 오히려 깔깔깔 웃었다. 그리고 덧달아서 우리말을 잘하는 그 기막힌 이유도 발설했다. 흰자위가 벌겋게 된 새우 눈으로, 입가에 단 야릇하고 섬뜩한 웃음까지 이리저리 뿌리면서.

"내가 와이리 한국말을 잘하는지 그게 그렇게 궁금하다고 했지? 네까짓 것들이 어떻게 알아. 천만 리 떨어진 낯선 나라에서 버림받고, 짐승처럼 떠돌면서 내가 무슨 생각을 하면서 살아왔는지. 나를 살게 해주고 버티게 해준 양식, 내가 꼭 살아야 할 이유를 대준 거 그게 나를 지켜준 거야. 그래서 나는 거의 잊어버린 한국말을 죽자코 익혔지. 왜였는지 모르지? 머리꼭지에 피도 안 말랐을 때 잠깐 자장가처럼 스쳤던, 내 혼 속에 박혀 있던 말들을 찾아내서 혼자 있어도 미친년처럼 중얼거리며 칼을 갈듯이 말발을 갈아댔단 말 알아듣겠나? 내 마음속에 있는 응어리를 가장 잘 담고 표현할 수 있는 건 내 말뿐이라는 걸. 내가 제일 먼저 자신 있게 입에 올렸던 말이 뭐였는지 모르지? 죽어버리겠어! 였다. 야이, 가시나들아! 그만하면 내가 어떤 인간인지 알겠지?"

그리고 귀남은 동그랗게 뜬 눈으로 놀라는 동생들의 모습을 보고 충분히 만족한 개구쟁이처럼 다시 깔깔거리고 웃어젖혔다. 어머니께 들은 바에 의하면 귀남이를 입양해갈 때만 해도 귀남의 양부모들은 교양 있고 점잖은 사람들이었다. 아이를 친자식처럼 잘 키우기 위해 출신을 모르는 곳으로 이사 간다면서 이민을 간 것도 알아볼 만큼 고마운 성품 아니냐고 어머니는 믿었다. 낳기만 했지 부모노릇 제대로 못 하는 친부모보다 귀남이가 타고 난 복이 있어서 양부모를 잘 만난 거라고 어머니는 아픈 가슴을 누르면서 위안을 삼았다. 그런데 술 취해서 뒤꼬인 혀로, 귀남이 스스로 얘기했듯이 제 부모가 버릴 팔자를 타고 난 년이 복이 많으면 얼마나 많겠느냐고 자조할 일들이 연속적으로 꼬여서 귀남을 뒤흔들었다.

"갓 이민을 갔을 때는 나도 행복한 아이였겠지. 그러나 친절한 교포 여자와 눈이 맞은 아버지에게 아이가 생기면서 내 인생은 어두운 절벽으로 내던져졌다. 남편에게 버림받을 위기에 처한 엄마가 낙담을 추스르기 위한 방법으로 꼴짝 꼴짝 마시기 시작한 술로 주정뱅이가 되어버린 거야. 잘 가리던 똥오줌도 지리게 퇴행된, 젖은 귀저기를 차고 있는 나 때문에 아버지는 마구 고함을 질렀어. 데리고 있는 것 자체가 이 아이에게 죄를 짓는 거라고 차라리 남을 주는 것이 낫다고 막말까지 쏘아붙이는 거야. 나는 그 불안한 현장에서 벌벌 떨면서 다시 오줌을 싸고 설사를 하기도 했지. 한때나마 자식으로 쓰다듬던 나에 대한 최소한의 책임감 때문이었는지 엄마는 나를 미국 가정으로 넘겨주었지. 그러나 거기 역시 불안하기는 마찬가지였다. 아니 전에 없이 간 졸이는 공포감까지 늘었지. 귀신처럼 파란 눈을 가진 사람들이 나를 들여다보면서 알아듣지도 못할 소리들만 하는 거야. 내가 알아듣지 못하게 주절거리는 말은 물론이고 먹고 싶은 밥도 된장국도 주지 않고 내가 좋아하지 않는 것들만 먹으라고 주는 거야. 나는 그들이 원하는 대로 적응을 하지 못한 반면 마음 붙일 곳 없이 허둥대며 자꾸 어둔해졌어. 처음에는 아주 친절하게 사랑해주길래 이에 덩달아서 나도 아주 많이 웃고 활발하게 까불 때도 있었지. 그러다 문득, 정지화면처럼 아주 차갑게 나를 응시하는 눈빛들을 발견한 순간 섬뜩하게 오그라들 순간이 늘어갔다. 내가 잘못 본 것이라 여기고 아주 빤히 그들의 눈치를 관찰하면 할수록 그들의 눈길 역시 나를 주시하고 있었어. 그 후부터 나의 밝고 선명하던 내면은 사막 위에 놓인 것처럼 삭막하고 딱딱하게 굳어지며 나를 위한 부드럽고 따뜻한 눈길을 갈망하기 시작했던 거야. 내가 서야 할 곳, 나아가야 할 방향을 감지하느라 상대방의 눈치를 더 기민하게 살핀 다음에야 바람에 흔들리는 풀처럼 뿌리는 가만히 두고 겉만 반응을 하면서. 가족이라고 나를 받아들인 사람들도 눈치만 보는 내가 싫다며 차츰 서먹하고 멀게 되어버렸어. 나는 엄마를 부르면서 울었어. 엄마한테 데려다달라고 떼를 썼지만 내 외로움과 무서움을 진정으로 알아주는 사람은 없었어. 일 년쯤 있다 나는 그 집을 나왔어. 술주정뱅이가 되었지만 내게 다정했던 나를 키워준 엄마를 찾으러나섰던 거야. 술 취해 해롱거리면서도 나를 안고 울 때면 엄마의 품은 포근했거든. 그 너른 땅에서 일곱 살짜리 어린아이가 어떻게 바늘 한 개쯤의 엄마가 박혀사는 곳을 찾아내겠어."

귀남의 이야기는 얼굴만 마주 보이면 실꾸리 풀리듯이 밤낮없이 풀려나왔다.

"그동안 내가 어떤 고생을 하고 살았는지 너희들은 모르지? 부모 복 없다고 욕하는 호남이 저년은 내 앞에서 그런 소리 또 하모 아가리를 쫙 찢어놓을 거다. 부모가 감싸주는 그 훈기가 얼마나 대단한 건지 모르면서 내 앞에서 나오는 대로 씨부린다. 아이구 징해. 아이구 진저리쳐. 아아, 그때만 생각하면 피가 이리 거꾸로 선다. 여기 이 상처 좀 봐라. 아프리카 동물 세계하고 인간 세상이 다른 줄 아나? 잡아먹고 잡아먹히지 않으려고 도망치는 새끼 누가 바로 나라는 생각으로 까무러친 적도 있다. 니들은 재미있게 부모 밑에서 안존하게 지낼 때 나는 그렇게 지옥생활을 했단 말이다. 죽을 둥 살 둥 헤매면서도 내 머릿속에 각인돼 있는 희미한 그림 하나를 잊지 않기 위해 독기로 버틴 거야. 지금 생각하니 아마도 이민을 가기 전에 엄마가 나를 업고 그랬던 것 같아. 불붙은 듯 황홀하던 하늘에 대한 기억. 자잘한 나무들이 늘어선 오솔길을 업혀서갔는데 저 아래로 조그맣게 집들이 보이고 냇물이 흐르는 것도 보였지. 기억속에서 가물가물 지워지는 것을 기를 쓰고 끌어안은 좁은 등. 눈물을 닦느라고 부지런히 올라가던 팔, 땀에 젖은 살갗 냄새와 따뜻하던 등의 감촉. 엄마가 언제 나를 업어준 적 있었던가. 영문도 모르면서 자리 잡힌 기억속의 행복. 아이 씨팔! 내가 뭘 귀신 씨나락 까묵는 소리를 지껄이고 있나. 저기 물이나 좀 앗아줘."

제풀에 역겨우면 기괴한 다른 행동으로 확 돌변하여 상대방을 당황하게 만들기도 하는 귀남의 행동. 수십 년 만에 기적적으로 만난 자매가 도란도란 지난 이야기를 할 때는 그래도 연민이라는 것이 완충의 공간 역할을 했다. 귀남의 가슴을 꺼멓게 멍 들여놓은 지난 세월을 하루바삐 밝은 색으로 치유시켜주고 싶었다. 물론 그때 양지는 하는 일과 생각들이 나름대로 굳어져 있는 성인들이니 결혼한 자매들이 그러하듯이 거처는 각자 따로 정해놓고 자주 만나는 게 낫다고 했다. 그러나 남성처럼 단호한 면이 있는 호남은 당분간만이라도 같이 있어주어야 한다며 제

방에다 침대까지 하나 더 들여놓았다. 하지만 동생 호남이 일 때문에 늦게 들어와도 귀남은 못 견딘 투정으로 원망을 쏟아냈다.

"나 혼자 있는 방. 다시 혼자가 된 빈 방, 타국보다 더 못한 외로움 서러움 속에서 내가 얼마나 이 나라에 돌아온 걸 후회했는지 모르지? 내 머릿속에는 왜 그따위 노을과 나를 업어주던 엄마의 등 시끌벅적한 부모형제의 그림자만 남아 있었는지 몰라. 죽어도 돌아오지 않는 건데 실수를 했어. 이 미친년이 엄청난 착각을 하고 있었던 거야."

귀남은 비루둥이 눈만 흘겨도 섧다는 말처럼 제 스스로 뒤안길을 걸으면서 잠재해 있던 자학의 성깔을 시도 때도 없이 터뜨렸다. 양지는 미운 정은 미운 대로 고운 정은 고운 대로 천천히 회복시켜나가는 것, 그것이 남같이 된 성인 자매간의 치유법이고 사랑법이라고 생각했다. 그리고 모두들 가족이 없는 독신인 것이 독하게 매듭진 귀남의 한을 풀어주는 좋은 조건으로 작용할 것이라 믿었다. 하지만 귀남의 삐뚤어진 행동으로 인해 자매들은 차라리 만나지 않았으면 그리움이나마 간직하고 있을 것을, 후회와 아픔을 깊이 숨기고 있다. 그런 아픈 세월을 보냈구나. 추상적인 짐작으로나마 글썽거리게 했던 동정도 눈물도 시나브로 겉마르고 만 것이다.

귀남의 뺨따귀를 호남이 먼저 갈기지만 않았다면 어땠을까. 양지는 자주 약자가 받은 충격의 시말을 생각해보기도 했다. 소가 먹으면 우유가 되는 샘물도 독사가 마시면 독이 된다는 말을 믿어야 할까, 가족이며 자매라는 이름의 얼굴들 앞에서 귀남이가 좀 과격한 투정으로 그리움을 발산했더라도 호남이 그렇게 과민반응을 하지 않았다면 이렇게 돌이키기 어려운 지경까지 귀남의 증세가 과격해지지 않았을 것 아닌가 하는 아쉬움 때문이다. 이혼을 했고 주영이 마저 저 세상으로 보냈지만 성격대로 호방하게 살고 있는 호남은 무서운 것이 없다. 언니가 아니라 아버지라도 경우에 어긋난다 싶으면 못 참는 성격대로, 귀남의 나이답잖은 엄살과 찍자를 그냥 보아 넘기지 못하고 나무라는 것이다.

　사람의 심성은 한결같을 수 없고 알쏭달쏭하다. 호남이 안정된 가도로 진입한 다음 양지가 목격한 아버지의 본심과 변화도 그랬다. 제 소유의 업소를 늘여갈 동안 호남은 용돈을 챙겨드렸고, 그만두지 말지, 유類의 겸연쩍은 표정으로 아버지가 용돈을 받아들 때는 일견 귀여운 애늙은이로 봐줄 수도 있었다. 그러나 주력 수입원이 된 '황금박쥐'의 간판을 새로 달았을 때는 어른스럽지 못한 온갖 포달로 예전처럼 딸들을 빈축했다.

　"시집도 안 간 늙은 딸년들이 드디어 길갓집 논다니로 진출하는고나. 기생 잡년도 아니고 물장사 딸년한테 명줄 걸고 사는 이런 낯짝으로 세상 살 체면이 없다."

　아버지는 쓰고 남은 호주머니 속 돈을 먼지까지 탈탈 털어던지며 발광하듯이 길가에 세운 입간판까지 걷어찼다. 자신이 지금 몸 부지하고 있는 전세방도 오빠가 얻어준 듯이 계약서는 썼지만 사실 호남이 목돈을 댄 것도 모른다. 침구를 비롯한 간단한 생활용구는 양지가 사준 것을 그나마 큰 자식노릇이라 인정하며 못 이긴 척 토 달지 않고 넘기는 걸 딸들은 다 알았다. 딸들이 낸 속정까지 알고도 모른 척 시치미 떼는 걸로 자존심 지키려는 노회한 연치인 것도. 하지만 딸들이 만약 아들이었다면 다디단 과육을 맛보며 자신의 본색인 거드름과 자만을 드러냈을 아버지가 그나마 양심치레는 하고 있는 것이라는 것까지 딸들이 알고 있는 것을 아버지는 모를 것이다. 만약 단 한번이라도 딸들의 머리를 쓰다듬으며 자신이 처한 운명의 자리가 그럴 수밖에 없었다고 진솔한 술회 한번만이라도 딸들의 마음속에 심어주었다면 어땠을까. 병아리 모이쯤의 용돈도 실상은 자식의 효심이 아니라 여자들의 여린 심성 그 외 별다른 뜻도 없는 것을 아버지는 모를 것이라 그녀들은 짐작하고 있었다.

그날 호남의 전화를 받고 달려왔던 양지는 어안이 벙벙한 채 그냥 서 있었다. 아버지는 호남의 방에 있던 집기들까지 내동댕이치며 당장 업소의 문을 닫으라고 호통까지 쳤다. 어이없는 냉소를 머금은 채 이 모양을 주시하고 있던 호남이도 양지를 보자 고개를 내저으며 손을 끌고 밖으로 나와버렸다.

"웃긴다. 자기가 아직도 어른인 줄 아는 모양이지?"

퉤, 하고 침을 뱉은 호남은 주먹이 아프게 벽을 쳤다.

"예상 못 했던 건 아니잖아."

"그렇지만 무슨 염치, 무슨 이유로 저리 강하게 나오느냐고⋯."

양지가 상호를 지은 호남의 '황금박쥐'는 주인이 다른 사업을 벌이기 위해 이 도시를 떠나면서 넘겨준 다방인데 인테리어를 마친 뒤 차 마시는 손님이 없는 밤에는 생맥주를 팔게 업종을 늘인 거였다. 호남은 특유의 융통성으로 기회만 있으면 업종을 늘였고, 하는 일마다 도래한 '운발'이 들먹여지게 했다. 단불에는 얼음도 잘 탄다는 옛말과 같이 호남의 성세는 줄기차게 고도를 뻗어 시원찮은 매상으로 문 닫는 가게도 그녀가 인수해서 손만 대면 회복의 궤도로 올라섰다. 호남이 소위 '물장사'를 하게 된 연유도 그런 연장선에 속했다. 호남이 파리 날리는 다방을 인수할 때도 아버지는 노골적으로 낭패스러운 티를 보이며 신경질을 냈다.

"꼭 그런 일로 밥을 벌어묵을라 카나?"

마치 금지옥엽으로 기른 자신의 딸이 인생막장으로 타락이라도 하는 것을 차마 볼 수 없다는 듯이 씩씩거리는 아버지를 그나마 침착하게 설득한 것은 양지였다.

"요즘은 세상이 옛날과 많이 달라졌다는 걸 아서야지예. 제가 아는 사람도 부잣집 딸인데 양주가게를 해요. 외롭고 고단한 사람들이 자기 좋아하는 술을 마시면서 대화하는 사교장소를 제공하는 겁니다. 편견을 버리세요. 우리가 무어 그리 전통 있는 가풍을 지켜야 할 명문가라고, 또 그 장소에서 사람들은 구상한 사업 이야기도 나누고 인생 고민도 주고받는 거 아닙니꺼. 아부지도 한창 때 동동주집 드나들면서 사람도 사귀고 안 그랬어예?"

"남자하고 여자하고 같나! 너긋들이 안즉 사내들로 몰라서 그렇제, 술집 드나드는 놈들 내남없이 늑대로 안 변하는 줄 아나?"

자식을 위한답시고 저렇게 당당하구나. 차라리 돈 많이 벌어서 용돈이나 팍팍 많이 주라. 그게 더 신선할 것을 표리부동한 아버지의 모습에 양지는 속으로 실소를 날리면서 아버지를 달랬다.

"바쁜 호남이가 여기서 손님 시중들 것도 아니고 종업원하고 얼굴 마담도 따로 둘 거라니까 아버지가 염려할 일도 없을 깁니더."

아버지는 더욱 깡말라진 심신을 바들거리며 밥 먹고 물마시듯 지시하고 간여를 했지만 채택될 리 없는 시대착오적인 것들이 대부분이었다. 아버지가 아무리 반대를 해도 새롭고 멋진 분위기로 인테리어는 바뀌었고 기다렸다는 듯 손님은 괴었다. 입소문으로 찾은 손님들은 이런 세련된 곳이 있었냐고 양지의 조언을 받은 호남의 센스를 높이 사며 단골이 됐다. 귀남이만 골치 아픈 치통 노릇하지 않고 다소곳이 탈 없는 언니로 있어준다면 그나마 자매들은 평화와 안정을 누릴 수 있게 되었다.

한데 병든 나무 제거하듯이 없애버릴 수 없는 것이 사람 아닌가. 든든한 성벽 아래에 사는 백성들처럼 양지네들이 의지하는 고종오빠의 정성들인 제의祭儀를 귀남이 또 망쳐놓은 사건이 벌어졌다.

오빠는 그날이 되면 일체 다른 일을 보지 않고 정육점이나 사회적인 어떤 일도 접었다. 경건한 마음을 한 곳으로 집중하려는 엄숙함이다. 양지가 본 많은 사람 가운데 일삼아 동물의 영혼에게 제사 지내는 정육업자가 있다는 말은 못 들었다. 날이 정해지면 오빠는 새벽이슬을 밟고 깨끗한 산에서 채취해온 황토를 한 줌씩 제단주변에다 경계가 되게 깔았다. 파란색 풀만 우묵해보이는 주변과 판이해진 색조대비로 인해 빨간색 황토는 엄숙하고 신성한 분위기로 거듭난다. 갖추어 준비한 제물을 상석에다 진설한 다음 왕골로 짠 민무늬 제석을 깔고 거나 엔시레지 사료를 제상에 올리지 않을까 했던 애초의 추측은 벌써 해소된 뒤였기에 양지도 목부들도 말없이 행사를 거들었다.

오빠가 하는 손짓에 따라 여러 자루의 양초를 하나로 묶은 두 뭉치의 양초가 제상의 양쪽에 세워졌고 아람내기로 큰 향 묶음도 두 곳에 세워졌다. 엄숙하고 진지한 자세로 초와 향에다 불을 붙인 오빠가 물러서자 한데 묶은 촛불은 여럿의 힘이 모인 횃불모양으로 큰불이 되어 일렁거렸고, 기세 좋게 피어오르는 향연은 불어오는 바람결을 따라 마치 봉화를 피운 것처럼 뭉게뭉게 창공으로 휘날아간다.

"정육점은 수만 개로 늘어난 현대의 직종 숫자를 보면 그중의 하나일

뿌이지. 누군가 그 일을 하지 않으면 어떻게 필요한 고단백을 공급받고 건강을 유지할 수 있겠어. 살신성체가 된 생명들에게 내 나름의 감사표시를 하는 거야."

"저도 어릴 때 산에서 주운 노루뼈다귀만 우려먹었는데 죽어가던 사람이 살아났다는 말도 들은 기억이 나요. 단백질 섭취는 우리 몸에 무척 필요한 영양소 아닌가요."

"직업의 귀천에 대한 편견으로 얼마나 많은 사람들이 한을 뿌리며 살았을까. 직업의 천박함 이전에 그 밥과 반찬을 먹고 어떤 성과를 낼까 그게 우리 인간들의 몫이지 않을까. 성내는 마음과 원한을 품은 자. 위선을 행하며 그릇된 소견을 가진 자, 거짓을 꾸미고 아첨을 하는 자, 약자를 겁박하고 그 위에 군림하는 자, 바른 것을 은폐하고 도리에 맞지 않은 것을 행하는 자. 타인을 해치고 자애로운 마음이 없는 자. 아집과 자만으로 똘똘 뭉쳐 거드름 피는 자. 그들이 가진 좋은 직장이 과연 자부할 수 있고 칭송받을 만한 역할을 할까? 이게 어디 책에만 적힐 내용인가."

"그렇게 생각하면 오빠 말씀이 맞긴 한데, 세상 사람들 대개는 그런 생각하면서 살지 않나요?"

"그러니까 천지자연의 오묘한 섭리로 구중물이 있으면 반드시 정화작용을 하는 맑은 물도 있는 법이지."

"그런데 오빠, 전부터 이런 영혼들 제사를 지내게 된 연유가 참 궁금했어요. 혹시 무슨 계기라도 있었어요?"

"꼭 어떤 연유가 있어서라기보다 나이를 먹다보니 철이 들었다고 할까? 나를 가르치는 선생은 도처에 있었으니깐. 어느 날 어디선가 쩨악쩨

악 비명을 지르는 매미 소리가 들리는 거라. 구원을 요청하는 절규에 이끌려 살금살금 진원지를 찾아갔더니 갓 우화등선하려고 나무등걸에 있는 여린 새끼 매미를 사마귀가 꽁무니부터 아작아작 뜯어먹고 있잖겠어. 매미는 애벌레로 수년간 땅속에 있다가 겨우 여름 한철 단 며칠이 한 생이라는데, 이 사악한 사마귀 놈이 그 생명을 절단 내는구나 싶으니 나도 모를 분기가 치솟아 사마귀란 놈 잡을 꼬챙이를 찾아들게 됐지. 갈퀴 같은 앞발로 매미를 꽉 잡고 남의 목숨을 절단 내는 놈의 세모꼴 얼굴은 악귀와 다름없는 거야. 내가 다가가도 꿈쩍 않고 먹이를 먹는데 열중한 놈의 환희롭게 반들거리는 모습이 집중 포착되는 순간, 나는 그만 치켜들었던 손을 떨어뜨리고 말았어. 놈의 얼굴은 굶주린 자가 오랜만에 느끼는 행복으로 충만해 있었던 거야. 며칠간이나 굶주리다 겨우 한 끼 성찬을 하는 사마귀의 환상적인 행복…. 그제야 나는 어떤 갈등과 편견을 벗어던질 수 있었다. 대체 누가 누구를 위해 어떤 짓을 한다는 건지. 그 순간의 깨달음은 남들이 꺼리는 가업을 물려받았으나마 내가 나일 수 있었던 중요한 계기도 됐지. 누군가를 위해서 제 목숨을 보시하는 거룩한 희생에 대한 감사…. 꼭 내가 아닌 그 누구라도 하면 좋을 듯한 일 아닌가."

"마음공부의 바탕이 착실한 자리를 잡은 증거군요."

오빠는 말하지 않음으로 깊고 큰 울림이 있는 침묵으로 제상 위에서 타고 있는 향촛불을 한동안 응시하고 있었다. 감동한 양지의 기억속에 있던 언젠가 들었던 사례 한 자락이 떠올랐다. 우리나라에 전쟁이 좀 많았나. 그때 피란민들은 집에서 키우던 소에다 짐을 싣고 가다 식량이 떨어지면 소를 잡아먹기도 했는데, 엊그제까지 한 식구였던 소를 잡으려다 저를 죽일지도 모르는 채 주인을 바라보며 그 유순한 눈만 껌뻑껌뻑 하고 있는 소의 목을 안고 대성통곡을 했지만, 그래도 또 우짜겠노. 굶주린 가족들을 살려야 하니…. 때에 따라서는 지극히 미시적이고 말초적인 현실로 필요악이 채택되기도 한다.

오빠가 아직 제상 앞에 꿇어 엎드려 있는데, 회장님, 큰일 났습니다 하며 소를 돌보고 있던 젊은 목부가 황망하게 달려왔다. 이런 분위기에는 절대 있어서 안 될 소란이었다. 오빠가 아무런 반응이 없자 목부는 곁에 있는 양지에게 화급한 사태를 알렸다.

"수연이 큰 이모님이 문을 열어 소를 몽땅 축사 밖으로 내쫓고 있심더. 아무리 말려도 안 됩니다. 퍼뜩 좀 가보이소."

또 귀남의 짓이라니. 목부보다 양지가 먼저 달려간 것은 물론이다.

"언니야!"

양지가 소리쳐도 귀남은 못들은 척 계속 소들의 엉덩이를 작대기로 때려서 내몰고 있었다.

"언니야, 또 이런 말썽을 피우나. 제발 좀!"

양지가 뺏는 작대기를 확 밀어던진 귀남이 비웃음 어린 입귀를 씰룩거리며 양지를 노려보았다.

"니도 미친년이다. 꼴에, 하는 짓이라고는. 잡아먹을라꼬 가둬놓고 제사는 뭔 제사. 그런 가증스러운 짓 그만 하라 캐라. 이 짐승들한테 부끄럽지도 않나?"

양지는 우뚝 말문이 막혔다. 누가 이 말을 틀렸다 할 것인가. 양지가 되돌아보는 눈길에 오빠는 아직 보이지 않아 다행이었다. 양지는 귀남이 목장으로 오면 독거미가 쳐놓은 그물을 걷어치우듯 긴장하고 지내야 한다.

지난해의 그 일만 해도 그랬다.

"내가 하는 것 보면 가장 토속적이고 원초적인 걸 바탕으로 하기 때문에 당장 뭔가 깨닫게 될 끼라. 남들은 잘 모르는, 나만의 고집이라 말할 테지만 요즘처럼 잘난 사람 많은 세상에 나 같은 똥고집 촌놈도 하나쯤은 필요해."

오빠는 축우에 대한 자신만의 비법을 정립한 뒤 이제는 어지간히 마음을 붙인 양지에게 사료제조과정을 전수해줄 것이라 했다.

"자네는 우리 집 소들이 여타의 질병은 물론 감기 한번 안 걸리고 튼튼한 것이 참 신기하다고 했지? 축우 경비를 절약하는 경제적인 이익도 있지만 질병의 예방도 잘되거든. 요즘 부르셀라니 뭐니 여러 집 작살이 났지만 우리 집 소는 항생제 같은 건 일 그램 안 써도 기침 한번 안 하잖아. 소독약도 안 쓰는데 축사에서 냄새도 안 나는 것 봐. 저기 제 발 밑의 분비물이 발효된 퇴비를 소들이 파 묵는 거, 미생물끼리 자연발효됐기에 가능한 거라."

"오빠가 꼭 황토 우린 지장수를 먹이는 것도 극진한 애정이 없으면 안 되는 걸 저는 잘 알고 있심더."

"그래 신토불이란 말을 자주 쓰는데 그게 폐쇄된 생각이 아니고 가장 한국적인 풍토에 걸맞는 생육방법이라 공감하는 축산학자들도 있어. 우선 이익에 치중을 하면 갈팡질팡하는데 우리들 농부나 목부들도 자기 철학을 갖고 있어야 돼. 가설은 아무리 찬란해도 순간적으로 사라질 수 있지만 자연진리는 영원하다는 게 내 철학이거든. 그래서 비싼 쇠고기를 사먹는 사람이 얻어가는 게 있게 한다. 그것도 쇠고기 장사하는 내가 차리는 상도의가 될 것이고."

그날은 그런 지론을 피력했던 오빠가 자신만의 비법을 전수하러 오는 날이었다.

아기 소에게 먹일 소죽을 끓이고 난 양지는 아궁이 앞에 있는 땔나무들을 나뭇간 쪽으로 밀어놓고 비질을 했다. 언제부턴가 모르게 코를 적시는 구수한 냄새가 짐승의 먹이 같지 않게 허기를 자극한다. 비록 짐승이 먹을 것이지만 재료는 물론 그에 못지않은 정성도 들였고 쏟는 노력에 따라 친근해진 증거일 것이라 양지도 이 냄새가 좋았다. 김이 푸푸 나오는 뜨거운 솥뚜껑을 열기 위해 면장갑을 속에다 끼고 고무장갑을 덧끼면서 양지는 손등으로 이마 위의 머리카락을 걷어올렸다. 방조림이나 방풍림처럼 든든하게 외가댁 사람들을 돌봐주는 오빠가 너무 고마워서 양지는 최대한의 정성으로 소를 돌보고 오빠가 만들어놓은 비법대로 쇠죽을 끓인다. 잔약한 체격인 그녀가 감당하기 무리한 노동일도 열중해서 하는 동안 어느새 후딱 하루가 가고 무거운 채무감도 어느 정도 가벼워질 만큼 이력도 붙었다. 오빠를 돕는 것보다 사실은 새로운 세계에 대한 개안이나 직업관으로 양지는 피폐했던 자신의 영이 나날이 회복되고 있음도 느꼈다.

쇠죽을 퍼나르고 나름의 해석을 곁들여서 메모할 노트를 찾아들고 있는데 언덕길을 올라오는 자동차 엔진소리가 났다. 오빠일 것이다. 오늘은 덤으로 종묘우 겸 씨름소인 '장군이'에게 먹이는 특수사료 조제용법도 보여주리라 했던 날이라 기대가 컸다. 동생 있나? 하면서 숙소 앞에서 여물간 쪽으로 뚜벅뚜벅 다가오고 있는 발자국 소리가 있으리라 귀를 기울이고 있는데 기척이 없다. 축사의 어느 방향으로 먼저 일거리를 찾아간 것일까.

양지는 불티가 앉은 머릿결을 손가락으로 빗어넘기다 주춤 손을 멈추었다. 어디선가 들려오는 호된 목소리. 오빠였다. 전에 없던 골난 음성이었다. 발정난 어떤 수놈이 우리 안을 헤쳐다니면서 다른 소들을 괴롭히고 있는 거라도 목격한 것일까. 그러나 공터에 따로 매여 있는 '장군이' 옆에 오빠와 귀남의 모습이 보였다. 한 눈에도 화난 선생님 앞에 죄 짓다 들킨 악동의 구도가 잡혔다. 면장갑 낀 손으로 장군이의 엉덩이를 낙서 지우듯이 이리저리 쓰다듬는 오빠의 얼굴에는 못마땅한 노여움이 굳게 드리워져 있다. 뒤에서 지켜보고 있던 귀남은 양지를 보자 일부러 오빠의 그런 동작을 비웃으며 주먹감자를 먹여보였다.

"오빠 오셨어요?"

양지가 다가가면서 인사를 하자 저 먼저 입을 삐죽해보인 귀남이 저쪽 축사 뒤로 몸을 비켜 사라져버렸다.

"응, 좀 늦었지? 축협에 회의가 있었는데 사람들이 긴소리 짜른소리 어찌 장황하게 시간을 끄는지…."

오빠는 목소리만 보낸 뒤 안쓰러운 듯 장군이의 엉덩이를 문지르던 손으로 다시 목덜미와 볼을 어루만지면서 토닥거려주기도 한다. 분명 귀남이와 관계된 어떤 잘못이 읽혀지는 행동이어서 양지는 그냥 모른 척 넘어갈 수 없었다. 장군이는 축주들의 자존심이 걸린 소싸움 경기에서 몇 번이나 우승을 한 싸움소였는데 주인이 오빠로 바뀌면서 우수 종묘우로 거듭난 칡소였다.

"와 무슨 일이 있었십니꺼?"

참 어이없어 하는 표정이던 오빠가 장군이 옆의 흙바닥에 떨어져 있는 무언가를 집어보였다.

"글쎄, 이걸 여기다 던지고 안 있나. 자네 말대로 어린애나 같으면 철없어서 그런다고 하지."

오빠가 보여주는 다트 핀을 바라보던 양지는 같이 서 있기조차 민망스럽고 부끄러웠다. 짐승의 살아 있는 피부를 과녁삼아 철핀을 던졌다니. 특유의 낄낄거림과 끈끈이 근성으로 핀이 꽂히는 순간마다 장군이의 엉덩이가 아픔으로 파르르 떠는 꼴을 즐기면서 말이다. 여성이, 먹을 만큼 나이도 먹은 어른이 말 못 하는 짐승을 향해 그런 짓을 했다는 것은…. 양지는 아예 입을 다물어버렸다. 욕을 먹더라도 차라리 사람들과 부대끼면서 동네에서 살도록 그냥 둘 걸 이쪽으로 거처를 잘못 옮겼나 후회스럽기도 했다. 애초부터 귀남이는 싸움소였다는 것 때문에 장군이의 존재를 타락한 인격체처럼 경멸했다. 장군이가 싸우는 모습은 한번 본 적도 없으면서 싸움소로 활약했다는 전력을 들은 뒤부터 걸핏하면 흙이나 지푸라기를 끼얹으면서 구박했다.

"자식이 말이야. 꼴 보기 싫게 미련스럽긴, 저것 봐 쇠파리가 피를 뽑아먹는데도 태연하게 가만히 있어. 처먹기는 또 억수로 잘 처먹어요. 뭘 잘했다고. 한 소쿠리 여물에 팔려서 제 친구를 뿔로 박아서 피 흘리게 만들어놓고. 누구 때문에 왜 그랬는데 반성도 없어. 무식한 놈. 부끄러움도 모르는 놈. 하긴 그러니까 짐승이지. 짐승, 짐승!"

귀남이가 악에 받친 듯이 내뱉던 말들을 떠올리던 양지는 문득 오빠를 바라보았다. 귀남 언니를 어디 정신과 병원에 입원시켜서 치료받게 할까 하다가 차마 그런 병자로 낙인찍힐까 망설이고 있었던 것이다. 독즙을 흡수하고 자란 나무의 병은 잘 드는 톱이나 도끼 한 자루면 해결날 테지만 사람인 언니는 평생 골치덩어리로 끼고 살아야 할 존재인 것이 안타깝고 미웠다. 아울러서 그녀를 그렇게 만든 원인을 따져서 되돌릴 수 없으니 한탄스러울 뿐이다. 오빠에게 더 많은 신세를 지기도 미안하지만 그런 정도도 혼자 해결 못 하는 자신의 무능이 떼거지로 한심스러워보이는 것도 싫었다. 어린애가 혼자서 기척없이 잘 논다 싶으면 어김없이 해찰부리고 있는 중이라더니 귀남이 그 짝이었다. 양지와 목부 정씨가 바쁘게 동당거리는 것도 내 모른 척 제 할 짓만 하는 평소의 습관대로 그저 그렇게 혼자만의 시간을 보내거니 젖혀두고 있었더니 이런 철부지 아이 같은 짓을 저지르다가 그것도 장군이를 무척 아끼는 오빠에게 정통으로 들켜버리다니. 양지는 가슴을 쥐어뜯고 싶었다. 할 수만 있다면 다시 이전으로 돌아가서 차라리 안 보고 살았다면 이런 미움으로 가슴 아리는 일은 없었을 것 아닌가, 만남이 한탄스럽기도 했다.

칡소 장군이가 오빠의 목장에서 같이 살게 된 데는 특별한 사연이 있었다.

오빠는 소싸움 경기장에서 눈물을 훔치고 있는 수의과 학생을 만났다. 사연을 묻는 오빠에게 청년은 기막힌 음성으로 자신의 기록노트와 아픈 심정을 털어놓았다.

"저 소리, 저 소리가 들리지요? 장군이의 힘을 부추기는 제 아버지입니다. 아버지는 일등 일등만 하는 소를 만드는 전문가로 이름난 분이지요. 저를 수의과로 보냈지만 공부를 하는 동안 저는 점점 다른 시각을 갖게 된 이후로 이런 행사가 무척 가슴이 아픕니다. 싸우는 소는 상대 소를 모릅니다. 왜 싸워야 하는지 이유도 모릅니다. 다만 저한테 밥을 주고 오랜 시간 등을 쓰다듬어 주는 주인의 익숙한 손길에 이끌려 경기장에 들어가죠. 싸움장에서 소의 눈을 주의 깊게 보신 적이 있습니까? 상대소와 싸움을 하기 전에 주춤하고 버티면서 그 큰 눈망울에 핏발이 서는 것은 소가 공포를 느끼기 때문입니다. 그렇지만 이들은 싸워야 하고 그 장면은 참 애처롭지요. 어떤 소들은 똥오줌을 싸며 날카롭게 다듬어놓은 뿔로 상대소의 목덜미와 피부를 찌르는데 피부는 찢어지고 누런 털은 흘러내린 피로 벌겋게 물이 듭니다.

제가 동물을 진료하는 수의사라 다양한 동물의 감정을 파악하기 때문이라 별스럽게 여기지 않는 사람도 많습니다. 많은 사람들의 눈에는 붉은 등이 켜진 진열장의 토막난 고기로밖에 안 보지만 소에게도 마음이 있다고 저는 확신합니다. 지금 여기 있는 소들 모두 주인이 먹이는 온갖 보양식을 먹고 훈련을 받느라 극심한 스트레스에 절어 있을 겁니다. 대회가 다가오면 저의 아버지는 저희도 못 먹는 강장제나 십전대보탕, 미꾸라지, 뱀탕을 먹이고 개소주까지 먹입니다. 손꼽히는 싸움소로 이름이 나면 당연히 눈독 들이는 대상이 되기 때문에 소 값도 껑충 뜁니다. 일제강점기 때 일본이 우리 민족의 협동심과 단결을 제압하기 위해 강제 폐지한 소싸움을 다시 부활시킨 이유가 우리 고유의 전통문화라고 주장합니다. 한국전쟁 후 음성적 도박판으로 전락한 소싸움 대회는 박정희 대통령이 남강댐 준공식 방문을 기념으로 처음 관이 주도하여 이곳 진주에서 재개되었는데, 이후 영남지역 곳곳에서 개최되었지요. 지자체는 국고지원을 받을 수 있고 향토의 축제 발전이라는 미명으로 홍보를 하는 겁니다.

싸움소는 오직 경기의 승리를 목적으로 길러지는 데 우리 아버지는 우시장에서 생후 7개월 쯤 되는 수송아지를 선택하지요. 그중에서 목이 길고 굵으며 가슴이 넓고 다리는 짧고 엉덩이가 등보다 낮으며 앞다리 사이가 넓은가를 꼼꼼히 살피는 자신의 매 눈을 아버지는 자랑합니다. 우리 장군이가 바로 그런 격을 다 갖춘 겁니다. 싸움소는 체구도 중요하지만 지구력을 위해 적색 근과 큰 폐활량이 요구되는 건 물론이죠. 이를 위해 타이어 끌기, 산악 달리기, 비탈에 매달리기 등의 혹독한 훈련을 거의 매일 반복시킵니다.

어르신도 저를 심약한 사내놈으로 욕하시겠지요? 그렇지만 제 말을 좀 더 들어주세요. 싸움소들은 보통 하루 전에 경기장에 도착하는데 몸무게를 측정한 다음 날부터 대진표를 작성하기 위해서입니다. 덜컹거리는 트럭의 소음과 진동을 버티며 장시간 운반된 소들은 낯선 장소와 낯선 소들의 냄새에 불안한 나머지 울면서 벽에 머리를 받는 등 이상행동을 보이지만 주인들은 아랑곳없죠. 이놈이 충만한 전의를 고조시키는 거라고 흥겨워하면서 소의 몸통에다 스프레이로 이름을 표시합니다. 멀리서도 관중들이 자신의 소를 알아보고 응원하게 친절한 서비스로 말이죠. 경기장 입장과 동시에 관중들은 환호하고 해설자는 싸움소들의 승률과 주력 기술인 뿔치기·들치기·옆치기 등을 큰소리로 소개합니다. 아울러서 흥을 돋우는 북소리·징소리·음악소리가 뒤섞여서 경기장은 더욱 흥분의 도가니로 들끓게 되죠. 이런 시끌벅적한 소음 속으로 입장하는 소들은 어떤 감정을 느낄까요? 우리가 감히 상상할 수도 없는 공포심을 느낄 게 분명합니다. 흥분한 소들이 거친 숨을 내쉬며 침을 흘리고 뒷다리로 버티며 끝까지 입장을 거부해서 경기가 지연되는 실랑이까지 벌어지는데 그게 그것 아닙니까. 어르신도 소싸움 구경을 해봐서 잘 아실 텐데 저도 많이 흥분했나 봅니다. 어르신도 저 밖에 있는 식당에서 소머리

국밥을 드셨습니까? 아이러니하게도 처음엔 저도 태연하게 그랬지요. 그런데 이런 소싸움 구경을 자주하는 가운데 수업시간에 배운 고창증이나 수송열이란 소의 질병을 알고서부터 생각이 점점 바뀌게 된 겁니다.

수송열은 소를 수송하는 과정에서 발생하는 스트레스 요인에 의한 병인데 폐쇄된 공간에 갇힌 채 외부로부터의 충격이 계속되면 면역력이 낮아져 폐렴과 패혈증이 발생합니다. 그러니까 수송열은 사람의 목적을 위해서, 태어난 곳에서 느리게 살던 짐승에게 사람이 만들어준 질병인 거죠. 생래적인 환경과 어긋나는 극심한 스트레스로 얼마나 많은 소들이 죽어갔으면 수의대 교과서에까지 병명이 등재되게 되었을지 답이 나오는 것 아닙니까. 또 하나 좀 전에 말씀드렸던 고창증은 소의 대표적인 질병으로 수의사 국가고시에도 단골로 등장합니다. 육질이나 식감이 좋은 마블링을 만들기 위해 풀이 아닌 농후 사료, 즉 옥수수·콩 등의 곡류를 주원료로 한 사료를 먹이면 위의 산도가 증가해 소의 밥통 네 개 중 1, 2의 위에 가스가 찹니다. 생래적인 소의 병이 아니라 이것도 사람으로부터 선사받은 질병이랄 수 있죠.

사람들은 소를 도축해서 먹는데 그까짓 싸움 좀 시켜놓고 구경하자는데 무슨 딴죽을 거냐고 하겠지요. 그렇지만 잡아먹기까지 하는 동물에게 억지싸움까지 시켜야만 됩니까? 스페인의 투우도 그런 반성의 목소리로 존폐의 논의가 진행된다잖아요. 어르신 눈에도 물론 제가 너무 비판적이고 나약한 인간으로 보일 테죠. 하지만 제 신념은 할 소리는 해야 된다, 입니다. 사람이 많이 배우고 연구해서 하려는 성취목표는 과연 무엇일 것 같습니까? 이건 먹이사슬의 최정점에서 인간이 부리는 만용과 횡포입니다."

어느 날 예고도 없이 몰고 온 장군이를 소개하면서 오빠는 그랬다. 나는 자석에 끌린 듯이 와락 그 청년의 섬세한 손을 끌어잡고 흔들며 약속했지.

이런 싸움소의 전력을 알게 된 귀남의 구박을 오빠는 어쩌면 당연하게 여기는 듯한 말로 귀남을 편들어주었다.

"얌마 그래도 네 과거를 가장 잘 이해해주는 사람이야. 알았지?"

격려로 장군이의 등을 다시 한번 더 툭툭 쳐준 오빠가 움츠리고 서 있는 양지를 보고 밝은 목소리를 지어냈다.

"뭘 그렇게 죄지은 사람처럼 서 있어?"

"오빠, 에나 참말로 면목이 없어 죽겠심더."

"좀 의외이긴 하지만 이만한 과녁판이면 한번 장난쳐보고 싶지 않겠어? 또 그러기야 할라꼬. 이놈 천연스러운 거 안 보이나? 벌써 이자뻔 것 같은데 뭐."

농담 섞인 오빠의 대꾸에 양지는 조금 마음이 풀렸다. 장군이도 조금 전 자신이 당한 일은 깨끗이 잊어버린 듯 늠름하게 버티고 선 자세로 되새김질만 하고 있다. 붙박이처럼 서서 여물을 새기는 녀석의 초연한 자세는 일희일비하고 갈팡질팡하는 양지가 본받을 만했다. 상처 입은 피붙이를 상식으로만 대하고 있는 양지 자신에게 좀 느리더라도 너그럽고 더 따뜻하게 대할 수 없느냐고 무언의 가르침을 내리는 것처럼 보이기도 하잖은가. 외로운 마음으로 맞이하면 훈풍도 시리고 쓸쓸한 법이다. 귀남이 역시 그리워서 찾아왔던 피붙이들에 대한 많았던 기대만큼 상처와 실망도 컸을 것이다. 귀남의 입장이 되어서 생각하니 너무 원칙과 상식으로만 대하고 몰아붙였던 것 같기도 했다.

저번처럼 또 어딘가 돌틈에 불쌍한 꼬락서니로 쭈그려 앉아서 눈물이라도 흘리고 있는 게 아닌가, 양지는 산비탈을 돌아갔다. 어머니께 들었던 이야기를 전해주면 어떨까. 에미가 죄가 많아서 낳은 자식 건사도 못하고. 나는 아마 죽어도 저승에도 못 들어갈 거다. 끝끼지 매단지게 자식을 감싸안지 못했던 자책에 빠져 마시지도 못하는 술을 눈물로 들이켰던 어머니. 그러나 좋은 집에서 저나 잘 살게 보내야지 했던 아직 못했던 그 말을 전한들 무슨 감동으로 귀남의 전철을 뒤돌릴 수 있을런가 싶기도 했다.

귀남은 바람에 날려 주저앉은 비닐봉지처럼 허우룩한 자세로 언덕에 누워 노래를 부르고 있었다. 가느다랗게 들리던 선율은 다가갈수록 점점 또렷해졌다. 한숨처럼 시작된 노래는 늘 한과 열정을 실은 가락으로 음률이 탱탱해졌다. 양지는 소리나지 않게 발을 멈추고 귀남이 부르는 노랫소리에 귀를 기울였다.

"고향이 그리워도 못 가는 신세, 저 하늘 저 산 아래 아득한 천리, 언제나 외로워라 타향에서 우는 몸, 꿈에 본 내 고향이 마냥 그리워…."

노래를 끝낸 귀남은 손에 집히는 대로 돌을 들어 아무 데나 던지기 시작했다. 흘러간 대중가요지만 귀남이 목놓아 부르는 노랫말의 의미는 바로 그녀 자신의 애절한 심정을 풀어놓은 것이나 마찬가지다. 술 취한 취객이 이국의 하늘 밑을 떠돌면서 홍얼거리는 것을 너무나 제 심정을 잘 대변해주는 노랫말에 반해서 어린 귀남의 청각은 뼛속 깊이 새겨 넣었더랬다. 아득히 먼 땅, 불타는 저녁놀 속에 헤어진 부모형제를 그리면서 어린 것이 얼마나 아린 심정으로 깊이깊이 새겨넣었을 노랫말일런가. 하지만 너무나 돌출적이고 악의적인 그녀의 행동을 끝없이 이해하고 품어주기는 어렵다. 남이라면, 또 한시적으로 돌보는 입장이라면 모른다. 그러나 피붙이에 대한 애착과 고통이 있으므로 남들처럼 마냥 가볍게 넘겨지지 않는다. 미안하지만 양지와 호남이 모두 이제는 암의 종기처럼 그녀를 의식하고 있다. 남인 듯 바라보면 풀밭에 비스듬히 앉아 있는 귀남은 아름다운 외모를 가진 여인이다. 더구나 야릇한 퇴폐와 고혹적인 매력이 뒤섞여 있어 호남의 가게에 온 남자들이 흘깃거리며 새로 온 종업원인지 입맛을 다시곤 해서 호남이 몹시 곤란했던 적도 여러 번 있었다. 야윈 몸에 홑이불을 감싸듯이 긴 치마를 늘어뜨린 모양을 일하기 불편한 모양새라 지청구나 했을 뿐 그녀의 개성을 인정해준 적도 없었다. 남이 어떻게 귀남의 저 처연한 매력 속에 숨겨져 있는 혈연을 찌르기 위한 흉기를 알 수 있을까.

"꼴 보기가 참 싫지?"

기척을 느끼고 돌아보던 귀남이 먼저 말을 건넸다. 언제 무슨 일이 있었던가 싶게 멀쩡한 낯빛이다. 막상 상대가 그렇게 나오자 주의주려고 준비했던 말도 어떻게 전해야 할지 난감해진 양지는 전처럼 그냥 딴전을 부리며 옆에 있는 나무의 여린 이파리 하나를 따서 부채질하는 시늉을 낸다. 아득한 눈길로 저 먼 곳을 바라보면서 귀남이 덧붙였다.

"나도 내가 와이리 못 돼졌는지 모르겠다. 본마음은 안 그런데 자꾸 엇질로 나가야 직성이 풀리니…."

너무 솔직한 귀남의 태도에 양지는 다시 안타까워지면서 왈칵 짜증이 나 쏘아붙였다.

"제발 그라지 마. 지겨워, 또 그 소리. 전에도 몇 번이나 그랬잖아. 호남이랑 싸우고도 그랬고, 아버지한테 대들고도 그랬고, 또 오늘은 장군이한테 무슨 짓을 했는지 참말로 잊어뿐 기가?"

양지가 호된 질책을 하는 순간 자극받은 감정을 싣고 날카롭게 뻗어오던 귀남의 눈길이 뚝 부러지면서 아래로 떨어졌다. 참고 또 참아야 된다고 자신을 다스리는 모양이 앙다문 입모양으로 드러났다. 양지는 또 무슨 꼬투리를 잡고 행패라도 부릴라 속으로 찔끔한 채 가만히 긴장된 방어자세를 취했다. 꺾은 고개를 들지 않고 한참이나 무연히 앉아 있던 귀남이 중얼거리기 시작했다.

"그럴 거야, 나도 그래. 나도 내가 무섭다고. 내가 왜 이래야 되는지, 모두들 싫어할 줄 알면서, 나도 모르겠어."

떼쓰는 아이처럼 작은 주먹으로 옆에 있는 바위 턱을 때리자 타닥타닥 주먹이 튀어올라 피부가 빨갛게 변했지만 귀남은 멈추지 않았다. 크고 예쁜 눈에서 눈물이 솟구쳐올라 흘러내리기 시작했다. 그 모습을 보고 있는 동안 양지는 얼마 전에 들었던 오빠의 말을 상기했다. 귀남의 행패 때문에 양지와 호남이 머리를 쩔쩔 흔들고 있을 때였다. 자라난 환경 따라 가장 강한 습성을 갖는 게 사람이야. 나 역시 귀남이 동생 같은 환경에서 어린 시절을 보냈다면 더 괴상한 성격이 형성되었을지 모르지. 우리는 있는 그대로 그 사람의 특성을 이해해주는 길밖에 없어. 귀남이 동생이 아무리 가시투성이 기질을 가진 엄나무라 하나 은행나무 같지 않다고 탓할 수는 없다고 봐. 가시나무는 가시나무대로 태어날 때부터 남들이 기피하는 존재가 되고 싶어 일부러 그리 되었겠나. 가시는 배나무·사과나무가 있는 과수원 울타리도 되고 부스럼도 따고 부당한 침입을 막는 경계 구실도 하고. 세상에 존재하는 것은 모두 일체일기가 있고 저 나름의 존재가치를 띠고 태어난단다. 세상 이치를 모두 자연 속에서 찾아보면 한결 마음 편한 해석이 가능하고 이해하기도 쉬울 끼라. 그렇지만 양지는 태연하고 한가한 자세로 앉아 있는 귀남을 보면서 고개를 젓는다. 저렇게 멀쩡하다가 또 언제 독기를 뿜으면서 좌충우돌 피붙이들을 향해 돌진해올지. 이런 양지의 속마음을 눈치 챈 듯 느닷없이 일어난 귀남이 두 손으로 양지의 목을 끌어당겼다. 또 시작이구나! 얼결에 방어자세를 취하는 양지를 얼싸안고 귀남이 쓰러뜨렸다. 놀라 뿌리치는 양지를 조여안고 누운 자리에서 귀남이 중얼거렸다.

"미안하다. 너것들을 찾는 순간, 아, 이제 죽어도 여한이 없다 싶었는데, 그 행복감을 다 까먹고 내가 못된 년이다. 용서해라."

어느 새 두려움이 해소된 양지도 귀남을 들여다보며 타이르듯이 일렀다.

"언니야, 더도 말고 지금 이대로만 유지해라. 우리는 친형제 아이가. 언니가 마음의 상처를 다 치유하고 건강해질 때까지 우리 같이 노력하고 동행할 끼다. 걱정 말고 딱 지금처럼만, 알았제? 언니도 어서 악기 하나 배워서 나랑 같이 봉사활동도 다니고 그러자. 언니가 겪은 많은 경험은 다른 사람들께 도움을 줄 수도 있을 거야."

"가스나 지랄하네. 니가 그란께 똑 내 언니 같다 아이가."

"우리 이 나이에 누가 동생이고 누가 언니면 뭐해. 서로 동생이나 언니노릇을 하면 되지. 의사가 어디 나이 어리다고 팔순 노인을 치료 못하나?"

양지는 좀 전에 귀남이 저지른 심술도 잊은 듯 웃으면서 악동을 놀리듯이 귀남의 볼을 콕 찔러주었다.

"밥 때까지 여기서 놀고 있어. 난 오늘 오빠한테 배울 게 있어 먼저 간다."

고향이 그리워도 못가는 신세….

귀남이 다시 시작한 노랫가락이 바람결을 타고 양지를 따라왔다.

그 후로 잠잠하던 고질병이 또 도진 것이다. 동생인 양지가 애원하는 심정으로 잘 치유시키고 동행할 거라고 다짐을 했건만, 오빠가 남다른 제사를 올리는 이런 뜻깊은 날에 대한 분별도 없이 또 엉뚱한 심보로 소들을 우리 밖으로 내쫓는 기행을 저지르는 것이다. 다행히 소들은 훈련된 군사들처럼 다른 말썽 없이 우리로 잘 들어섰다.

"저 놈들 하는 것 본께 저그 조상들한테 회장님이 제사 지낸 걸 저놈들도 잘 아는 모양이네요."

파제 음식을 들고 와서 잡식성의 소들에게 나누어주던 늙은 목부의 말에 토를 달지는 않았지만 소를 둘러보는 모두의 눈길에는 한마음 안도의 흐름이 읽혀졌다. 외양간을 단속하던 오빠가 걱정되는 얼굴로 돌아보며 말했다.

"동생은 어서 귀남이 동생이나 찾아봐. 약은 제대로 먹고 있는지도 신경 써서 지켜보고."

오빠의 배려에 할 말을 잃은 양지는 차라리 일거리를 찾는 행동으로 형제의 잘못에 대한 미안함을 대신했다.

"어서 가봐. 그 사람이 어디 정상이냐? 아무리 바빠도 데려가서 정신과 상담도 다시 좀 받아보고. 이러다가 동생이 감당 못 할 진짜 큰일이라도 생길까 나는 그게 걱정이야."

진지한 음성으로 진짜 큰일을 염려하는 오빠의 재촉이 양지는 고맙고 미안해서 어디로든 달아나 피해버리고 싶다.

"그럴게요 오빠. 이제 죄송하다는 말도 염치가 없어 못 하겠어요."

서둘러 말한 양지는 또 어디선가 울고 있을지 모르는 귀남을 찾아 빠른 걸음을 옮겼다.

2. 마음의 중심

며칠 만에 호남이 직접 차를 몰고 왔다.

"언니야, 참말로 오늘은 내 땅에 같이 한번 가보자."

내 땅. 호남이 강조하는 의미의 자긍심을 양지는 알고 있다. 귀남 언니와 동행하자 권했다가 어긋났던 뒤끝이라 양지는 조심스럽게 그의 청을 받아들였다. 얼마나 기쁘고 뿌듯할 것인가. 본인이 아니라도 그 일을 알고 난 뒤의 심정은 양지 역시 가득 찬 곳간의 주인이 된 것처럼 덩달아서 넉넉하고 든든했다. 양지는 호남이 끄는 대로 차에 올랐다. 내심 특별한 계획이 있었기에 전처럼 귀남 언니와 같이 가자는 말은 하지 않고 호남의 뜻에 선선히 따랐다.

겨울이면 모랫바람이 안개처럼 부옇게 드날리던 강변 모래벌판에 바로 그 신도시 구역의 선이 그어졌다. 호남이 땅부자 된 것을 안 뒤부터 양지는 세 살짜리가 식칼을 든 것처럼, 공연히 불안한 적도 있었다. 세 살짜리는 자칫하면 칼이 자기를 벨 위험이 있는 것도 모른다. 신나게 손에 들린 그 칼을 휘둘러서 현상을 즐길 뿐 그 용도나 가치에 대한 어떤 자문도 충고도 성가시기만 할 것이다. 반면 이쪽에서도 신중함없이 급한 행동을 자극하는 어떤 언행도 삼가야 한다. 솔직히 사촌이 논을 사면 배가 아프다는 옛말도 실감했다. 호남은 그럭저럭 저 먹고 살 길을 열었으나 정작 돈이 필요한 사람은 양지 자신인데 아무리 먹고 쓰는 일을 절약해도 필요한 자금을 모으는 저축은 굼벵이 걸음인 거였다. 사람의 복도 각자의 그릇에 따라 담기는 양이 다른 모양이다. 동생 호남이보다 통털어 모든 분야에 자신이 낫다는 자부심이 있었음에도 그토록 매진했던 돈그릇은 호남의 것에 비교도 안 되게 작다. 덜렁덜렁한 사고뭉치라 비난 받으면서도 들쑥날쑥 넓게 그려진 땅따먹기 지도처럼 호남의 영역은 무엇이든 담을 수 있는 늘 푼수가 있음이다.

양지는 어떻게 하면 단순한 호남의 빈틈을 설득하여 제 그릇으로 그 능력 얼마라도 넘겨받을 수 있을까 골몰하게 되었다. 명색이 언니라는 게 치졸하다는 생각도 들었지만 배고픈 사람이 숟가락 먼저 드는 것을 비난하거나 인정하지 않는 사람은 없을 것이다.

경작된 농산물로 즐비한 들판에서 농부들은 부지런히 일손을 놀린다. 강변을 끼고 있는 지형 때문에 한여름 우기에는 걸핏하면 물바다가 되었지만 비옥한 땅이었다. 새벽부터 밤 늦게까지 흙에 묻혀 살며 농투성이들은 열심히 농사를 지어 돈을 샀다. 일개미처럼 부지런한 부모님 덕분에 고생없이 자란 자식들은 사업을 벌여도 통 크게 시작했다. 그 결과 부모 세대와 달라진 자녀들의 생활 규모는 밑 없는 독에 물 길어붓는 것 같은 사례로 부모들의 농토를 야금야금 잘라먹었다. 혹 남아 있는 토지 보상금으로 졸부가 된 가족들이 만드는 비극적인 파탄의 풍속도도 시끌벅적 말이 많다. 돈은 절대 들뜬 사람을 좋은 쪽으로 돕지 않는다.

차에서 내린 호남이 가리킨 곳은 지천이 유입되는 어우름으로 아직은 미루나무가 줄 늘어선 땅이었다. 나지막한 야산도 편입된 곳이어서 꽤 넓은 평수인데도 목적없이 바라보면 얼른 눈맛이 당기는 곳은 아니다. 그러나 양지의 눈에는 펼치고 싶은 꿈의 동산을 꾸미는 데 손색없이 갖춰진 지형이다. 그리고 무엇보다 아늑하고 정다운 감이 들어 좋았다. 호남이 소유한 땅은 거기 말고도 몇 군데 더 있었다. 고종오빠의 자문을 받아 그가 찍어준 곳마다 말뚝을 박은 거였다. 소지한 땅문서를 이용하자 자금 회전도 큰 걱정 없이 융통할 수 있었던 것이다. 늘 당당한 호남이었지만 오늘따라 더욱 멋있고 힘 있는 능력자로 보였다.

"언니야, 저기 저쪽으로 우리 셋이 살 집을 지으모 좋겠제?"

"언제는 언니 보기 싫다더니, 세 사람이 같이 살 집을 짓는다고? 역시 우리는 친자매 언니 동생이다 그렇지? 참 고맙다."

"앗 실수. 그 말썽쟁이는 빼고."

"그러자. 그 말썽쟁이는 빼자. 집터는 복샘이 퐁퐁 솟아나는 곳을 택하고."

"아부지한테 부탁해볼까? 잘 아는 풍수지관은 없는지."

"아부지한테는 미리 말하지 말자."

"그래 입택하는 날 짜자안 해서 놀래키면, 면목 없고 무시당해서 기분 나쁘고, 무안하고 미안하고…. 그런 복잡한 심사를 어떻게 나타낼지, 벌써부터 군입 땡기는데."

대화의 중심에다 아버지를 희화해 세웠다가 그들은 킥킥 웃고 말았다. 양지는 그보다 더 하고 싶은 이야기를 얼른 꺼내고 싶었지만 호남이 제 땅 여러 곳을 손짓해보이며 들떠 있는 관계로 눈치를 보며 때를 기다렸다. 그러나 어쨌든 낭중지추였다. 징검다리 포석도 미리 놓아둘 필요가 있다.

양지는 간절하고 정중한 표정이 드러난 의도적인 기색으로 호남이와 마주섰다.

"엄마가 도와주는 거라는 네 표현이 참 고맙게 들리더라. 그래서 하는 말인데, 호남아 한 가지 부탁이 있는데 협조해줄래?"

내포하고 있을 내용의 상상 때문인지 들떠 있던 호남의 태도가 아연 정자세로 변했다.

"언니야, 갑자기 와이라노?"

긴장을 누른 투박한 음성으로 호남이 재촉했다.

"너하고 나하고 몇 살이나 됐노?"

"차암 난 또 뭔 소리라꼬. 사십대. 나는 이혼녀고 언니는 노처녀도 아니고 늙은 처녀다 됐나?"

"책에서 봤는데 여자들의 가임기는 건강한 난자가 활동할 때인데 34~37세가 지나고 나면 임신확률이 아주 떨어진다네."

"참 별걸 다 아네. 그런데 서두가 좀 길다. 그래서 뭔 소리할라꼬 지금 그런 얘기를 꺼내고 에두리는데?"

"형편이 안 돼서 그렇지, 사실 아이는 꼭 하나 낳아보고 싶었거든."

"여자라면 누구나 당연하지."

"관리하거나 속박당하기 싫은 병적인 거부감 때문에, 일생의 미래까지 미리 볼 방법이 없으니까 되돌릴 수 없이 기회까지 놓쳐버린 지금, 다행히 그 비슷한 감정으로라도 나를 써보고 싶어."

"그래. 어디서 보니까 외국에서는 물론이고 우리나라에서도 똑똑한 여자들은 정자은행인가 뭐 그런 데를 통해서 임신한 예도 있나보더라. 설마 언니도 인공수정 그거하고 싶어?"

"애도, 너 참 사업가답게 눈치는 빠르다만, 나는 아니다. 징그럽고 무섭다애. 개나 고양이도 아닌 사람을."

"도대체 뭔 말을 할라꼬. 퍼뜩 바른대로 직접 말해라 고마."

양지는 먼 곳을 보면서 조금 뜸을 들이다 입을 열었다.

"수연이를 입양 보내지 않았듯이 우리들의 존재가 초라하지 않을 사업을 해보고 싶어. 전에도 말했지만 피 한 방울 안 섞인 외국인들도 우리나라 애들, 특히 장애를 가진 애들까지도 입양해서 키운다는 데 그에 비해 우리나라 여자들은 나부터 너무 얍삽하고 이기적이다 싶다."

"그럴 줄 알았다. 전에 말했던 고아원, 뭐 그런 거?"

"고아원이나 보육원. 너 아다시피 우리는 참 부끄러운 가계의 출신들이잖아. 그래서 나는 부끄러운 우리들의 자존감을 그나마 보속할 수 있는 일이 그거라고 생각해. 돈이 아무리 많아본들 마음은 못 채운다고 하잖아."

돈이라는 말을 하는 순간 호남이 얼른 양지를 곁눈질했지만 양지는 못 본 척했다. 남의 밥보고 숟가락 먼저 드는 격이지만, 양지는 지금껏 쌓아온 경험과 지혜를 발현시킬 가장 적합한 때가 이때라 두 주먹을 불끈 쥔 상태로 호남을 설득하기 시작했다. 마치 이 순간 이 말을 일생의 목표로 삼았던 것처럼.

"누군가를 원망하고 시련에 묶여 허덕이느라 흘려버린 시간을 차단시켜버리고 이제 정신 똑바로 차려야 되는 나이가 됐잖아. 그리고 이제 환경만 탓했던 우리가 그 시간을 만들 수 있도록 경제력도 생겼잖아."

그쯤 열쇠를 꽂았으니 성공여부는 이제 신의 뜻이다. 흐르는 강 중심에 삼각주가 만들어지듯이 필요한 곳에는 자연현상으로 어떤 결과물이 드러나는 것을 양지는 믿었다. 그러나 양지가 예상한 대로 선뜻 호남의 동의는 건너오지 않았다. 하지만 서둘러서 될 일도 아닌 것을 알았기에 생각 많은 복잡한 얼굴로 호남이 마주 서서 들어주는 것만도 고맙게 여길밖에 없었다. 양지는 왜 그런 일을 서둘러야 하는지 예를 끄집어냈다.

"얼마 전에 오빠네 농장 저쪽 계곡에서 있었던, 어린애 시체 유기 사건 너도 알지?"

"얼나 시체? 남이 그런 게 아니라 계모가 그랬다며?"

"그래, 젊은 부모들이 이혼하면서 네미락내미락 하다가 아이가 짐이나 혹처럼 인식됐나봐. 친권인지 뭔지로 재혼한 아빠가 키웠는데, 언내들 크면서 자연스럽게 보이는 말썽을 계모가 나쁜 버릇을 고친다고 매질을 하고 그랬나봐. 심한 학대의 흔적이 몸 전체에서 발견됐단다. 아직 가출할 나이도 안 된 어린애니 곱다시 학대당하다 죽은 거 아이가."

"계모를 편드는 건 아닌데, 자식을 길러본 사람 아이모 언내들 키우기가 얼매나 에렵고 성가신지 모른다. 더구나 제 배 아파서 안 낳은 남의 자식은."

"쉽고 어렵고를 떠나서 그게 어른들 할일 아이가. 우리 귀남 언니를 봐. 아이들이 어떤 환경에서 자라야 될지, 확실한 본보기 아냐. 그에 호응하듯이 너한테 좋은 일이 생기고. 이제 너만 동의한다면…. 호남아 우리도 사람답게 인간답게, 아니, 한 맺히고 피 맺힌 우리 딸들의 건전한 사상을 펼쳐보자. 어른의 관습이나 답습하는 나약함에서 벗어나 새로운 시대의 참 여성상을 우리 자매가 세우고 실천해보자 이기다. 생존 이외로 우리가 했던 동작을 하나하나 짚어보다 내린 결론이다. 그래야만 언니뿐 아니라 너나 나한테도 남아 있는 고질병 치유도 될 것 같아. 솔직히 따지면 인생 망친 골병을 너도 나도 앓고 있잖아."

양지의 말이 끝나자마자 심취했던 해작질을 저지당한 어린아이처럼 호남이 발칵 고성을 돋우었다.

"언니야, 제 살 찌고 소금치드키 그리 별쭉시리 나오지 마라. 다른 사람들도 대개 그렇게들 산다. 나도 열심히 살았으니 누리고 살 권리 있는데 언니 말 듣다보면 자꾸 죄인으로 몰리는 기분이고 남모르는 중병환자가 되는 기분이다. 바로 말해서, 언니 나나 내나 성질이 언내 별로 안 좋아하는데 가당치도 않고."

"그 점 때문에 나도 고민 많이 했지. 그렇지만 우리는 여자니까 당했던 상처가 있으니까 이성적으로 더 잘할 수 있을 것 같아. 아주 품성 좋은 보육교사가 되기 위한 공부도 우리 스스로 하고 직원도 그런 사람을 뽑고."

복잡한 일로 짜증날 때의 버릇대로 호남은 손가락 박은 머리카락을 벅벅 긁어대며 볼멘 대꾸를 했다.

"뜻은 좋지만 우리한테 그리 큰돈이 어딨노. 땅이야 있지만 부동산 거지라는 말도 있다더라. 꼬박꼬박 세금은 내야 되는데 현금은 없고. 그렇다고 도토리묵 잘라묵드키 삽으로 한 덩거리씩 땅을 푹푹 파서 우짤 수도 없고. 그라고 나는 아직 묵고 싶은 것 입고 싶은 것도 제대로 몬 해봤는데 그 포원은 우짜라꼬?"

"그야 나도 알지. 지금 당장은 아니지만 우리가 앞으로 해야 될 큰 목표로 설정해놓고 차근차근 실천해보자 이 말이다. 앞으로, 경제관념으로만 치우친 사회 분위기 속에 애들이 옛날처럼 온전한 부모의 관심을 받고 자라기가 어렵게 될 거잖아. 그러니까 그 일은 자식도 없는 우리가 꼭 해야 될 일이란 확신이 오늘 이 넓은 터전을 보니 더 강하게 든다. 니가 대지만 주면 건물은 내 돈으로 지을게."

"언니 너무 앞서 가는 거 아이가? 식구가 많으면 한두 푼으로 안 될 생활비하고 운영비는?"

"우리는 부양가족도 없는데 의식주만 해결되면 마음이 배를 채울 차례라. 돈은 쌓아두면 악취가 나고 풀어헤치면 빛이 난다는데 그 빛의 주인공이 너라면 이 허무함도 상쇄되겠지?"

"곧 죽을 늙은이처럼 허무는 무슨. 하여튼 됐다. 그쯤 해두고 보자."

"꼭 약속을 받고 싶다. 돈이란 요물이라서 나갈 구멍 보고 들어온다더니 엄마가 우리 생각을 지원해주는 거라는 생각도 든다."

왠지 쐐기를 박고 싶은 양지와 달리 대주주격인 호남의 뜻은 아직 멀다.

"어쨌든 오늘은 그만하자. 아, 이 압박감. 벌써부터 골이 지끈거린다. 내가 무슨 고깃덩어린가 우찌 뜯어먹을 사람만 많은지."

기분 잡친 듯 투덜거린 호남이 먼저 차에 올랐다. 샐쭉한 호남의 기색이 마음에 걸렸지만 꼭 해야 될 말을 한 끝이다. 양지는 분명한 제의를 한 것만으로도 마치 꿈꾸던 목표를 반쯤은 달성한 것처럼 아주 후련했다.

하지만 마치 자신이 부자라도 된 듯 이런저런 계획을 세우느라 들떠 있던 양지는 결론나지 않은 시간을 돌이켜 본정신으로 돌아오자 아리고 부러운 심정으로 착잡해졌다. 사촌이 논을 사면 배가 아프다던 옛말이 자꾸 실감 나자 서둘러서 그 생각을 털어내야 했다. 사촌이 아니라 바로 친형제간이라도 인정해야 될 것은 주머니의 주인이 다른 점이다. 이렇게 옴부랍고 용렬한 것이 언니라니, 내심 부끄럽기도 했지만 현실은 엄연한 법. 자신의 계획을 실현시키려면 앞으로 얼마나 더 많이 호남을 설득하고 이끌어야 할지, 요컨대 앞으로는 어떤 그럴싸한 기회와 방법을 창안해내야 할지 그게 관건이 될 터였다. 앞장서서 노력하는 것처럼 설득력 강한 힘은 없을 것이기에.

며칠이 지났지만 호남은 여전히 양지가 듣고 싶은 명쾌한 답을 주지 않았다. 시간만 나면 해대던 안부전화조차 뜸했다. 건강하게 움직인다면 늙어죽도록 굶을 염려는 없다. 그런데 어느 순간마다 시름없이 멍하니 서 있거나 휙 스쳐가는 허전함을 의식할 때가 많다. 얻은 것이 있다면 인정하기 싫지만 자신의 장래가 어머니나 아버지만 하기도 어렵다는 암암한 각성이다. 사람이 살아가는 데 필요한 길은 직선뿐 아니라 곡선도 필요하다. 직선만 바람직한 것으로 아는 사람이나 곡선도 수용해야 된다고 강조하는 사람들 모두 어울려서 인간의 숲이 된다. 그 속에는 남들은 다 탈없이 잘 살던데 우리만 왜 이렇게 지뢰가 묻혀 있는 가시밭 너덜겅을 걸어야 하는가. 그런 자탄도 같이 숨 쉰다. 굴러가는 열차에 타고 있으면 어김없이 닿게 되어 있는 생의 종착역에서 무언가를 되짚어볼 때 그처럼 아등바등 날뛰며 나만의 것이라고 목표삼아서 붙잡으려 했던 것의 실체는 무엇이었단 말인가. 예술을 하는 여자들은 예술작품으로 자기 인생을 말할 수도 있지만 나는 무엇을 해놓고 이 세상에서의 삶을 증명할 것인가. 기껏 밥벌이에 매달렸던 것밖에 꼽을 게 없었다. 남편과 자식이 있다면 사십대는 안정되고 충만한 시기라고 한다. 그러나 남들은 축복의 계절이라는 이 시기를 빼도 박도 못 하는 말뚝처럼 엉

거주춤 서 있는 자신의 처지에 대한 돌파구가 양지는 절실했다. 그것은 약간의 봉사활동으로 얻는 보람과는 또 다른 차원의 것이었다. 그러므로 양지는 보육원 설립의 실현을 마치 생의 동아줄삼아 매달렸다. 오랜만에 연락한 우먼파워 시절의 친구는 후배에게 밀리는 소외감과 절망을 숨기지 못하고 술과 마약에 의지한 생활을 하다 연행되기도 했다. 외롭고 허무하다고 했다. 호남의 가게에서 종종 목격하는 멋지고 똑똑한 독신녀들도 여자가 가진 체력의 한계 때문에 술 취한 비틀걸음을 걷다 길에 쓰러져 같은 여자가 보기에도 힘없고 볼썽사나운 추태를 보이기 일쑤다. 달려와서 나무라며 데려갈 가족이나 관심을 가질 그 누구도 없는 나이 많은 독신여자의 스산하고 을씨년스러운 배경이 바로 양지 자신의 초상인 거였다.

귀남의 말썽 때문에 따질 곳이 어딘가 곤두세운 검지를 휘두르는 어느 날, 인내나 체면으로 보자기 포장을 하고 있던 누군가의 삶을 엿보게 된 일이 생겼다. 큰 물건은 큰 보자기로 작은 물건은 작은 보자기로. 보자기에 싸인 물건은 아무나 내용물을 볼 수 없다. 경우에 따라서 입이나 눈도 그렇다. 백화점 물건처럼 고상하게 잘 포장된 겉모습을 보고 전생에 나라 세운 공이라도 있는 사람들의 분복이냐고 이웃들은 부러워하고….

마침내 부풀어서 터질 때까지 경제력 있고 인품 좋고 사회적 역할이나 덕망도 높은 사람, 차일처럼 큰 보자기에 가려 있던 고종오빠네의 경우가 그랬다.

식육점 올케언니가 앓아 누웠다는 말을, 그것도 종업원에게 듣고 양지가 문병을 갔을 때였다.

"본인이 언충 사람 만내는 걸 싫어하니께, 동생한테도 일부러 말 안 했어."

"왜 어떻게 편찮으신데요?"

"네가 보기엔 병도 아닌 것 같은데, 의사 말이 입원해서 안정을 취해야 된다네. 요새는 참 별 병도 다 있어."

"병명이 뭐라는데 그러세요?"

"우울증."

"아유 오빠도 에나 구식분이시다. 요즘 현대병이 스트레스로 인한 우울증인 걸 모르니까 그렇죠. 그런데 언니는 그런 병하고는 가까울 아무 이유도 없는데, 좀 그렇긴 하네요."

오빠는 아주 목소리를 낮추었다.

"그게 참 그렇네. 남이 알까 겉으로 말도 몬 하고. 우리 밥쟁이가 좀 촌시럽기는 해도 예의 없이 막된 사람은 아닌데…."

"물론이죠. 저도 언니가 손님이나 이웃들과 지내시는 것 보고 잘 알지예."

"내 이런 말 털어놓기는 내 낯에 침 뱉은 꼴이라 부끄럽지만 동생도 남의 집 며느리 될 젊은 사람이니께 참고 삼으라꼬 부끄럼 무릅쓰고 털어놓네. 듣고 우리 생각이 구식이라 고쳐야 될 점 있으면 충고도 좀 해주고. 우리 내외 나이도 있었고, 늦게 얻은 아들이니 집사람이 그야말로 불면 날아갈까, 쥐면 깨어질까, 눈에 넣어도 안 아플 정도로 지극정성 키운 아들이라…. 속살로는 병난 지가 좀 오래됐어."

"아들 때문이라면? 결혼시킨 지 얼마 안 됐다 아입니꺼?"

"그러구러 햇수로는 한 사 년 됐지."

고종오빠 장현동의 장남은 시장 바닥에서도 소문난 수재였고 효자였다. 이름 값하는 좋은 대학출신에 젊은 박사로 남부러워하는 재인인데 유학 중에 만난 애인도 상류층 딸인지라 그야말로 모자라는 것 없이 꽉 찬 시작이었다. 정말 잘되는 집은 더 얼마나 잘될 것인가, 남들의 집중된 이목을 받았다. 그런데 아들네 집에 갔던 현동의 아내가 울면서 돌아왔다. 바리바리 준비해갔던 차반들을 그대로 들고 온 것은 말할 것도 없었다.

　갓 결혼시켜놓고 자주 갔던 옛날 집을 찾아가니 얼마 전에 이사 왔다는 다른 사람 얼굴이 나왔다. 본가에는 의논도 없고 연락도 없이 새 아파트를 분양받아 간 거였다. 그렇잖아도 요즘 새댁들이 시가를 기피한다는 말은 들어왔다. 시어머니 찾아오지 못하도록 아파트 이름도 영어로 짓는다는 흉흉한 말도 들었지만 말쟁이들이 장난으로 지어낸 거라 웃어넘기며 세상 아들들이 다 그래도 우리 아들은 그런 일 없을 거라 은근히 품은 자부심을 어루만졌던 것인데 당황하고 서운하기 짝이 없었다. 화도 났지만 억지로 누르고 아들에게 전화를 걸었더니 아들의 말이 더 가관이었다.

　"너, 이사하면서 집에 의논도 안 하고 그런 법이 어딨노?"

　"참 엄마도 촌 양반이 법을 왜 그렇게 입에 올리세요. 우리 돈 갖고 산 것도 아니고 처가에서 사준 집인데 꼭 보고해야 될 필요 있을까 예사로 생각했어요."

　"글타카모 에나 더 연락을 해야제. 사돈댁에 번번이 인사도 빠졌고, 진주 촌사람 예의 없다꼬 짜다라 욕 안 하겠나."

　"그건 그렇게 됐네요. 저도 바빴고, 죄송해요."

　"그래 지금 우짤 끼고 이 많은 짐을 갖고 되돌아갈 수도 없고. 마중을 나와야 주고 되돌아갈 것 아니가. 고속버스 내려서 기다리고 있은께 그리 알아라.”

“지금 시간이 없어요. 회의 들어가야 되거든요.”

“니가 안 되모 며느리 보내모 될 거 아이가.”

“그 사람도 무척 바빠요.”

그리고 당황하는 듯 아들은 회의시간을 핑계대며 전화를 끊어버렸다. 설마 며느리라도 나오겠지 기다렸으나 며느리도 나오지 않았다. 결혼하면 아들이 먼저 친가와 멀어진다는 말도 있지만 천릿길 먼 데서 온 어미를 이렇게 푸대접해서는 안 되는 것 아닌가. 화가 끓기 시작한 장현동의 아내가 다시 아들에게 전화를 걸자 아들은 대놓고 벌컥 전에 안 하던 짜증을 냈다.

“참 엄마도 연락도 없이 진짜 오시면 어떡해요. 우리도 우리 생활이 있는데. 이럴 경우 우리가 얼마나 황당한지 모르죠?”

“자식집에 오는데 연락은 무슨 연락. 네가 바쁘면 며느리 전화번호라도 갈차도라. 내가 직접 해보꾸마. 이 짐을 다 우짤 끼고.”

“우리도 사정없는 줄 아세요? 짐이 정 아까우시면 거기 누구를 주던지 버리던지요.”

저 괴물 같은 사람이 과연 내 아들인가. 외아들에 대한 애정만 믿었지 신세대 사람들 사는 방식을 너무 몰랐던 자신의 무지에 대한 자책도 했다. 그러나 성가신 불청객을 대하듯 하는 아들의 목소리에 현동의 아내는 부글부글 속이 끓었다. 미혼 때 같으면 열일 제쳐놓고 마중부터 나오곤 했던 아들. 그동안 들어도 예사롭게 넘겼던 남의 말들이 시래기두름처럼 현동 아내의 머릿속에서 풀려나왔다. 드나드는 손님들이나 지인들의 눈에 아들의 행적은 왜 그렇게 자주 눈에 띄는지. 유명관광지에서, 또는 유명 음식집에서 처가식구들과 놀러온 것을 보았다는 소리는 손꼽기도 어려울 만큼 많이 들었다. 조부의 제삿날도 그와 비슷했다. 하마 도착할 때가 되었는데도 소식이 없는 아들에게 지금 어디쯤 오느냐고 물으니 장인장모와 외국여행을 가는 중인데 죄송하다고 했다. 점점 멀어지는 아들에 대한 충격은 곳곳에서 목격되었다. 집에서는 자기 숟가락도 안 챙겨 먹은 것은 물론 집안일에는 손끝도 안 댄 귀한 아들이 부엌 설거지는 물론 아내의 속옷까지 빨래해서 널고 아내의 다리를 주물러주며 희극배우처럼 시시덕거리는 거였다. 사회가 온통 며느리들 세상으로 판이 바뀌고 있다는 들은 소리의 현장 깊은 곳에 아들은 이미 안착해 있었던 것이다. 세상 따라 부모도 바뀌어야지 무언가 부정적인 내색을 보이는 순간 며느리에게 시에미 시집 살린다 할까봐 상하는 속을 혼자 달랬다. 제 가족을 위해서 아들이 달라지는 것을 당연하게 받아들여야 고부갈등이라는 것도 없어질 터이기에.

장현동의 아내는 그날 여러 개의 짐을 들고 하염없이 기다리다 결국 마지막 고속버스를 타야 했다. 혹시 마중 왔던 며느리와 길이라도 어긋날세라 하고 싶은 소변까지 다리를 꼬며 참고 버티다 통화가 되면 악, 소리부터 먼저 지를 것 같은 극한 울화를 누르다 못해 아들에게 다시 전화를 걸었지만 아들의 아랫사람은 퇴근한 것 같다고 연속극 대사처럼 전했다.

이튿날 며느리와 통화가 되었지만 거기도 뭔가 장현동의 아내가 미리 알아차렸어야 할 기미는 있었다. 그러나 순박한 시어머니는 예의 없던 자신의 방문 때문에 부부싸움이라도 한 거라 짐작하고 얼러키운 자식이라 그러니 네가 좀 잘 봐달라고 오히려 며느리께 먼저 사과를 했다. 바쁘다고 서로 미루다 설마가 아차로 바뀐 모양이라는 결론도 이미 내렸던 참이다. 애써 괘씸함을 누르며 이전대로 대범하고 온화하게 대하려 했다. 그러나 시어머니는 또 다시 뒤로 나자빠지는 충격을 받고 말았다. 이에 따른 며느리의 반응은 오물 한 통을 퍼 던지는 꼴이었다.

"전에도 제가 말했잖아요. 친정집에서 가져온 것도 다 못 먹는다고. 애써 시골집 반찬 만들어오실 필요 없다고. 솔직히 말하면 전에 어머니가 만들어주신 반찬들 모두 경비실에 주었어요."

그날부터 현동의 아내는 식욕도 잃고 넋도 잃은 듯이 멍하게 지내는 시간이 늘었다. 현동은 밖에서 들은 대로 요즘 시어머니는 아들이 좋아한다고 가져간 반찬도 경비실에 맡겨놓고 그냥 와야 좋은 시어머니 소리를 듣게 된다는 말이며 주책없는 시댁식구들 때문에 현관문의 자물쇠도 숫자 버튼으로 자주 바꾼다더라는 등의 정보도 재탕삼탕 일러주며 위로를 했지만, 그런 위로에 쾌유될 만큼 증상은 가볍지 않았다.

"나도 그런 소리는 목욕하러온 형님들한테 들어서 잘 알아요. 그렇지만 내 아들 며느리는 안 그럴 거라 믿었지요. 어떻게 내 아들 내 며느리가…."

힘없이 울먹거리던 장현동의 아내는 결국 쓰러지고 말았다.

"아유 우리 언니 분께서 부잣집 딸, 서울 며느리 깍쟁이, 임자 제대로 만나셨네요."

"실은 나도 참 황당하네. 부모의 사랑이 배척받는 현실에 대한 감응이 아직 실감 안 나기는 마찬가지라. 나나 우리 집사람도 마찬가지지만 우리는 며느리가 그렇게 예쁘던데 며느리는 와그리 시가가 싫으꼬? 시집

오모 여기가 바로 지 집인데 말이다."

"우리 오빠도 그 부분에서는 아직 조선 사람이시네. 모든 게 낯설고 누가 적인지 아군인지 구별할 수 없으니 시집에 대한 부정적인 학습만 앞을 막고 몸 사려지죠. 오빠 며느리처럼 귀하게 자란 사람들의 정서는 굳이 다른 사람들과 잘 안 지내도 하나 불편할 게 없잖아요. 앞으로 보세요, 우리 아버지들이 만들었던 남존여비나 남아선호에 대한 역반응이 일어나는 거예요. 엄마 돌아가시고 나서 여기 있는 동안 저도 많은 깨달음을 갖기는 했지만 아직 여자들은 시집이 자기 집이라는 생각을 안 해요. 우리 엄마도 돌아가실 때까지 내 집이라는 개념이 없이 꼭 너거 집에 시집 와서라고, 너거 집이라는 말을 썼으니까요."

"여자들 심리란 참 묘해. 자기들이 안방 차지하고 자식 낳아 기르고 살림도 다 살면서 그렇게 주인의식이 바로 안 설까? 옛날 사람들은 그렇다 치더라도 많이 배운 요새 딸들이 어머니들보다 세상을 더 어렵게 사는 것 같아."

"그건 제 생각도 그래요. 결혼해서 부딪쳐보면 어떨지 모르지만, 유식한 만큼 불평불만은 더 많고 차라리 아무것도 모르는 무지랭이 아줌마들이 현실에 대한 적응은 더 잘하거든요. 저 역시 엄마 일을 겪고 나서 깨달은 건데 엄마보다 훨씬 제가 못 했어요. 자기 정체성에 대한 부정도 온통 남자들 탓으로 돌리고. 저도 한때 독신클럽 총무도 했던 적이 있었다고 말씀드렸죠."

"가만히 보니 사회적 추세가 그런 걸 우리 며느리가 창문 활짝 열어서 보여준 격이네. 이건 내 욕심이지만, 우리 며느리도 박사 학위까지 받은 지식꾼이 너무 자기 본위로 이기적이라. 사실 집사람한테 내색은 안 했지만 돈 벌 걱정이 있는 것도 아니고 남한테 짓밟히지 않기 위해 공부를 더 해야 되는 것도 아니고, 뭘 더 채우겠다고 욕심을 내는 겐지, 당최 옆 돌아볼 생각은 안 하고 위만 쳐다보고 있어. 없는 것 없이 다 갖춘 사람이 무슨 목적으로 그리 숨 가쁜 뜀박질을 하는지 이유를 모르겠어."

"오빠, 그건 지금 시작에 불과할 겁니다. 서울 살다온 제 눈으로 봐도 마구 받아들인 서양문물이며 주도권 문제로 부부간의 사고에 대한 격차가 학벌이며 문벌이며 경제력까지 복잡하게 얽혔는데, 그게 극복되는 동안 넘어야 될 파동은 여간 아닐 걸요. 아까운 재능을 집에서 썩히는 것은 사회적인 큰 손실이라 부추기니까, 약빠른 개가 제 눈에 백태 낀 건 모르고 구정물통 밑바닥에 있는 밥티 한 개를 먹기 위해 물 한 동이를 다 들이킨다는 고사와 비슷해요. 직장일 집안일은 물론 육아와 시댁 관계까지, 돌겠다 돌겠다 하면서도 여자들은 밖으로 나갈 준비로 분주하거든요. 히스테리는 오죽할까요. 그 히스테리의 파편은 고스란히 어디로 튀겠어요? 언니는 문화재감 성품을 가진 시어머니에 속할 거구요. 엊그제 호남이 가게 종업원이 재미로 읽어보라고 준 건데 우스개로 한번 들어 보실랍니꺼?"

양지는 가방에서 접힌 종이를 꺼내 펼쳤다.

"어느 며느리가 시부모에게 보낸 편지 내용과 거기 답하는 시어머니의 편집니더. 좀 길지만 우울한 오빠 기분을 풀어드리는 데 맞춤한 내용이니 들어보이소. 이 시대 고부간의 심리가 얼마나 함축적으로 표현되어 있는지. 자, 읽습니다. 아버님·어머님 보세요. 우리는 당신들의 기쁨조가 아닙니다. 나이 들면 외로워야 맞죠. 그리고 그 외로움을 견딜 줄 아는 사람이 성숙한 사람이고요. 자식, 손자, 며느리에게 인생의 위안이나 안전을 구하지 마시고 외로움은 친구들이랑 달래시거나 취미생활로 달래세요. 죽을 땐 누구나 혼자입니다. 그 나이엔 외로움을 품을 줄 아는 사람이 사람다운 사람이고 나이 들어서 젊은이같이 살려는 게 어리석은 겁니다. 마음만은 청춘이고 어쩌고 이런 어리석은 말씀 좀 하지 마세요. 나이 들어서 마음이 청춘이면 주책바가지인 겁니다. 늙으면 말도 조심하고 정신이 쇠퇴해 판단력도 줄어드니 남의 일에 훈수드는 것도 삼가야 하고 세상이 바뀌니 내 가진 지식으로 남보다 특히 젊은 사람보다 많이 알고 대접 받아야 한다는 자만도 버려야 합니다. 나이 든다는 건 나이라는 권력이 생기는 게 아니라 자기 삶이 소멸해간다는 걸 깨닫고 혼자 조용히 물러나는 법을 배우는 과정임을 알아야 합니다. 그리고 전화를 몇 개월에 한번을 하든 일 년에 한번을 하든 아니면 영영 하지 않아도 그게 뭐가 그리 중요하세요. 그것 가지고 애들 아빠 그만 괴롭히세요. 그리고 이번 설날에 큰애·작은애 데리고 몰디브 여행 가니까 내려가지 못해요. 그렇게 아시고 10만 원 어머니 통장으로 입금해놓았으니 찾아쓰세요.”

팔짱을 낀 오빠는 양지가 읽는 글을 지그시 눈을 감은 채 듣고 있었다.

“시어머니의 답장이 또 있어요. 들어보이소. 고맙다, 며늘아. 형편도 어려울 텐데 이렇게 큰 돈 10만 원씩이나 보내주고. 이번 설에 내려오면 선산 판 90억하고 요 앞에 도로난다고 토지 보상 받은 60억 합해서 3남매에게 나누어 줄랬더니 바쁘면 할 수 없지 뭐 어쩌겠니. 둘째하고 막내딸에게 반반씩 갈라주고 말란다. 내가 살면 얼마나 더 살겠니? 여행이나 잘 다녀와라. 제사는 이 에미가 놉을 사서 제수 장만해서 모시면 된다.”

눈치를 살폈지만 오빠 장현동은 가타부타 입을 열지 않는다. 그렇다고 내용에 관심이 없는 눈치도 아니다.

"이 다음은 또 며느리의 답장입니다. 헉, 어머니 친정부모님한테 보낸 메모가 잘못 갔네요. 친정에는 몰디브 간다 하고서 연휴 내내 시댁에 있으려고 했거든요. 헤헤헤. 어머님. 좋아하시는 육포 잔뜩 사가지고 내려갈게요. 항상 딸처럼 아껴주셔서 감사해요. 오늘은 어머님께 엄마라고 부르고 싶네요. 엄마 사랑해요."

눈을 떠서 양지를 바라보는 오빠의 얼굴에 싱긋 웃음이 떠올랐다.

"재미있죠? 더 들어보이소. 며느리의 그 답장에 시어머니가 다시 보낸 답장인데 반전이 더 재미있심더. 기가 막혀요. 사랑하는 며늘아. 엄마라고 불러줘서 고마운데 이걸 어쩌면 좋으냐? 내가 눈이 나빠서 만 원을 쓴다는 게 억 원으로 적었네. 선산 판 거 90만 원, 보상 받은 거 60만 원 해서 제사 모시려고 장봐다 놨다. 얼른 와서 제수 만들어다오 사랑하는 내 딸. 이 며느리 기분이 어땠을까요? 여기 종결편이 또 있어요. '며느리 보아라. 니가 세상을 몰라도 한참 모르는구나. 우리는 너희를 기쁨조로 생각한 적이 없다. 가끔 너희가 마지못해 인상 찌푸리고 집에 왔다가면 그 후유증으로 며칠씩 몸살을 앓고 기분이 상하고 짜증이 난다. 이제는 올까봐 금요일부터 걱정하고 있다는 사실을 몰랐다면 답답한 네 머리를 아이가 닮을까 두렵구나. 며늘아, 인생은 60부터란 말 모르느냐? 젊어서 고생은 사서도 한다니 생색내지 말고 즐거운 마음으로 살아라. 우리는 외로울 틈이 없다. 여기 벽촌에도 이제 해외여행 계를 해서 안 가본 데가 없는 정도다. 시에미 전화 기다리지 말거라. 무소식이 희소식이란 말도 잊지 말거라. 너희도 가정이 있으니 이제는 우리한테 행여나 기댈 생각은 말아라. 애 맡길 생각은 더더욱 말고 니들 자식이니 니들이 키우는 것이 당연한 것 아니냐. 살던 집과 재산은 우리가 쓰고 남으면 누구든 우리 부부에게 즐거움을 주는 사람에게 넘겨줄 것이고 아니면 사회환원하기로 했다. 죽을 때 혼자인 것 모르는 사람도 있다더냐. 너나 잘 새겨서 명심하고 늙어서 니 자식한테 부담주고 주책부리지 말거라. 시에미·시애비 꼰대라고 무시하지 마라. 선산도, 논밭도 우리가 젊을 때 열심히 저축하고 농사지어서 늘인 재산이니 오늘날 이렇게 노후를 즐길 수 있구나. 분명히 말하건대 앞으로 명절이니 제사니 핑계로 우리 집에 와서 행여 유산이나 챙기려 들고 경제적으로 도움을 받으려는 속셈은 버리는 것이 좋을 게다. 며늘아, 너 역시 지금 이 순간도 늙고 있다는 것을 기억해라. 세월은 잠시다. 그리고 이번 설 전에는 유럽으로 10박11일 여행 가기로 했으니 네 통장에 송금한 5만 원 찾아서 설이나 쇠거라. 아 참, 깜빡하면 그냥 넘길 뻔한 게 있는데 이번 참에 말해야 되겠다. 너희 들 신혼집 장만할 때 보태준 일억은 그냥 준 것이 아니고 차용해준 것이니 얼른 갚아라. 너거 시아버지와 내가 피땀 흘려가면서 모은 돈이니 용돈으로 써야겠다. 들어보니 감상이 어때예?"

양지의 말에 오빠는 얼른 대답하지 않고 얼굴만 쓱쓱 문지르더니 손을 내밀었다.

"그거 어디서 낫는지 나 좀 줘. 우리 집 사람 좀 뵈이주게."

"그러세요. 한참 웃으시고 카타르시스가 되게."

"우리집 사람한테도 당신이 주인이니 마음의 중심을 바로 세우라고 일렀지만, 그게 잘 안 되끼네. 남의 인생 산 것도 아닌데, 마음이 흔들리고 낙담해서 병을 얻고. 확실하게 자기중심만 바로 세우고 자기 가치만 스스로 인정한다면 자기가 땡초라는 지리산 그 친구 말마따나 살기 괜찮을 건데. 본인은 참다 참다 오죽 했으면 병이 났을까 싶기는 하지만."

"마음의 중심이라는 말씀, 지리산 스님한테 들을 때도 그랬는데 오빠한테 또 들어도 참 신선하게 들려요. 실천하기 어렵겠지만 저는 참 대단한 스승님들 속에서 쑥쑥 자라는 것 같심더. 감사합니다. 마음의 중심을 바로 세워야 된다는 말씀 명심하겠습니다. 스승님."

오빠에게 스승이라는 호칭을 쓴 양지의 말은 진심이었다. 다른 여자들과 달리 살고 싶었던 노력에 비해 결국 어머니조차 극복하지 못했다는 자괴감으로 위장병까지 앓았었는데 '자기중심'이라는 단어를 접하고부터 소화제를 안 먹어도 될 것 같은 생기를 얻고 있었던 것이다.

그런데 고종오빠 집안의 놀라운 일은 얼마 후에 또 들이닥쳤다.

바깥일을 보고 돌아오는 길에 귀남 언니가 좋아하는 쇠고기 장조림거리를 사러 식육점에 들렀을 때였다. 가게가 저만큼 보이는 곳에서 양지는 종업원 하씨가 도망가려는 웬 여자를 붙잡고 실랑이하는 것을 목격했다. 고기를 사러온 손님에게 그럴 리 없는 분위기라 개인적인 무슨 다툼인가 여기는 양지의 눈에 또 놀라운 것이 그들의 뒤쪽으로 보였다. 핏물이 벌겋게 배인 정육점 큰 도마 위에 마치 손봐야 될 정육을 펼쳐놓은 것처럼 해괴하게 어린애 하나가 놓여 있는 것이었다. 두 조각 또는 네 조각으로 각을 뜬 생육을 펼쳐놓고 부위별로 분리작업을 하고 뼈를 발라내는 도마 위에 어린애를 올려놓다니, 참으로 놀랍고 망측스러운 광경이었다.

양지가 다가가는 사이에 여자를 놓친 하씨가 돌아보며 당황하게 인사를 했다.

"내 참, 이 일로 우짜모 좋십니꺼."

"아저씨, 보기 흉하니까 어서 어린애부터 내리세요."

"예, 예. 나도 얼매나 뜻밖으로 당했는지, 실래기를 하다가 그만 그리 됐심더."

히씨기 칠칠 흘러내린 핏지국이 말라붙은 앞치마 앞으로 이이를 끌어 안자 겨우 뒤집기할 정도의 어린 아기가 오만상을 찌푸리며 잠깬 찌무르기를 시작한다.

"아무리 그렇지만 이 자리가 어떤 자린데 애기를 이런 데다 눕힙니꺼."

나무라는 양지를 상대하기보다 놓쳐버린 여자에 대한 미련으로 안타까운 숨결을 헐헐거리던 하씨가 양지에게로 선뜻 아이를 넘기려 했다.

"야나 좀 받아주이소. 이라고 있을 때가 아닙니다. 대체 무슨 일인지 이유라도 알아야 회장님 내외분께 아아를 델다 디리도 디리지요."

"회장님요? 얘가 그럼 회장님 손주란 말입니꺼?"

"글타 카이요. 가타부타 말 한마디 없이 덜렁 언나만 델다놓고 가모 어른들은 대체 우짜라꼬 그라는지."

그제야 퍼뜩 생병 난 고종올케나 오빠를 향해 몰려오는 어떤 해일이 감지됐다.

"제가 가볼 거니까 언내나 남들 눈에 안 띄게 얼른 안고 들어가이소."

하씨에게 말을 던진 양지는 여자가 사라진 골목 밖으로 줄달음질쳐 나갔다. 차들이 다니는 큰 길로 숨 가쁘게 달려간 양지는 마침 도착한 택시에 한 발을 올리고 있는 여자의 뒷덜미를 가까스로 잡아챌 수 있었다.

"놔요, 놔!"

양지에게 잡힌 몸을 뒤채면서 여자가 역정을 냈다.

"어쨌든 내리세요. 아저씨, 미안합니다. 큰일이 나서 그래요."

양지가 양해를 구하자 택시는 곧바로 떠나고 어쩔 줄 모르는 난처한 표정으로 여자가 변명을 한다.

"그저 시키는 대로만 했으니까 나는 아무것도 몰라요."

"아무튼 어디 찻집으로 좀 들어가요. 나는 그 집 회장님 동생이니까 이대로 그냥 못 돌아가실 줄 아세요. 아시겠죠?"

강단 있게 선언하는 양지의 기세에 눌린 여자가 조금 기죽은 모습으로 고개를 떨어뜨렸다.

찻집에 앉아 마주보니 보통 집안의 어머니들처럼 평범하고 원만해보이는 인상이다. 천 리 먼 이곳 시댁까지 젖먹이를 데리고 와 어른도 아닌 종업원 손에다 얼렁뚱땅 떠넘기고도 양심가책 없을 사람은 아닌 것 같아 여자가 아는 대로 정보를 캐내는 일은 별로 어렵지 않을 것이라 싶은 느낌이 양지에게 큰 힘을 주었다.

"차는 뭘로 시킬까요?"

"그냥 보내주세요. 아무것도 필요 없어요."

"참 여사님도, 우리 시골 사람들 인심은 찾아온 손님을 맨입으로 보내지 않습니다."

"그럼 좋을 대로 커피나 한 잔."

가져온 커피를 마시며 여인이 흥분을 가라앉힐 때까지 양지는 아무 말 없이 뜸을 들이는 느슨한 자세로 차를 마셨다. 그리고는 잠시 후 건너편의 여자를 똑바로 바라보았다.

"여사님, 이제 자초지종을 여사님이 아시는 대로 좀 알려주세요. 보아하니 여사님도 일찍 보셨다면 손주도 있으실 만한데 왜 이런 일이 생겼는지 아는 대로 좀 말씀해주시겠죠?"

천 리 먼 시골의 작은 도시에 살지만 시골 사람 같지 않은 양지의 태도나 자신에 대한 호칭에 여자는 저이 사리는 모습을 보였다.

"저는 여사님 소리를 들을 만한 인야도 못 됩니다. 거저 애기 외할머니가 여학교 때 친구라 친구의 부탁으로 그 집에서 가사도우미를 했는데 애기까지 돌보게 됐을 뿐이고…."

"여사님, 저는 지금 여사님을 나무라는 게 아니라 어린아이를 안고 여기까지 오시게 된 이유가 궁금한 겁니다. 저도 서울생활을 해봐서 서울 사람들 깍쟁이 근성이 있다는 것도 아는데 여사님한테서는 저의 어머니와 다름없는 푸근함이 느껴져서 말씀 드리기도 훨씬 편하고 좋습니다. 말씀해주시겠죠?"

앞에 놓인 커피잔을 입으로 가져가려다 도로 내려놓은 여인은 한결 차분해진 손길로 가방에 든 손수건을 꺼내더니 별로 땀 난 것 같지도 않은 이마부위를 자근자근 눌러 훔치더니 두 손 전체를 두루 문질렀다. 그러고는 자신을 인격적으로 대해주는 양지에 대한 호의를 의식한 듯 품고 있던 심중을 털어놓았다.

"오늘 한짓을 생각하면 제가 이런 말할 자격은 없는데, 앞으로 젊은 사람들 일이 참 문젭니다. 여자들은 직장생활하는 틈틈이 애도 낳아서 길러야 되고 살림도 해야 되는데 이게 앞으로 나가는 발전인지 망할 징존지 정말 구별이 안 돼요. 그렇다고 배운 지식을 아깝게 썩히는 거는 골 아프게 해낸 공부가 무용지물이 되고."

"그렇죠. 저도 한때 그런 고민을 무척 많이 했던 사람 중 하나라서 여사님 말씀에 전적으로 동감입니다. 이 집도 물론 그런 문제로 갈등이 심했을 거구요."

양지가 잘 아는 듯 추임새를 넣자 훨씬 수월하게 여자의 말문이 열렸다.

"아유, 연애할 때는 죽고 못 살던 게 언제 적 일이냐 싶게 날마다 싸웠지요. 제 친구가 참 곱게 키워서 제 숟가락 하나도 안 챙기고 공부만 한 딸이니 성격도 똑 부러지고 남한테 뒤지고는 못 살아요. 외국 유명대학에서 박사까지 돼서 돌아왔으니 오죽하겠어요. 신랑도 거기서 만났더라지요 아마. 우리 때 같음사 결혼을 하면 자식낳이를 우선으로 쳤는데 요새 사람들은 그게 아니더라고요. 연구성과를 내야 되고 승진도 해야 되고 눈코 뜰 새 없이 일에 매달리니 옆에서 보는 저도 저 엄마 하는 것같이 출근하는 새댁에게 밥을 떠 먹여 줄 때도 있지요. 그러니 임신하고 출산하는 그런 일을 자꾸 미루고 나중에는 어린애를 어디서 하나 사오면 안 되느냐는 우스갯말까지도 나왔지요."

"결국 저렇게 버릴 아이를 낳기는 왜 낳았대요?"

"남자들하고 달리 여자들 몸이 안 그렇습니까. 일순간 방심해서 임신은 했지만 날 가고 달 가고 낳고 기르는 일이 어디 하루이틀 책상 위에 어질러진 책이나 문서 정리하듯이 마무리될 일인가요. 어물쩍, 어쩌다 보니 아이는 나왔고 감당 안 되는 육아 때문에 어른들까지 쩔쩔 매다가 제가 그 집으로 들어갔지요. 그때 아마 시어머니가 오셨다 가셨을 겁니다. 남자들은 여자들 일을 너무 쉽게 생각해요. 신랑이 어린애 키우는 동안만 휴직을 하면 어떻겠느냐는 말만 안 했어도 또 이런 지경까지는 안 왔을지 모르지만…."

양지는 제가 짐작해도 능히 할 수 있는 여자들의 고충이어서 여인의 말을 맥이나 끊이지 않게 응대하며 관심을 갖고 경청했다. 어머니 시대와 달라진 세태풍조가 이미 이 한적한 소도시까지 밀려왔다. 능력위주·경제위주·개인위주에다 여성들의 수태불감과 양육기피까지.

"우리 때는, 저 역시 제 몸으로 낳은 자식들 때문에, 자존심 죽이고 친구 집 도우미질로 제 인생을 다 바치다시피 했는데 이것도 시대 탓을 해야 될지, 참 판단하기 어렵습니다."

"아이는 전적으로 여사님이 돌보셨고요?"

"그렇지요. 아이 엄마는 훌쩍 떠났으니 외할머니인 친구하고 저하고 차지가 됐지만 인형도 아닌 어린애가 몸이라도 아프면 우리는 병원밖에 믿을 데가 더 있나요."

"애기 엄마가 훌쩍 떠났다니 또 외국으로 갔어요?"

"그럼요 무슨 연구를 그쪽 박사님하고 하는데 거기 빠지면 십년공부 도로 아미타불이라는데 말릴 수가 없지요. 제 엄마가 있을 때는 잘 먹고 잘 자던 애기가 글리해서 그런지는 몰라도 어쩌나 자주 열이 나고 보채는지 병원을 들락날락하는 동안 이런 꾀가 나왔지요. 나중 원망 들을 일 생기기 전에 차라리 손이 귀한 본가에 데려다주는 게 순리라는 의견일치로…."

"아기 아버지는 뭐라고 했어요?"

"아기 아버지하고는 벌써…. 그러고는 영국인가 어딘가로 먼저 떠났는데 이전부터 연락이 안 되었고요."

"어머나, 어쩜 그런 일이 있어요?"

"그러게 말입니다. 모두 공부벌레·연구벌레라 우리는 이해 안 되지요. 부모한테는 한마디 상의도 없이, 우리 때는 있을 수 없는 일이지요. 아무리 번갯불에 콩 구워먹는 세상이라지만 성급하게 할 일이 따로 있지 애기엄마가 미국으로 떠나면서 혼인관계 서류도 정리된 모양이던데요. 남편은 아직 요지부동으로 집안풍속을 따르는데 각시는 또 각시대로 제 뜻이 너무 확실하고 똑똑하니, 우리 때 같으면 이냥저냥 참으면서 살았겠지만 언젠가는 갈라서게 마련된 부부였지요. 이대로 가면 우리들 손자 세대에는 어떻게 될지 지금 생각으로는 상상이 안 돼요. 기계문명 따라서 사람들도 모두 기계처럼 되고 말지, 안고 온 애기야 물론 여기 어른들이 잘 키우시겠지만 차타고 내려오는 내내 무섭고 끔찍한 생각밖에 안 들었다면 제 심정도 어느 정도 이해하시겠지요? 다행히 말이 통하는 고모님을 만나서 속이라도 툭 털어놓으니 죄짓는 듯 찜찜하던 심정이 좀 가볍기는 합니다만…."

"언젠가 우리나라도 서양식 사고방식으로 생활패턴이 변화될 것은 예상했지만 듣고보니 참 괴상한 느낌만 드네요."

답을 원하지도 않은 양지의 혼잣소리에 여인이 대뜸 토를 달았다.

"어디 난 서울이라니요. 젊은 사람들은 벌써 싹 달라졌어요. 우리는 우물 안 개구리로 살았지만 비행기 타고 직접 외국 나가서 배운 사람들 아닙니까. 사실 우리들 나이 먹은 사람들 머리로는 가닥이 안 잡히지요."

양지는 문득 시계를 보았다. 오빠는 오늘 양지가 정리해준 서류를 들고 '형평운동선양회' 추진 간담회에 나갔다. 돌아올 시간은 아직 멀었지만 마음이 급했다.

"애기엄마가 아이를 다시 품어들일 생각이 없어 어려운 걸음을 하신 거랬지요?"

"지금까지는 가망이 없었으니까요. 철부지 여고생이 '베이비박스'엔가 내버리고 간 아이를 나이 들어서 다시 찾아온다는 말은 들었지만. 외국으로 어디 먼 곳으로 입양이나 보내버리고 나면 때는 늦은데 어디서 찾겠어요. 친구도 나도 차라리 장 서방 본가로 데려다주는 게 옳다는 결론은 내렸지만 앞으로 어떻게 될지는 감이 안 잡힙니다."

"생활이 어려워서도 아니고 지성인 부모들이 절대 해서는 안 될 짓을 아이한테 저지른 겁니다. 이제야 말이지만 본가로 데려오신 건 그나마 어른들답게 내린 결론이라 불행 중 다행입니다. 그럼, 이번에는 제가 먼저 일어설게요. 그렇잖아도 아들·며느리 사이가 순조롭지 못한 눈치는 채고 있는 것 같았지만 결정적으로 이런 어처구니없는 일까지 생기다니. 이 집 어른들은 또 졸지에 몰아닥친 충격을 어떻게 감당해야 할지요."

오빠의 가게로 돌아온 양지는 하씨의 입단속부터 시켰다. 다음은 오빠의 가족들 눈에 띄기 전에 아기를 우선 수연이 양모의 집으로 데리고 갔다. 소나기는 우선 피하고 봐야 했다. 고종오빠는 그나마 충격을 완화시킬 충분한 도량을 가진 분이지만 투병 중인 고종올케가 맞닥뜨리면 어떤 불상사가 생길지 불 보듯 뻔한 일이라 양지는 제 선에서 일단 급한 파도는 막아보는 것이 저의 도리라는 작심을 했다.

양지가 돌아오자 충격과 실망으로 탈기한 채 일손을 놓고 앉아 있던 하씨가 벌떡 일어서며 항의하듯 날선 음성으로 마치 공범을 대하는 것처럼 내쏘았다.

"세상에 이럴 수는 없십니더. 내 환갑이 넘도록 살아도 이런 얼척없는 일은 첨입니더. 혹여 먹고 살기 힘들어서 수양아들이나 딸로 주는 경우는 있어도 이런 경우는 없지요. 이 집 사람들 뭐이 없십니꺼. 재산이 없십니꺼, 시어른들이 나쁜 소리 듣는 사람들입니꺼. 내가 알기로 장학금으로 내는 돈이 얼마나 되는 줄 압니꺼? 또 양로원이나 고아원에 보내는 돈은요. 이런 일은 있는 사람이라고 아무나 하는 일 아입니더. 이런 집에 이런 일이 있다니 세상천지에 공부는 뭐할라꼬 하고 좋은 직장 가지고 돈은 뭐할라꼬 벌입니꺼. 나는 당최 일손이 안 잡힙니더."

있어서 안 되는 일에 대한 실망과 충격으로 허탈감에 빠져 있던 하씨는 냉장고에서 꺼낸 일감을 그대로 집어넣고 서 있다가 손에 든 칼로 탁탁 헛도마질도 했다. 그러다 돌연 양지를 돌아보며 물었다.

"아를 뭐라 하고 매낐십니꺼? 고아라꼬 아무 케나 대우 받을 애기가 아인데."

"아저씨 그 말씀도 참 듣기 감사합니다. 제 조카 부부가 외국유학을 가는 바람에 잠시 떼놓고 간 거라니까, 참 공부 그게 뭔지 하면서, 엄마·아빠가 훌륭한 사람이 돼서 돌아올 때까지 건강하게 예쁘게 잘 키아줄 사람 찾아보자 하면서 기저귀부터 살피고 우유 준비까지 하던데요. 다시 한번 말씀 드리지만 오늘 있었던 일은 절대 회장님이나 사모님 아무한테도 말해서 안 되고, 아저씨하고 저하고만 아는 비밀로 해야 됩니더. 적당한 때가 되면, 제가 알아서 할 거니까 아저씨는 다른 걱정 마시고 비밀만 철저히 지켜주시면 됩니더."

"묵고 사는 걱정만 쪼맨 풀리모 잘 돌아갈까 싶었는데 세상에 참 별일도 생깁니더. 그동안 회장님 내외 눈치를 보고 어느 정도 거니는 채고 있었지만 참, 우리가 볼 때는 기럽은기 없는 사람들이 와이라는지, 이라다가 이 집뿐 아니라 세상 전부가 망쪼 드는 기 아인가, 참 환장할 노릇입니더."

"아저씨 같은 어른들 심정 저도 이해합니다. 그렇지만 육지에 사는 짐 승과 물속에 사는 짐승이 자기네 생활방식이나 생각이 다르듯이 우리 역시 이해 못 하는 것은 당연하죠."

예를 든 양지의 설명을 얼른 이해 안 되는 표정으로 무르춤한 채 서 있 던 하 씨는 다시 일손을 잡았다. 하지만 이내 손을 놓고 돌아섰다. 아무 래도 크게 받은 충격이 가시지 않는 모양이다.

"사모님이 아직 친정에서 안 돌아오셔서 그런 다행이 없심더."

"손님이라도 누가 들을지 모르니까 우리 이제 그 이야기는 그만 잊어 버려요."

"하도 뜻밖이라서 지붕에서 꺼꿀로 떨어진 것매이로 정신이 하나도 없어요. 하여튼 숨기는 것도 한계가 있는께, 어른들 쎄기는 거는 빨리 해 결을 하이소."

"그럴게요. 때 되면 제가 말씀 드릴 테니까 우리들 약속이나 잘 지켜 주이소."

"그람요. 시키는 대로 해야지예 걱정 마이소."

양지의 전직까지 아는 하씨는 평소대로 양지를 신뢰하고 하자는 대로 무조건 약속 지킬 뜻을 내비쳤다. 남의 정육점에서 피 묻은 작업복이나 입고 일하는 자기를 얕보지 않고 언제나 경칭을 쓰는 양지에게 감동한 뜻을 여러 번 내비쳤던 사람이라 양지도 믿을 만했다.

하씨가 잘라주는 고기를 들고 가게를 막 나서던 양지는 하마터면 막 들 어서던 오빠와 마주칠 뻔했다. 오빠의 환한 표정은 하는 일의 진척 상황 을 대변하고 있음이리라. 당황함을 감추느라 양지가 먼저 말을 걸었다.

"회합은 잘 끝났어요?"

"그게 그리 단번에 결론을 낼 일은 아닌께. 도리깨질 키질로 알곡이 몽글리듯이 차츰 실속을 갖춰야지. 관계없던 학자나 유지들 몇도 우리들 취지에 흔쾌한 동의를 하고 동참하기로 했으니 전망은 아주 밝아. 동생이 해준 취지문도 잘됐다고들 하는데 기분이 아주 좋았고."

집에서는 그동안 무슨 일이 벌어졌는지 모른 채 기분 좋아하는 오빠를 바로보기 민망스러운 양지는 자꾸 안쓰러워지는 가슴을 달랬다.

"오빠가 그만큼 애쓰시는데 안 되는 일이 어디 있겠십니꺼."

"핫하하하. 동생한테 그런 공치사를 미리 듣다니 얼굴이 괜히 맨작시러지네."

양지가 하씨와 내밀한 눈도장을 찍지만 눈치 챌 리 없는 오빠는 맛있는 저녁을 살 테니 먹고 가라고 한다. 양지는 오빠의 저 자신감 있고 환한 일상을 자신이 할 수 있다면 언제까지라도 방패막이 역할을 해서 지켜주고 싶었다.

그로부터 며칠이 지난 오후, 새끼 낳은 소를 돌보고 있는데 고종오빠로부터 전화가 왔다.

"동생이 어서 좀 와야것어."

전에 없이 돌올한 오빠의 음성에 양지는 도둑이 제 발 저리는 격으로 가슴이 쿵 내려앉았다. 들켰구나. 하씨는 어쩌다가 약속을 파기하게 되었을까. 대체 어떤 방법으로 수습을 해야 될까. 그리고 고개를 든 순간 우중충하게 내려앉아 있는 하늘을 보게 되었다. 저 하늘. 그러면 그렇지. 내 하늘은 언제나 흐렸었지. 아까까지도 무심하게 봐왔던 흐린 하늘이었지만 의식하는 순간 그 하늘이 흐려 있는 것이 무슨 전조처럼 또 마음에 걸렸다. 어디로든 순식간에 사라져버리고 싶은 이런 순간들은 앞으로 얼마나 더 연이어져 있는 것일까. 양지는 졸아든 낮은 소리로 간신히 입을 열어 분위기 탐색을 했다.

"혹시 하씨 아저씨 옆에 계십니꺼?"

"아니, 배달가고 없는데 와?"

"그래예? 그럼 혹시 또 귀남 언니가?"

걱정하던 일은 아닌 것 같아 우선 안심이 됐다.

"아, 아이네. 언니 땜에 엔간히 쏙을 쎅히니께 인제 솥뚜껑만 봐도 놀라제?"

"오빠 저 정말 한 발짝도 여기서 움직이기 싫으니까 무슨 일인진 모르지만 오빠 선에서 해결해주세요. 저 지금 축사에서 송아지 돌보고 있거든예."

"거참, 귀남이 동생 일이 아니라니께 그라네. 하여튼 잠깐 자네가 직접 와야것어. 젊은 손님이 하나 왔는데 자네를 꼭 만내야 한다네. 전화로 몇 마디 주고받아서 될 일이 아인께 어서 내려오시기나 해."

기가 막힌 양지는 혼자 헛웃음을 웃었다. 더군다나 뜬금없는 젊은 손님이라니. 아버지도 있고 호남이도 있는데 굳이 자기에게 먼저 전화를 걸어 싫다는 사람을 끌어들이려는 고종오빠. 누가 뭐래도 자네는 맏자식 아닌가. 똥뎅이도 맏똥뎅이가 낫다고 옛말이 거저 맹글어졌겠나. 우스개처럼 오빠가 흘린 말의 무게로 양지는 늘 벅찼다. 무거운 마음으로 외출복을 갈아입자니 온몸이 쥐가 내린 듯 불편하고 뻣뻣했다. 하늘을 이고 있는 것조차 버겁고 지난스러운 사람에게 다시 어떤 상황이 손짓을 한다. 물러서고 도망 갈 수도 없다. 부모도 인정해주지 않았던 딸자식이지만 이제는 맏이의 역할을 하고 있는 이상 원하건 원하지 않건 간여하게 되는 상황이 종종 다가왔다. 더구나 귀남이며 수연이, 이제는 오빠의 어린 손자까지 연결된 복잡한 끈으로 양지는 거의 온몸을 결박당한 기분이다.

정육점이 저만큼 보이고 냉장차에서 지육을 들고 들락날락하는 고종오빠의 모습도 눈에 들어왔다. 전화 속 여운으로 부풀려낸 양지의 온갖 궁금증이 긴장의 날을 세우기 시작했다.

"어, 왔어?"

숙련된 손길로 지육의 갈비뼈를 발겨내고 있던 오빠가 피 묻은 장갑을 벗으면서 돌아서더니 문안으로 얼굴을 돌려 찾아온 손님을 가리켰다. 얼마나 먼 길을 헤쳐왔을까 싶은 팍팍함이 단번에 읽혀지는 몰골의 등을 가진 남자 하나가 앉아 있었다. 무엇인가를 열심히 먹고 있는 실팍한 등줄기가 후줄근한 주제꼴의 초라함을 그나마 덜어주고 있다.

주인 이외의 기척을 느낀 상대가 얼른 돌아보더니 황황하게 일어섰다. 체격에 비해서 풋복숭아 같은 미숙함이 완연하게 드러나보이는 앳된 얼굴의 소년이다. 소년의 무릎에 걸려서 탁자가 흔들리는 서슬에 먹고 있던 짜장면 그릇이 기우뚱 굴러떨어질 찰나인데 재빨리 잡아서 제자리에다 바로 놓는 동작이 여간 민첩한 게 아니다. 양지를 일별한 소년이 고종오빠를 보고 묻는다.

"저희 이모님이십니꺼?"

"그래 이분이 네가 찾는다는 최쾌남 씨고, 그 동생이 최호남이고 또 최귀남이라는 이모도 있다꼬, 외할아부지가 가끔 가시는 갑던데 말씀 안

하시더냐?"

오빠의 소개말이 끝나기도 전에 소년이 왈칵 양지의 손을 잡았다. 어리둥절한 양지의 태도에도 아랑곳없이 소년이 부르짖었다.

"이모!"

굵은 눈물방울을 매단 소년의 눈동자가 감격으로 떨고 있다. 벅찬 감정의 격앙으로 소년에게 움켜잡힌 양지의 손이 아프도록 욱죄어들었다. 아무 말도 꺼내지 못하고 있는 양지의 손을 잡고 소년은 계속 흐느꼈다. 이모라니? 양지의 눈길이 얼른 납득 안 되는 답을 먼저 얻기 위해 오빠께로 돌아갔다.

"한실서 왔단다."

한실. 그제야 귀에 익은 지명이 얼른 떠올랐다. 귀남 언니와 상관없는 것도 마음을 가볍게 했고 튼실해보이는 소년의 싱그러운 존재감이 우울한 기분을 삽시간에 날려버리게 했다.

"자, 자, 우선 먹던 음식이나 마저 먹고 얘기는 차차 하기로 하자."

양지가 울먹이는 소년의 등을 다독거리면서 자리에 앉히자 소년은 다시 짜장면을 먹기 시작했다. 문득 이 아이 때쯤의 그 서울에서 고픈 뱃속으로 짜장면을 욱여넣던 제 모습이 얼비친 나머지 옆에 놓인 단무지 접시를 공연히 옮겨주기도 했다. 돌아보니 담배를 피우는 오빠의 얼굴이 담담하게 굳어 있었다. 오빠가 만들어내는 분위기는 결코 밝거나 쉽지 않은 어떤 예감을 일깨웠다.

"몇 번이나 여기를 왔던 모양인데 그냥 돌아갔단다."

아버지가 아들을 얻었다던 그때의 당혹감과 비슷했다. 굶주린 자의 악기처럼 그릇 바닥까지 닥닥 긁어가며 음식을 쓸어먹고 있는 저 아이.

만나러온 내용은 무엇일까. 양지의 심중을 빤히 들여다보고 있는 듯이
입에 문 담배를 뽑아들면서 오빠가 입을 열었다.

"아직 어려도 말씨가 당차고 착해. 인물도 좋지?"

오빠는 좋은 말로 예감을 희석시켰지만 맞닥뜨릴 문제에 대한 압박감
으로 양지의 긴장은 풀리지 않았다.

"변소는 어데 있습니꺼?"

고픈 배를 음식과 물로 포식을 한 아이가 트림을 하며 물었다.

"응, 이 열쇠 가지고 시장 안으로 들어가면 이층에 있다. 화장지는 필
요 없어?"

그렇다는 뜻으로 고개를 끄덕해보인 아이는 오빠가 손짓하는 쪽으로
멀어졌다.

"용남이 동생이 신장이식을 해야 된단다. 가족들 모두 검사를 했는데
적합 판정이 안 나와서 저 애가 이모들을 찾아나섰단다."

양지는 턱 숨이 막히는 것 같았다. 참 돌출적이고 어이없이 맞게 된 요
청. 이모가 셋이나 되니 아이는 가능성 높은 길을 찾아나선 것일 터. 뜻
을 모으고 병원에 가서 조직검사를 받아야 된다. 마취로 인한 혼수상태
에서 자신도 몰래 메스가 배를 가르고 장기를 잘라 내간다. 순간 어미를
구하겠다고 나설 자식을 둔 용남 언니가 부럽다는 생각도 뒤따랐다. 아
이가 보는 앞에서 친구들과 여행을 떠난 호남에게 전화를 걸었다. 웬일
이냐고 호남이 물었지만 그냥 보고 싶어서라고 농담으로 둘러대며 돌아
올 날짜만 확인했다.

그날 밤 양지는 연신 물을 마셨다. 하지만 좀체 속마음을 태우는 갈증
은 누그러들지 않았다. 모자라는 부모를 대신한 조부모의 손길에서 자

라난 아이. 그 아이가 용남의 아들이라서 더욱 가슴이 아팠다. 뒤틀린 사지를 뒤꼬면서 병고에 시달리는 제 어미를 붙들고 내가 살려주겠다고 약속을 했다는 아이. 그 아이가 저기 누워서 편안한 잠을 자고 있다. 겹겹이 덮어씌워진 먼지만 목욕으로 씻어냈는데 청소년의 모습은 저렇게 빛이 나고 싱싱하다. 그것은 어린 싹에게서만 느낄 수 있는 충일한 기상이다. 사람의 싹, 용남의 이세. 건강하지 못하다는 것으로 부모형제들의 기억에서조차 일찌감치 멀어져버린 용남이 되살아난 것이나 다름없다. 후손의 몸을 빌려 눈부신 진화와 부활을 해보인 용남. 그런 예 때문에 죽을힘을 다해서 이 세를 낳고 기르는 것이 사람들의 습성이 된 것일지도 모른다. 다만 몇 시간을 같이 있었을 뿐이지만 탐탁해진 갸륵함이 품어안고 싶도록 아이가 가깝게 느껴졌다. 솜털이 보송한 살결을 어루만지면 줄기차게 벌떡이는 혈맥이 머잖아서 청년이 될 몸인 것을 감지시켜줄 것이다. 떡 버티고 서서 용을 쓰면 용틀임 하듯이 불끈불끈 일어설 근육은 또 얼마나 듬직할 것인가. 소년, 청년, 사나이 그 예비된 어린남자가, 반편이 용남의 자식이 저렇게 자라고 있다. 망가져버린 제 어미의 콩팥을 수술해주기 위해 얼굴도 모르는 이모들을 찾아나선 기특하고 듬직한 아이. 바보 용남이보다 못한 년들이라는 구박이 아버지의 입에서 나올 만했다. 양지는 저도 몰래 마르고 건조한 자신의 가슴을 끌어안고 고개를 떨어뜨렸다.

"이모, 내일 진짜로 저희 집에 가실 거죠?"

아무래도 믿어지지 않는 사실을 확인하고 싶은지 깊이 잠든 줄 알았던 아이가 양지를 보고 물었다.

"왜 믿어지지 않니?"

"언지예. 그런 건 아니지만.

아이는 겸연쩍은 웃음과 함께 제 머리통을 통통 치더니 다시 자리에 누웠다. 그리고는 천장을 올려다보는 얼굴이 어른스럽게 침중해진다. 가슴 위로 단정하게 모아잡은 두 손이 제법 튼실해보인다.

"기도하는 거야?"

"예. 전 하느님이 꼭 도와주실 줄 알았심더. 우리 엄마처럼 착한 사람은 이 세상에 없을 걸 하느님도 잘 아실 텐께예."

아이는 몸을 엎드리더니 저녁때 양지가 사준 옷과 가방을 확인하듯 다시 들여다보고 어루만지면서 양지를 보고 웃는다.

"저는 어릴 때 울 엄마한테는 아무도 없는 줄 알았어예. 이렇게 이모도 찾게 되니까 엄마가 아픈 게 영 안 좋은 것만은 아닌 생각도 들어요. 아까 목욕을 하면서도 제가 꿈을 꾸고 있는 게 아닌가 싶어 계속 팔을 때려봤다니까요."

아이는 시골소년 특유의 순진함이 드러나게 꾸밈없이 자기감정을 털어놓는다. 그러고보니 아직 아이의 이름도 모른 채였지만 새삼스레 물어보기도 쑥스럽다. 그만큼 쌓인 게 없으니 살가운 이모노릇도 서먹했다. 즐거운 미소를 감추지 못하고 다시 자리에 눕는 아이를 보다가 양지는 호남의 손 전화번호를 눌렀다. 역시 불통이었다. 아이를 따라서 시골로 가는 것은 어려울 것이 없었다. 그러나 그들이 바라고 있는 것이 담겨 있지 않은 빈손을 내밀 수는 없다. 호남은 여행 기분이 상할까봐 아예 전화기를 꺼놓고 있는 것 같다. 호남아, 사람은 죽으면서 무엇을 남기는가. 아버지가 강조하던 답이 오늘 나왔다. 사람은 후손을 남겨서 자신의 대를 이어 숙원을 전승해나가는 거였어. 어느 동지가 자신의 이세만큼 완벽한 상속을 해서 업적을 마무리해주겠니. 오늘 용남 언니의 아들이 찾아왔어. 병들어서 죽어가는 제 엄마를 살리기 위해서 유전인자가 같은 이모들을 찾아왔단다. 이런 감격스러운 현실이 우리 앞에 펼쳐지다니. 난 사실 저 애의 엄마가 너무 부럽다.

다음 날 양지는 용재를 따라 한실로 향했다. 호남을 만나기 전이라 아직 이렇다 할 의논이 된 것은 없지만 아이만 혼자 보내기보다 그쪽 상황도 알아볼 겸 일차 방문을 해봐야 이쪽에서 할 수 있는 이차적인 역할도 계획할 수 있을 터였다.

양지는 지금 어릴 때 자라던 곳과 별로 다르지 않은 농촌 길을 가고 있지만 왠지 낯설고 쑥쓰럽기만 하다. 버려지다시피한 제 어미를 구하고자 하는 어린 소년의 열성에 대한 예의만 아니라면 이렇게 씁쓸하고 어수선한 길을 혼자 나서지 않았을 거였다. 피붙이든 뭐든 자망으로 주위를 챙기지 못한 불찰이 불구스럽게 그녀를 위축시켰다. 손자들을 보기 위해 아버지는 간간히 용남 언니네를 찾아다닌 것을 앞서가는 용재를 통해서 확인한 것도 이유 중의 하나였다. 아이가 가는 대로 따라서 묵묵히 발길을 옮기는데 콧날이 먹먹해졌다. 아이를 혼자 보낼 수 없어서, 저 어린것이 감수하고 왔을 온갖 고통과 시름을 그냥 외면할 수 없어서, 정말로, 아무런 준비도 없이 그냥 따라오고 있는데 그렇게 하지 않을 수 없도록, 결코 저버릴 수 없도록 이 산하가 너무 진중하게 양지 자신을 끌어들이고 있다. 운명적인 어떤 예감이 도망치거나 회피할 수 없도록 미로 속에다 자신을 몰아넣고 있다는 느낌도 씻어버릴 수 없었다.

응원군을 몰고 오는 소년 병사처럼, 고민으로 찌들었던 어제의 첫인상은 사라지고 아이는 신이 났다. 그러나 양지는 온전하지 못한 부모를 중심으로 그들이 어떻게 살아가고 있는지 알지 못한다. 차마 눈 뜨고 볼 수 없는 인간 이하의 비참한 모습을 보게 될지도 모른다. 그러나 중학교 이학년인 아이의 언행은 결손가정의 아이라고만 생각하는 양지의 편견을 자꾸 흔들어놓는다. 청노루처럼 껑충 풀숲으로 사라졌다가 나타나서는 잘 익은 머루 한 움큼을 따서 내민다. 그런가 하면 알록달록 현란한 몸치장을 하고 있는 호랑나비를 잡아서 양지의 앞가슴에 브로치로 붙여주며 하하하 즐겁게 웃기도 한다.

"학교 다닐 때 아이들이랑 이러고 다니는 거야?"

양지가 묻자 아이는 씨익 웃는다.

"집에서 일하다보면 늘 같이 다니지는 못해에. 어떤 때는 밀서리도 하고 삼굿해서 감자도 구워먹었다꼬 끼들끼리 재미있었던 일 자랑하는 거 들으면 샘도 나요. 그렇지만 주인한테 잡혀가서 돈 물어주고 혼났다는 소리 들으면 어서 일하라고 조르는 할아버지·할머니가 고마운 생각도 들고예."

양지는 모처럼 빙긋 웃음을 지었다. 어쩌면 아이들 커가는 모습은 저토록 비슷할까. 남의 물건 손대면 안 되고 눈총 받을 짓하면 안 된다는 훈육을 엄하게 받는 가운데서도 금기된 선을 넘는 아슬아슬한 재미는 얼마나 살맛나게 쟁그라운 즐거움이던가.

버스에서 내린 지 벌써 한참 되었다. 조금만 더 가면 돼요, 조금만 더 가면 돼요 하던 게 언젠데 동네는 아직 보이지 않았다. 이 산 모퉁이를 돌면 그만이려나 여기면 또 다른 산모퉁이가 기다리고 있다. 그 산모퉁이를 돌고 나면 또 작은 개울을 건너야 된다고 한다. 늘 그렇게 다녀서

예사인 아이는 이모 너무 멀어서 지겹고 힘들지요 묻는 법도 없다. 개울을 건너서 다시 산비탈을 감돌면 들판 여기저기 자리 잡고 있는 비닐하우스 농장도 보인다. 버스도 다니지 않는 시골이니 지름길인 산 숲 샛길을 따라 이고진 생의 짐짝을 나르던 개미행렬 같았을 주민들의 고충도 남의 일 같지 않게 옛날 기억을 몰고 온다.

시퍼런 칼로 마냥 하늘을 빗금치고 있는 것 같은 즐비한 옥수수 밭을 지나자 어머니·아버지가 그토록 염원해 마지않던 상징물인 고추밭도 넓게 펼쳐져 있다. 호박이나 가지, 부추 등의 푸성귀가 자라고 있는 자잘한 남새밭 옆에는 사람이 살다버린 폐가가 쓰레기더미처럼 기울어져 있는 것도 보인다. 저 집에 살던 사람들은 어떤 사람들이었을까. 행복한 꿈을 성취한 즐거운 마음으로 이사를 떠났을까, 뼛골이 빠지게 일해도 부채만 늘어난다고 탄식하던 어떤 농부가 단봇짐 싸서 야반도주를 한 것은 아닐까. 깨진 오지항아리 몇 개가 명색만 남아 있는 장독대 옆에 뒹굴고 있는데 흐드러진 열매를 단 석류나무 하나가 제 영역을 지키는 지조의 혼처럼 꼿꼿하게 그 옆에 버티고 있다.

"이모, 다리 아프죠? 진짜 참말로 쪼끔만 더 가면 돼요. 얼추 다 왔심더."

"난 이제 네 말 못 믿겠다. 벌써 몇 번이나 그 소리 들었다."

"참말이라요. 참말로 다왔어예."

겸연쩍은 듯 고수머리가 밤송이처럼 쭈뻣쭈뻣한 제 머리를 슬슬 문지르면서 아이는 양지의 짐까지 받아서 어깨에 메더니 잘 훈련된 나귀처럼 성실한 동작으로 약간 비탈진 길을 올라가고 있다. 저런 모습을 표현할 때 뒷모습이 귀엽다는 말이 적절하지 않을까, 그런 생각으로 미소 지은 양지는 다시 군말 않고 아이를 뒤따르기 시작했다. 고개라고 하기는 펑퍼짐한 약간 고지대의 정점에 이르자 가느다란 산 능선에 둘러싸인 좁장한 들판이 시야로 펼쳐졌다. 발아래로 나 있는 오솔길을 내려가면 인가가 있을 법 예상되는 구조로 울타리를 이루고 있는 대나무밭의 우듬지가 내려다보인다. 저쪽 어디선가 왁자하게 아이들이 다투는 소리도 들려왔다. 너무 심심하게 둘이서만 먼 길을 왔기 때문에 여정이 끝났음을 알리는 사람들의 소리가 반가운 한편 이제 맞닥뜨리게 될 환경에 대한 예상으로 다시 가슴이 묵지근해졌다.

대나무 밭 사이로 난 길을 다 내려오자 확 트인 논들이 보이고 그 논들 가운데 우뚝 선 느티나무가 있는데 그 밑에서 아이들이 뒤엉켜서 이리저리 뒹굴고 있는 게 보였다. 싸우는 아이와 말리는 아이들, 구경하는 아이들로 뭉쳐 있는 가운데 중년남자 하나가 끼어들더니 손을 쳐들어 한 아이를 나무라면서 때리는 것이 보였다. 그쪽을 눈여겨보고 있던 용재가 이모 잠깐만요, 하더니 던지듯이 가방을 맡겨놓고는 날다람쥐같이 날렵한 동작으로 그쪽을 향해 뛰어갔다. 용재의 날쌘 동작은 이미 그런 분위기의 내용을 익히 잘 알고 있는 듯했다.

달려간 용재는 대뜸 어른을 보고 소리 질렀다.

"아저씨, 와 우리 동생 때립니꺼!"

"야 이놈아, 니 동생이 맞을 짓을 했으이 그렇지. 여기, 여기 이것 봐라."

화가 나서 씨근덕거리던 남자는 자기 옆에 서 있는 꼬마아이를 끌어내 세우며 여기저기 상처 난 부위를 지적했다. 코피가 흐르고 이마에는 혹도 뚝 불거져서 퍼렇게 멍도 들었을 듯한 것이 보호자가 화내고 나설

만큼 많이 당한 것 같았다. 그 남자아이를 힐끗 바라본 용재가 제 옆에 서서 흙투성이 된 옷과 머리카락을 털고 있는 초등학교 저학년쯤 돼 보이는 여자아이에게 왜 그랬느냐는 힐난의 몸짓을 보냈다. 계집애가 똘밍해보이는 얼굴을 반짝 들면서 기를 세웠다.

"절마는 내만 보모 안 놀리나. 우리 엄마가 바보, 천치, 축구 등신이라 카고."

계집애는 말하다 말고 북받치는 제 설움으로 울음보를 터뜨렸다. 제 오빠 용재의 몸통을 머리로 박고 주먹으로 때리는 오열이 사뭇 저미는 억울함의 표현이다. 이 울분을 전달받은 용재가 제 보호자 옆에 서서 득의만면한 미소를 머금고 흥미스럽게 지켜보고 있는 아까의 그 남자아이를 세차게 뒤로 밀어버렸다. 서슬에 마음놓고 서 있던 아이가 뒤로 벌렁 넘어지면서 아앙 소리를 지른다. 당황해서 얼른 아이를 일으켜세운 어른이 맹수처럼 사나운 표정으로 용재를 노려보았다. 보호자가 엄연히 보는 앞에서의 기습이다. 당돌한 어린놈의 어른에 대한 도전이라 격앙된 분노가 얼굴을 더 험상궂게 일그러뜨려놓았다.

"야, 이 놈 자식, 이게 뭔 짓이고!"

"아저씨도 내 동생 그랬잖아예!"

용재의 목청도 지지 않고 거세어졌다.

"내가 괜히 그랬나? 니 동생이 맞을 짓을 했으니 그랬제. 이 꼴을 봐라 이 꼴을! 가시나가 싸움닭이 뭐꼬. 지보다 큰 아를 요 모냥으로 패고."

아이를 상대해서 다투는 자기를 양지가 보고 있는 것을 의식한 남자가 자기변명을 하기 위해 사내아이의 상처난 부분을 여기저기 증거로 가리키면서 목청을 높였다. 하지만 용재의 고개는 더 빳빳하게 쳐들렸다.

"내 동생은 싸움꾼 아입니더. 우리 동생한테 사과하이소."

"뭐시라꼬 이놈이. 어른한테 보자보자 하니 맹랑하네."

아이의 곧고 야무진 항의에 어른이 선웃음을 날렸다.

"내 동생은 절대 남 먼저 때리는 아 아입니더."

"이 놈아, 아아를 이 꼬라지로 맹글어논 걸 보고도 가만히 있으란 말이가? 카악 쎄리 그만!"

때릴 듯 손을 쳐드는 험상궂은 어른의 으름장에도 용재는 동요하는 빛없이 또박또박 제 할 말을 한다.

"아저씨도 자 펀드는데 내 동생은 와 울 엄마 편 안 들어요. 원인제공은 절마가 먼저 했는데요."

어이없어진 어른이 몸을 돌려 뜰 채비를 하면서 뱉어냈다.

"그럼 됐어. 가 인마. 어린놈이 어데서 어른한테 두 눈 딱 볼가시고 대드노. 이 자슥아. 지보다 쪼맨한 가시나한테 이리 당하고, 옹차게 쳐 묵는 거는 다 오대로 보냈노."

코피 난 남자아이를 나무라며 어른이 어물어물 자리를 뜨자 용재는 다시 어른의 앞을 딱 막아섰다. 아주 완강하고 결기 찬 동작이었다.

"아저씨, 와 우리 동생한테 사과 안 하고 갑니꺼. 어른이라꼬 그리 함부로 행동해도 되는 깁니꺼?"

"일마 자쓱이, 그라모 함 물어보자. 반편이를 반피라꼬 캤는데 그게 뭐 잘못됐어. 그라모 이놈아 내가 사과하모 니는 야 치료비 물라 카나?"

맹랑한 놈 처음 보겠다는 듯 아이를 얕보고, 아이가 요구하는 사과는 하지 않은 채 어른은 연신 코웃음을 쳤다. 그리고는 용재의 뺨이라도 칠 듯이 다가서며 찍어본다. 눈길도 험악한데 악어처럼 앙다문 이빨마저 허옇게 드러났다.

"보자보자하니 이 새끼가, 사과 안 하면, 사과 안 하면 니가 우얄 낀데?"

어른과 아이, 보호자끼리의 맞싸움 형태가 벌어질 찰나였다. 보다 못한 양지가 그들 앞으로 나섰다.

"어른이 그러시면 안 되죠. 아이들 말이라도 이치에 어긋나는 말 하나도 없는데 왜 무시하고 윽박지르기만 하세요?"

"당신은 누군데 나서는 거요?"

기분 나쁜 듯 후려보는 남자의 말이 끝나기도 전에 용재가 대뜸 대꾸를 했다.

"우리 이몹니다. 우리 이모는 대학원도 졸업하고 서울에서 큰 회사 실장도 했어예."

외조부께 들었을 법한 내용을, 약간 뺑 튀긴 목소리로 나열했지만 득의만면한 자긍심이 싱그럽게 피어올랐다. 양지의 위아래를 흘끔 훔쳐보던 남자는 픽 웃음을 흘리더니 자기 아이의 등을 쥐어박으면서 자리를 뜬다. 애초부터 싸울 상대가 아닌 것을 어른스럽지 못하게 대적했던 쑥스러움을 새삼 깨달은 듯 자기 아이를 나무라기도 했다.

"이 새끼야, 늘 뚜드려 맞음서 뭐한다 저런 아아들하고 노노 말이다."

미진한 결말을 남기고 자리를 뜨는 남자의 앞으로 분이 덜 풀린 용재가 씩씩거리며 내닫는 것을 양지가 슬쩍 잡았다.

"그만해. 어른한테 너무 그래도 안 돼."

주의를 받은 용재가 치솟았던 성깔을 선뜻 누그러뜨리면서 양지를 보고 히죽 웃어보였다. 용재가 받고 자랐을 듯한 밥상머리 교육이 느껴졌다. 구경하던 아이들마저 하나 둘 물러가고 황토색 느티나무 마당에는 아이들이 일으켰던 어떤 소란스러움도 없었던 것처럼 뽀얀 햇살이 내려 찼다. 그 사이 용재는 눈 부릅뜨고 어른에게 대들면서 사과하라고 다그친 깐으로는 사뭇 부드러운 얼굴로 트잡이꾼 모습인 제 동생을 데리고 논의 물고로 내려가 얼굴을 씻기고 흙 묻은 옷차림도 대강 정리를 해준다. 비어 있는 소쿠리와 낫을 확인하더니 어른처럼 나무라기도 한다.

"캐오라 카는 쇠꼴은 안 베고 뭐하러 여까정 나왔노?"

"오빠 오는가 싶어서 나왔다 아이가."

계집애는 무한한 사랑과 신뢰가 실린 얼굴로 앉아서 제 옷섶을 털어주는 오라비에게 저를 맡기고 있다. 수세미가 된 머리카락까지 대강 손가락으로 빗긴 뒤 용재는 제 동생을 양지 앞으로 데려다세웠다.

"이모한테 인사 디리라. 야가 지 막내 동생임더 이름은 경미고 올해 초등학교 일 학년임더."

제 오빠의 소개를 받은 계집애가 꾸벅 인사를 한다. 그러나 양지는 인사를 받기보다 '막냇동생'이라는, 말에 머릿속이 띵해졌다. 용남이는 날 때부터 제 구실을 못 하는 중증장애인이었고, 지금 또한 장기이식을 해야 되는 환자 아닌가. 용재 밑으로 위로 몇 명이나 더 있느냐고 묻고 싶은데 정답게 반질거리는 눈빛으로 올려다보면서 경미가 손을 잡는 바람에 생각이 접혀버렸다.

양지는 답답함과 혼란스러움이 뒤엉킨 속마음을 어떻게 가리사니 잡아야 할지 사뭇 신경이 복잡해졌다.

사람 개인이 누릴 수 있는 쾌적한 공간에 대한 상식이 전혀 먹혀들지 않는 곳이다. 필요한 생활 집기와 정서적으로 도움 받을 수 있는 온갖 장치들에 대한 상식도 무시한 구조와 복닥거림을 지금 눈으로 보고 있다. 어설프게 덧대고 수리한 흔적을 상이용사의 상처처럼 여기저기 드러내고 있는 오래된 시골집. 농기구며 가정 집기들이 쓰다가 손쉽게 던져둔 채로 놓여 있는가 히면 입다 벗이둔 외출복이나 땀 배인 일복들이 빨랫감처럼 어지럽게 흩어져 눈에 걸렸다. 게다가 개밥그릇에 잔뜩 붙은 새까만 파리는 순간적으로 와르르 날아올라 시야를 어지럽히고 머잖은 두엄간과 돼지막에서 풍겨오는 썩은 냄새는 저도 몰래 코를 막게 만든다. 고령의 조부모와 장애인 부모, 얼마 안 있으면 막차를 타고 들어오게 돼 있는 시내에 살고 있는 두 딸 중의 하나, 그 아이가 오면 한 곳에 모이는 식구가 자그마치 열 명 가까이 된다. 양지는 언뜻 복대기면서 살았던 40년 전 자신의 곤핍했던 시절을 상기했다. 넉넉지 못한 환경으로 인해 분배에 골몰해야 되는 어른도 어른이지만 풍요가 넘치는 요즘 세상을 눈으로 보면서 겪어야 할 이 어린 아이들의 정신적인 궁핍을 대체 어쩌자는 것인지, 힘겨운 노역으로 손주가 많은 이 집안을 이끌어나가는 어른들의 무모한 가족계획에 무릇 역겨움도 일었다.

그런데 희한한 일이었다. 동선이 어지러운 가족들의 그 많은 움직임 가운데서도 예상했던 뒤엉킴이나 볼멘소리 하나 들려오지 않았다. 부엌일을 하거나 가축을 돌보는 일, 들에서 논밭 일을 하는 것 등 제각각의 소임대로 움직이는 익숙한 동작이 너무나 자연스럽게 진행되고 있었다. 그러나 기역자로 굽어진 허리며 당뇨병과 고혈압, 관절염 등에 공략 당하는 시골 늙은이들의 범주를 벗어나지 못하는 이 집안의 어른들은 노쇠했다. 그 늙은이들이 장애인 자식 내외와 생거미 떼 같은 손주 여러 명을 어떻게 키워낼지, 아팠던 걱정도 그들의 생활을 눈으로 직접 보는 동안 동물도 식물도 자생력을 갖고 있는 법인데 하물며 인간의 자구책이랴, 자위가 됐다.

양지는 또 한번 사람이 사는 여러 문턱을 자신이 넘보고 있음을 깨닫는다. 세상은 넓다. 외양은 비슷할지 몰라도 인간의 내면은 너무 오묘한데 감히 자신의 잣대로 재단할 엄두를 냈다는 것이 어리석고 부끄럽기도 했다. 염두에 가졌던 용남 언니의 생활에 대한 선입관만 해도 그랬다. 어릴 때 보았던 대로라면 언니는 하마 못 쓰게 망가졌으리라 여겼다. 그러나 타인을 의식하고 신경을 쓰면 저도 몰래 씰그러뜨려지는 검은 얼굴과 함께 말하는 동안 주르르 흘러내리는 침, 마음을 배반하며 함부로 뒤틀려 흔들거리는 팔다리만 제외한다면 그녀는 여느 튼실한 농촌 아낙네 못지않게 틀이 잡혀 있었다. 더구나 양지를 놀라게 한 것은 제 엄마의 입귀에 흐르는 침이며 눈물 따위를 더럽게 여기지 않는 살갑고 다정한 손길로 쓰다듬는 아이들의 행동이었다. 사춘기 아이들은 학교에 찾아온 제 엄마의 차림이 남과 비교해서 조금만 쳐져도 화를 내며 숨어버린다는데 이 아이들의 마음씀에는 틀 잡힌 안정감이 배어난다. 장애인 부모 밑에서 성장한 힘들었을 유년을 구김살없이 털어놓던 이윤서의 모습도 이들 용재네들의 장래에 겹쳐졌다. 장현동 오빠네의 아들과는 또 다른 행성의 존재처럼.

가족들이 다 모여 들지 않은 시각이라 어수선해보이는 겉모습과는 달리 집안은 조용했다. 얼추 고목이 된 감나무 밑에 놓인 평상에 양지가 걸터앉아 있는 것을 보고 꾸불텅 뒤뚱 불안한 걸음으로 용남 언니가 다가왔다. 아까 마루에서는 만나지 못했던 긴 세월의 거리를 좁히느라 당황해보였던 표정이 퍽 진정이 된 것 같았다. 늦더위를 피해 앉은 양지에게 부채를 내민 용남은 옆자리에 앉더니 바쁜 사람을 어려운 걸음시킨 미안함으로 먼저 말문을 텄다.

"나는 암시랑토 안 한디…. 큰 아아아…. 지, 직장서 무요오 진찰인가 멘가 나와서…."

어눌한 언어의 골자는 아이들에게 떠밀리다시피 병원에를 갔고 거기서 콩팥이 완전 못 쓰게 됐다는 얘기를 들었는데 시키지도 않은 짓을 아들이 나서서 했다는 거였다. 미안쩍음의 표시인지 용남 언니가 슬그머니 양지의 손을 끌어잡기도 하는데 그 손은 마음대로 살갑게 양지의 손을 잡지 못하고 자꾸 뒤틀려나가곤 했다. 어쩌다 잡힌 손이 묵직한 상대방의 손아귀 속에서 땀으로 젖자 양지는 머리카락을 쓸어올리는 척 슬그머니 손을 뽑아냈다. 많이 아는 척 잘난 척 하고 살았던 깐으로는 너무 무관심하게 내 몰라라 했던 혈육이라 선뜻 정감도 붙지 않고 버성겼다.

"아이구 사제양반 어디 기신지 몰라 한참 찾았네."

조리치마 차림을 한 용재의 할머니가 머리에 썼던 업수건을 벗어 상체에 묻었을 먼지를 털면서 다가왔다. 삶은 감자를 양푼에 담아 안고 경미가 뒤를 따랐다.

"할매, 내가 이모 디릴라꼬 감자 삶은 것도 말해야지."

감자가 담긴 양푼을 앞에 놓지도 못하고 경미가 부끄러운 듯 몸을 꼬면서 조모의 옆구리를 어깨로 밀어붙인다.

"아이고 이눔의 새끼야, 지금 말할 거 아이가. 우리 아게가 이모 디린다꼬 이 꼬막손으로 감자 긁어서 삶았답디더 잡사보이소. 우리 경미가 예 보기는 이리 거저 묵으라는 참외맨치로 쪼맨 해도 참 착하고 공부도 잘합니더."

경미가 양푼을 양지 옆에 놓자 손동작이 어눌한 며느리의 손에다 후후 불어 뜨거운 김이 가신 감자 한 개를 쥐어준 사장어른은 담쑥 경미의 머리를 끌어안고 볼을 비볐다.

"아이고 내 강아지는 장하지, 이모 오셨는데 뭐 해디릴 거는 없고. 제 딴에는 머리 썼네. 아이구 어른인 이 할미보다 났네."

서툰 솜씨로 잘 벗기지 못한 감자에는 껍질이 거뭇거뭇하게 남아 있어 눈 맛으로는 도저히 손 나갈 것이 못 되었다. 그렇지만 용재 할머니의 권에 못 이겨 감자 한 개를 집어들었다. 소금을 너무 많이 넣어서 양지의 입에는 장아찌를 베어무는 것 같은 맛이다. 양지가 감자 씹는 것을 보고 기분 좋아하는 손녀를 안고 어르면서 조모는 연방 경미의 엉덩이를 토닥거린다. 티브이 화면으로 보았던 오랑우탄이 연상되는 그들 조손의 원시인 같은 애정표현을 지켜보는 동안 양지는 폐쇄된 듯 가라앉아 있던 자신의 속에서 새로운 어떤 모종이 곰실곰실 자라나는 움직임을 느꼈다.

"사제양반, 이것들이 얼매나 기특한지, 나는 세상에 이것들 키우는 맛에 세월 가는 줄 모른다우."

제 할머니의 칭찬에 녹아든 아이는 할머니의 앞섶을 주섬주섬 헤치더니 젖을 어루만지기 시작했다. 쭈그러진 앙상한 가슴을 더듬던 손끝으로 젖을 비집어낸 아이는 이내 얼굴을 가슴에 박고 젖을 핥아댔다. 땀 배인 입성과 찌든 살 냄새만을 떠올리는 양지의 비위로는 절로 미간이 찌푸려지는 짓이었지만, 아이고 간지럽다. 이모가 숭보는 디 와 이래 쌓으꼬. 인사치레 말은 그렇게 하면서도 조모 역시 그리 나쁘지 않은지 손녀의 머리통을 뿌리치거나 밀어내지는 않고 오히려 한 손으로는 손녀의

허리가 미끄러지지 않게 받치고 다른 한 손으로는 손녀의 머리 쓰다듬
던 손을 내려 엉덩이까지 토닥토닥 두드렸다.

"지 에미가 태중일 때, 내 빈 젖을 물려 재우고는 했더니 질이 들어서,
다 커서 핵교 댕김서도 할미만 보모 젖가슴부터 뒤지니…."

아이는 아까 느티나무 밑에서 보았던 아이가 저 아인가, 제 손으로 감
자를 삶은 아이가 과연 저 아인가 싶도록 천진한 어리광쟁이가 되어 있
다. 흐잉, 코맹맹이 소리로 응석을 부리면서 한쪽 손을 뻗어 할머니의 주
름진 목을 어루만지는 아이의 통통한 얼굴에서는 세상의 그 어떤 그늘
도 발견할 수가 없었다.

"애 밑에 동생이 또 있습니꺼?"

"에미가 지 몸은 저래도 치종을 잘했는데 우리 양주가 부실해서 그
만…."

양지는 자꾸 제 상식으로는 감 잡을 수 없는 이 집 사람들의 생활양식
이나 대책없이 넓은 도량에 고개가 갸웃해졌다. 보고 듣는 그들의 면면
모두 기이할 뿐이다.

어쩌다보니 저녁때였다. 면사무소 앞에 막차가 들어오면 교통은 두절
되고 그야말로 적막강산이 되는 곳이다. 교통이 아직 이렇게 불편한 곳
인 줄 알았다면 목장에 있는 작은 트럭이라도 가지고 왔어야 했다. 양지
가 바장이는 기색을 본 용재 할머니가 정색으로 손을 홰홰 저었다.

"모처럼 오셨는데 침수는 불편해도 하룻밤 유하시고 가시야지 그리
괴한 말씸이 어딨십니꺼, 이모 오싯다꼬 좋다쌌는 우리 아아들은 또 서
운해서 우짜고요. 아아들은 또 아아들이지만 그냥 가시고 나면 우리 양
주도 면이 안 섭니더."

마음이 편한 쪽만 따지면 큰길에 나가 택시라도 불러서 돌아가고 싶었지만 격을 두고 무시하는 듯한 오해라도 살까봐 주인의 청을 받아들이기로 양지는 주저앉았다. 안식을 위한 귀소 준비로 이곳 저곳의 소란스러움이 이웃집 솥뚜껑 여닫는 소리까지 뒤섞여 날개를 달고 일어서는 저녁때. 어스름이 내리자 경미는 양지를 보고 슬쩍슬쩍 웃으면서 마당가에다 모깃불을 놓고, 사장어른은 귀한 손님에게 대접할 반찬거리가 없다며 이웃에 가서 계란을 사오는가 하면 텃밭에서 가지와 애호박을 따오더니 겉절이용 열무를 씻고 양념할 초피와 마늘, 붉은 고추를 확에다 달달 갈아댄다. 사장어른의 일손을 거들며 양지는 옛날에 그러했던 어머니의 모습도 떠올렸다. 여느 농가에서나 있을 법한 풍경이건만 양지는 기형적인 이 집안 어른들에 대한 안쓰러움으로 다른 생각할 겨를이 없었다.

그런데 이 애연스러운 가족들을 절망과 불안으로 고통 받게 하는 뜻밖의 일은 참으로 평화스럽고 고즈넉하게 잠겨오던 저녁 이내를 들쑤시며 정체를 드러냈다.

"할매, 할아부지 큰일낫심더!"

강변에 매놓은 소를 몰러나간 용재의 동생 경옥이가 비명에 가까운 고함을 지르면서 뛰어들었다. 요란한 밤 매미소리와 모깃불에 앗긴 나방의 어지러운 활공이 작정한 듯 일시에 동조를 한다. 그악스럽게 조성된 분위기 때문에 양지는 무슨 말인지 몰랐지만 조모는 얼른 손녀의 말을 잘 알아들었다.

"아이고 저놈으 가스나 또 호들갑 나온다. 와 또 누구 집 강생이가 씨암탉이라도 물어 쥐있더나?"

별식으로 부침개용 애호박을 썰고 있던 용재 할머니가 뜀뛰기로 안타까움을 표시하는 경옥을 흘겨보며 표정 하나도 변하지 않은 채 되받았다.

"아이다. 그게 아이다. 참말로 유, 유월이가 없어졌단 말이라!"

그제야 장난으로 여기던 할머니를 비롯한 식구들이 자세를 흩뜨리면서 반응을 보이기 시작했다.

"강변에, 물방아실 옆 시원한 둥구나무 밑 그늘이라 안 카더나. 잘 찾아봤나?"

"그래, 둥구나무 밑에 없어서 강들 다리 밑이랑 싸릿골 다리꺼정 소 매는 데는 다 찾아댕깄다 아이가."

아이는 소가 사라진 것이 마치 자기가 잘못해서 일어난 사건인 양 오해 받을까봐 거의 울상이 된 채 땀 흘리면서 뛰어다닌 여러 정황을 설명하는 데 비해 할머니는 여전히 능갈치는 표정을 실은 채 딴청을 부린다. 아이의 속마음을 다 읽고 있다는 자신감인 것 같았다.

"아이가, 저눔으 딸내미가 또, 이 할미가 니 속을 모를 줄 알고."

말을 하다말고 벌떡 일어난 안노인은 경옥을 꼼짝 못 하게 꽉 끌어안더니 히히히 장난스러운 웃음을 만들어 웃으면서 말을 이었다.

"요놈으 자슥, 니 장난치는 거 모르는 사람 여서 너거 이모님 하나빽기 없다. 유월이는 하마 저 담 모티이 골목을 돌아오고 있을 걸. 이모님, 잘 들어보이소. 우리 유월이 요령소리가 하마 짤랑짤랑 들릴 낀께 내 말이 맞나 안 맞나 잘 들어보이소. 하매 터벅터벅 집 찾아오는 발재죽 소리도 날 낀데요."

용재 할머니는 들에서 일을 마치면 사람처럼 제 집 찾아서 잘 돌아오는 영리한 소라고 유월이 칭찬을 덧붙이면서 자신만만했다. 그러나 아무리 집중해서 청신경을 곤두세웠지만 지금쯤 소가 집으로 들어올 것이라 짐작되는 시간을 넘겨도 어떤 기척은커녕 살랑거리는 바람결 하나 느껴지지 않았다. 뒤이어서 저희 아버지를 모시러 간다던 용재가 들숨날숨 없이 뛰어들어왔다.

"옥아, 니 참말이가. 우리 유월이 없어졌다 카능 거?"

말과 동시에 외양간이 있는 아래채 모퉁이를 돌아갔다 이내 되돌아온 용재의 얼굴에 현실을 인정하는 수심이 드러났다. 그제야 소가 없어진 것은 기정사실이 되었다. 그러나 속으로는 몹시 놀라는지 몰라도 그들의 표정은 늘 있는 일상의 반복인 양 양지의 걱정만큼 당황한 기색이 적다. 안주인격인 용남 언니 역시 이집 일과는 상관없는 다른 세계의 사람처럼 어떤 감정 표출도 없이 의연하게 앉아 있어 집안 분위기에 한 점 무게를 더 보태는 것 같다.

막 밖으로 나가려는 용재를 보고 잠시 잊고 있던 일을 채근하듯 용재 할머니가 말했다.

"재야, 너가부지는 우짜고 왔노?"

"차가 고장 나서 곤치갖고 온다꼬 새터서 좀 늦게 뜬답니더. 아부지는 그때 가서 모시고 오모 됩니더. 할무이 제가 나가서 유월이 찾아볼께에."

귀한 손님인 양지에게 못 보일 것을 보인 듯한 송구스러움이 느껴졌는지 양지를 향해 고개를 꾸뻑해보인 뒤 밖으로 나가려는 용재에게 조모가 다시 지시를 했다.

"재야, 마을회관에 가서 방송부텀 먼처 해라."

"예, 지도 먼저 그랄라꼬 했심니더."

용재가 나가자 본의 아니게 일어난 소란통을 손님에 대한 실례로 알고 무마하려는 듯 안노인이 먼저 입을 열었다.

"아아들 이모님도 오싰는데, 손 오자 도둑 든다꼬, 참말로 송구합니더."

"아닙니다. 저야 아무래도 괜찮지만 어떡하지요. 제가 도울 무슨 일이라도?"

"괘안을 낍니더, 짐승도 때로는 친구 좋아서 남의 집꺼정 따라가기도 하고 따라오기도 하거등예."

주인의 여유 있는 마음가짐에 마음이 조금 놓인 양지는 그럴 수도 있겠다 싶은 가운데서도 보도를 통해서 본 적이 있는, 농촌을 돌아다니며 농산물 절도를 일삼는 도둑들이 있다는 피해 사례가 떠올라 불안함이 영 가시지는 않았다. 방송은 전파를 타고 농촌 마을 곳곳을 향해 번져나갔지만 우표 625번인 용재네의 소를 데리고 있다거나 소를 보았다는 제보는 한 차례도 없었다.

그 사이 침술로 중풍 든 노인을 치료하러 갔던 용재 아버지가 용재의 손에 의지해서 같이 집으로 돌아와 인사를 나누었다. 안맹한 사람 특유의 기민함이 느껴지기는 했지만 신중하고 사려 깊은 언동이 마주앉은 사람을 편안하게 하는 부드러움을 갖고 있었다. 책상다리를 하고 앉은 그는 마치 참선을 하는 도인처럼 허리를 곧추세운 자세로 양지를 향하고 있는데 의젓한 풍모가 불구나 지체장애인에 대한 편견을 수정하지 않고는 대할 수 없는 위엄도 갖추었다.

용재의 아버지인 형부는 마음으로 느끼는 친근감을 표시하고 싶었는지 이런 말도 했다.

"우리 아이들 엄마 안 같이 처제는 체수가 마르신 것 같은디요?"

색안경 속의 보이지 않는 눈으로 어떻게 정상인 같은 소리를 할까, 놀란 양지는 자세를 고쳐앉지 않을 수 없었다.

"침을 오래 놓다보면 앞에 앉은 사람 기척이나 숨소리만 들어도 알 수가 있습니다. 처제처럼 체형이 마른 사람은 성격이 조급한 고로 소화가 잘 안 되고 때로 숨이 콱콱 막히는 증세가 올 수도 있습니다. 항상 마음을 편안하게 가져야 혈액순환이 잘되고….."

모두들 소를 찾으러나가고 집에는 어른들의 걱정거리만 덧칠할까 집 밖으로 못 나가게 당부를 받은 어린아이들만 남아 티브이를 보거나 잠을 자고 있다. 참으로 오랜만에 만났으나마 평범하지 못한 사연 때문에 형부와 처제 사이의 대화도 한계가 있었다. 또 살림밑천이나 다름없는 유월이가 돌아오지 않는 어수선한 집안 분위기까지 가세해서 길래 마주 앉아 있는 것도 어색했다. 자리를 뜨기도, 같이 앉았기도 마땅찮은 자리를 어떻게 개선할까 망설이고 있는데 온몸을 땀으로 적신 용재의 할아버지가 들어왔는데 역시 고삐는 들려 있지 않았다. 그러나 가족처럼 아끼던 소의 실종으로 불가피한 경제 손실을 앞두고도 그들은 여전히 침착함을 잃지 않는다. 대체 믿는 무엇이 있어 이들을 의연하게 받쳐주는가. 좋든 궂든 무언가가 싸이고 싸이면 부피가 생기고 그 내면에는 깊고 느긋한 영역이 형성되는데 이들 가족 또한 그런 류의 내공이 없으면 소지할 수 없는 여유가 느껴졌다

"헛 그놈의 거."

"아무 데도 없습니꺼?"

"그러시. 산으로 들로 가근방에는 동네 사람이 모두 풀려서 찾고는 있

는다….”

부자간의 대화에 양지도 끼어들었다. 아무래도 농촌 마을을 돌면서 농산물이나 가축을 훔쳐간다는 자들의 소행으로 혐의를 돌릴 수밖에 없다.

“혹시, 파출소에도 연락을 해야지 않을까요?”

“글쎄요, 수상한 사람을 봤다는 사람은 없었는디. 만약 그 자들 소행이라모 일찌감치 포기하는 기 나을 끼고.”

“그렇십니더 아부지. 우리 물건이 안 될라 카모 아무래도 안 됩니더. 시장하실 낀데 저녁이나 잡수입시더.”

연세 높은 부모에 대한 배려가 깔린 아들의 제의에 늙은 아버지도 동의를 했다.

“그래, 저녁이나 묵자. 모처럼 아아들 이모님도 오싰는디 이런 수선을 피아서 낯을 들 모책이 없십니더.”

“저는 괜찮습니다. 마음 쓰지 마십시오.”

양지가 어색함을 감추지 못하고 얼쩡거리는 사이에 부엌 사정에 어두운 노인과 시각장애인인 아들이 한참을 털걱거리면서 저녁상을 차리고 있다. 양지는 그들이 상을 내오기 전에 그들의 시선이 미치지 못하는 곳으로 얼른 자리를 피했다.

“용재 이모님, 이모니임!”

바깥사장어른과 더불어 형부의 목소리까지 자신을 찾았지만 양지는 먼 데로 간 것처럼 가만히 숨을 죽인 채 숨어 있었다. 불빛조차 더욱 어두므레한 집안에서는 수저소리만 여일하게 들렸다. 전후 사정을 싹 무시해버린다면 지극히 평화스럽고 단란하게 들리는 이 소리가 양지는 참 기이하게 느껴졌다. 크다면 엄청 클 수도 있는 일을 당했음에도 이 가족들이 보이는 제가끔의 행동은 양지를 자꾸 사람 사는 유형의 미궁으로 끌려들게 만들었다.

푸른 달빛이 온 하늘을 떠받치고 있는 가운데 밤 매미소리만 요란하게 천지간을 꽉 메우고 있다. 간간이 이 집의 일과는 상관없는 자동차가 면 행길을 가로질러 지나가고 건너마을 인가에서 흘러나와 점점이 수놓인 불빛도 무심한 낭만을 연출하고 있다. 그에 동참하듯이 먼 산 어디선가 소쩍새 소리도 들렸다. 양지는 길게 한숨을 쉬었다. 초능력을 가진 커다란 누가 있어서 이 집을 내리누르고 있는 불우함을 포장 벗기듯이 홀렁 걷어주었으면 좋겠다. 자신의 그런 바람에 비해 눈에 띄는 사물은 불변의 원칙을 지키는 것처럼 너무나 묵묵하고 침착해보인다. 지금 이 시간에도 피치 못할 일을 당한 채 어느 구석에서 신음하고 있을지 모르는 유월이를 찾아 사람들은 산야를 헤매고 있을 텐데 말이다. 낮에 소가 매여 있었다는 장소까지 답답한 마음으로 가보았던 양지는 무수하게 맴돌면서 소가 남겨놓은 발자국을 보고 돌아섰을 따름이었다.

밤이 이슥해졌는데도 소는 찾지를 못했다. 집에 모여서 같이 흘린 땀을 닦고 경미 할머니가 내놓은 농주를 나누어 마신 마을 사람들도 하나 둘 집으로 돌아갔다. 내일 닷새 장이나 훑어보자고 실낱같은 희망을 뇌었지만 이제 소는 멀리 간 것이라 단념할 수밖에 다른 방법이 없는 무언의 결단이 내려지는 것이다. 텅 빈 외양간을 둘러본 용재 할아버지가 무어라고 중얼거리면서 평소에 하듯이 옆에 있던 소꼴 한 아람을 외양간 안으로 던져넣는다. 행여나 무슨 소식이라도 있는지 집으로 들어왔던 용재는 주린 허리를 다시 조여맨 채 달려나간 뒤 아직 돌아오지 않는다. 밤은 점점 깊어지고 마을의 불빛도 하나 둘 소등 되어간다. 양지는 용재가 나가기 전에 이모로서 그 애의 힘이 되어줄 말 한마디 못 해준 것이 아쉬워졌다. 어린것이, 이 집에서 제일 활동력 있는 구성원인 점에 대한 책임 때문에 어디를 어떻게 땀범벅이 되어 거친 숨을 몰아쉬면서 뛰어다니고 있을지 행여 그 이이미저 신변에 무슨 일을 당하면 어쩌나 조바심이 일었다. 용재야, 걱정하지 마. 이모가 유월이 한 마리 다시 살 수 있는 돈 부쳐줄게. 진작 했어야 될 말이었다.

그때, 집 쪽에서 공 구르는 듯한 발자국 소리를 내면서 경미가 뛰어나왔다.

"유월이 찾았어요! 이모! 우리 오빠가 소 찾았대요. 제 새끼 찾아서 곰실까지 갔더래요."

새끼를 지난 장날 내다 팔았는데 어쩌면 거기 갔을지 모른다는 짐작으로 용재가 전화를 했는데 아니나 다를까 조금 전에야 어미가 새끼랑 같이 있는 것을 발견했다고 그쪽 주인이 답을 준 것이었다. 경미의 외침이 끝난 후 마을의 스피커 소리가 고요해진 밤공기를 타고 흐르자 온 마을에 축제의 불꽃이 터지듯 다시 집집마다 불이 켜졌다.

"아이고, 새끼 떼서 보내고 그리 울면서 헤매고 야단이더니, 새끼 간 곳을 우찌 그리 찾아갔을꼬."

"짐승이라꼬 거저 짐승이가, 에미 코에 백인 새끼 냄새를 쫓가서 갔겠제."

감동한 마을 사람들이 모여들었고 불편한 이 집 어른들을 대신해서 당장 가서 소를 몰고 오겠다는 이웃도 나섰다.

용재의 집을 떠나온 다음 날 양지는 팔려간 송아지를 다시 사올 금액을 용재네로 부쳤다. 유월이는 고삐에 끌려 돌아왔지만 자식을 그리워한 어미소나 어미를 잊지 못하고 죽을 듯이 날뛰던 목매기의 감동스러운 상봉과 이별 장면은 가슴 뭉클하게 양지를 움직였다. 유월이의 새끼는 용남의 병원비 때문에 지난 장날 우시장에서 생이별을 했다. 한 이틀 떠나보낸 새끼 때문에 허둥대면서 허공을 향해 새끼 찾는 피울음을 울고는 했지만, 이내 그 큰 눈을 끔뻑거리면서 먹이를 챙기기에 무딘 짐승이니 단념하고 감정정리를 한 거라 안심하고 있었는데 숨기고 있던 애절함대로 기어이 새끼가 있는 곳을 찾아간 것이다. 돈만 있으면 송아지를 되 사오고 싶었다는 용재의 말을 듣고 어른들 모두 굳은 표정으로 응답을 못했다. 마음은 충분히 그러고 싶지만 선뜻 동의해주지 못하는 어른들의 심기를 아이들도 이해하면서 식구들 모두 안쓰러운 어미소 유월이의 곁을 떠나지 못했다.

양지는 기특하다는 말 이상의 든든함을 그 아이 용재의 등을 쓰다듬어주면서 느꼈다. 그 아이는 단연 우뚝했다. 내세울 것 없는 어른들과 보잘것없는 그 집 환경 모두가 그 아이를 그 아이답게 길러주고 있는 것이었다. 특히 아이구 우리 집 선부가 그에 일냈네. 인제는 할미도 할배도 눈을 감고 가것네 하며 뜻밖에도 이모인 양지를 대동하고 나타난 손자를 보고 감격한 안노인의 넋두리는 메말라 있던 양지의 가슴에도 사르르 윤기가 돌게 했다. 누구에게도 쏟아본 적 없는 자신의 감정에 양지 스스로도 놀라움이 컸다. 왜인지도 모르면서 이상한 힘에 이끌려 스스로도 이해 안 되는 심경의 변화를 나타내고 있는 것이다. 비록 후지고 둔탁한 원시의 토양에서나마 건강하고 씩씩하게 자라고 있는 조카들, 그만해도 충분한 위안이고 희망인 거였다. 그들이 생존하는 데 필요한 샘물이 되는 것도 아주 뜻있는 역할일 것으로 양지는 확신했다.

사실 용재를 따라갈 때만 해도 양지는 건성이었다. 귀남이 때문에 혈육이라면 자다가도 벽 쪽으로 몸을 돌리게 할 정도로 마음이 모질어져 있던 참이었다. 그러나 그들 용재네서 듣고 본 일은 지도 모르게 메마른 가슴을 적시는 놀라운 경험이 됐다. 말 못 하는 짐승이라고 불가해한 소통의 경로마저 사람은 무시해서 안 된다. 불은 젖이 아리는 통증이 이끌어간 새끼의 배고픔에 따른 모정. 문득 어머니가 떠올랐다. 형편만 여의했다면 보내지 않았을 딸을 보내놓고 유월이보다 더 진한 속울음을 울었을 어머니. 유월이처럼 어미의 품으로 되돌아와서 성장했다면 저토록 망가지지 않았을 언니 귀남의 현재.

은행에서 돌아오는 길에 양지는 시장으로 가서 갓 쪄낸 찰옥수수 세 개를 샀다. 이 음식을 좋아하는 식구 누가 있다는 생각을 하면서 물건을 고르고 돈을 지불하는 흐뭇함의 따뜻한 경험도 가졌다. 귀남이는 저쪽 벽을 향한 채 누워 있었다. 배가 등에 붙은 홀쭉한 허리를 보니 너 좋아하는 옥수수 어서 먹어라 하고 싶었지만 참기로 했다. 복잡한 나날들을 생각하면 편히 쉬는 시간을 갖게 하는 것이 어쩌면 먹는 것으로 배를 채우는 시간보다 훨씬 실속있지 않을까 싶었다. 귀남의 머리맡에다 소리 없이 옥수수를 놓아두고 목장에서 입는 일복을 갈아입었다. 단추를 꿰다말고 양지는 잠시 미소를 지었다. 아이답잖게 성실하고 늠름하던 용재의 얼굴을 떠올렸던 것이다, 역시 송금을 잘했다 싶었다. 혈연이란 참 묘한 관계라는 생각이 든 것도 그 순간이었다. 한 가족으로 인해 받은 상처를 어루만져주는 또 다른 가족. 양지는 흘끔 귀남이 쪽으로 돌렸던 눈길을 걷으며 고개를 갸웃거렸다. 우사 옆에 있던 공간을 방으로 꾸몄

던 것이라 넓이는 두 사람이 살기에 별로 불편함은 없었지만 사회에 적
응하지 못하고 혼자 은둔자처럼 살고 있던 때에 비해 귀남이까지 달고
들어온 지금은 마음이 배나 더 무거웠다. 뭐가 무서워서 이사를 가느냐
고, 귀남은 한사코 도시에 살기를 원했지만 양지는 저나 귀남을 바라보
는 동네 사람들의 눈길을 피할 수 있는 데까지 멀리하고 싶었다. 시집도
못 가고 죽은 미래의 처녀귀신을 바라보듯 괴이쩍어하는 시선. 양지가
근신하자는 말만 입 밖에 내도 귀남은 어떤 인간이 그렇게 보느냐고 발
끈 화를 내며 누구든 붙잡고 시비를 걸려 했다. 큰 나라에서 자유스럽게
살든 습관으로 기죽지 않으려는 인권주장은 당연하달 수 있지만, 제 행
동에 대한 반성이 없는 별 볼일 없는 미친 여자의 행티로만 보는 사람들
의 눈은 피할 수 있으면 피하고 봐야 했는데 이번 용재네의 일로 피붙이
에 대한 한 가닥의 위안은 맛본 셈이었다.

　이틀 후 뒤쫓다시피 잰걸음을 한 용재를 따라 양지네 자매들은 병원
으로 갔다. 병이 더 깊어지기 전에 엄마의 건강을 찾아주고 싶다고 용재
는 아직 낯익지 않아서 서먹할 법한 이모들인데도 응석처럼 보챘다. 그
것은 아이의 혈육에 대한 든든한 믿음 때문일 것이라 일방적으로 당하
는 처지였음에도 아버지를 위시한 세 자매가 다 같이 조직검사에 응했
다. 아직 결과는 나오지 않았지만 막상 바람직한 결과가 나오지 않았을
때 아이가 실망하는 모습을 어떻게 봐낼지도 신경 쓰이는 과제가 됐다.
양지는 그 애의 이모가 나 혼자만도 아닌데 내가 왜이러나 싶었지만 일
이 바쁘다는 핑계로 돈이나 댈까 살가운 정 한 올 표시하지 않는 호남이
나 귀남을 보면 걱정을 도맡을 사람은 자기밖에 없는 착각인지 모를 의
무감 때문에 관심을 갖고 독려에 나섰다. 아무튼 용재와 그의 가족들이

얽혀서 살아가는 모습을 본 후로 양지의 삶에 대한 소견이나 자세는 훨씬 소박하고 겸허해졌다. 사람들은 얼마나 허명을 좇아 야망이라는 이름으로 질주하는가. 오직 눈앞의 것에만 끄달리다가 문득 주위를 살펴보게 하는 안목은 시련과 나이 밖에서는 찾기 어려운 공부였다.

4. 자매도 타인

며칠, 하늘이 파랗고 그 하늘 가운데로 멈춘 듯 흘러가는 하얀 구름 몇 점을 보면서 참 높고도 넓은 하늘을 느꼈다. 그래서 사람들은 저 절대적인 높이 위에서 세상을 관찰하는 신의 눈길을 의식하고 의심할 여지없이 선한 그의 의지를 믿고 평안을 만들어가고 있는가. 잠시 하늘을 올려다보면서 이마에 밴 땀을 훔치는데 저 아래서 올라온 승용차 한 대가 농장으로 들어서고 있는 게 보였다. 관심을 끊고 우사 주위에 흩어져 있는 여물통과 넉가래를 수거하여 창고에 넣고 나오는데 손님이 왔다면서 목부 정씨가 양지를 부르러왔다.

손님은 명자였다. 양지가 이곳에 눌러앉고 난 뒤 처음 대면이었다. 교통도 좋지 않은 이곳까지 승용차를 몰고 그녀가 찾아오리라고는 예상 못했던 터라 차 대접을 하면서도 성마른 궁금증이 자꾸 머리를 디밀었다. 집터를 깔아뭉개듯이 도로가 뚫렸고 고향에 올 때면 그녀는 그 도로를 탔다. 안타깝고 절절한 아쉬움으로 수용 거부했지만 국가가 하는 일이라 어쩔 수 없이 넘겨주었다고, 정자 패들이 묻지 않는 그쪽 일을 속속 전달해주기 때문에 칩거한 듯한 생활 가운데서도 웬만한 주변 소식은 다 알고 있었다.

"언니, 나 바쁜데."

앙지가 보내는 의아스러운 기색을 의식한 명자가 먼저 찾아온 용건을 꺼냈다.

"엄니가 아파서 들여다보러 왔던 김에 너 한번 보고 갈려고 왔어."

"아줌닌 언제나 건강하게 잘 사실 것 같았는데…."

"얘도 우리 나이가 벌써 얼만데. 엄마까지."

그러고보니 잘 가꾸어서 곱고 단정한 자태이긴 하지만 명자의 얼굴에도 나이든 태가 완연히 난다. 명주비단처럼 잔주름이 자리 잡은 얼굴은 제 아무리 겉을 가꾸어도 어린 시절에 받은 궁기의 타격만은 지워지지 않는다.

"그럼 지금 병원에 계신 거야?"

"아니 그렇게 몸까지 심각한 건 아니고…. 사실은 잠자리가 그렇게 어지럽다 카네. 하도 꿈자리가 뒤숭숭해서 잠도 잘 못 자고 골이 아파 머리도 바로 들 수가 없단다."

"엄청 마음 쓰이는 무슨 일이라도 있어 스트레스가 심하신가봐."

"너도 이제 나이를 먹긴 먹었네. 말만 듣고도 병이 어떻게 왔는지 얼추 짐작을 하고. 실은 너랑 의논 좀 할라꼬."

순간 양지의 전신으로 알 수 없는 냉기가 착 날아와서 피부에 감겼다.

"다른 게 아니고 울 엄니 꿈에 너거 엄마가 그리 자꾸 보인단다. 죽어서 좋은 데도 못 가고 떠돌아 댕길라니 힘들어서 죽겠다고, 형상이 말 아니게 해갖고 나타나서는 눈물을 흘리고 그런단다."

양지는 예리한 무엇으로 가슴을 찔린 듯한 통증으로 잠시 숨결을 멈추어야 했다. 잊으려 했으나 잊히지 않았던 상처가 드디어 곪아가고 있었던가. 그러나 양지는 내색 않고 버럭 소리를 질렀다.

"난 또 무슨 소리라고. 나는 그런 거 안 믿기도 하지만 어머니 혼령은 절에서 벌써 몇 번이나 천도제를 지냈고 그런 거 다 소용없어. 우리 언니 해원굿하다가 엄니가 그 일 당한 거 언니도 알 거 아니가. 안 좋기는 뭐. 아줌니 맘이 짠하니까 그런 생각이 들지. 우리 귀남 언니도 죽었다던 사람이 찾아왔는데, 난 그런 거 안 믿기로 한 지 오래 됐어."

강한 어조로 부정을 하며 명자를 쏘아보는 눈길에도 송곳 같은 냉기를 실었다. 이미 십 년 세월이 흘렀고 곱다시 영면하지도 못한 어머니의 형상을 새삼스럽게 들추어 사람들 입에 오르내리게 하기 싫었다. 그런 얘기하러 왔으면 어서 가라고, 양지는 명자를 밀어내는 시늉까지 했다.

"아이구, 내사마 모르겠다. 엄니가 자기 딴에는 영단에다 정화수 떠놓고 빌었건만 안 된다고 이거는 너거하고 의논해서 해원풀이라도 꼭 해야 될 일이다, 계획이 그리 잡혔단다. 난 다만 울 엄니 뜻을 전할 뿐이다."

말하지 않는다고 짐작조차 못하지는 않는다. 차마 기억하기 싫을 뿐이다. 자신을 불태우기 위해 활활 타오르는 불길을 바라보면서 어머니는 이를 악물었을 것이다. 피하지 말고 맞서자, 피하지 말고 맞서자. 내 몸뚱이 하나 소지 올려서 내 자식들만은 구하자. 어머니는 무서운 불길에 맞서 그런 다짐을 했을 것이다. 무엇 하나 자신의 의지대로 해보지 못한 자기 인생에 대한 회한을 그런 소명의식으로 성공시켰을지도 모른다. 하므로 양지는 불구덩이 속에서 헤매고 있다는 명자 어머니의 꿈은 믿지 않을 것이다. 양지는 해원굿으로 정말 해원이 되는지 안 되는지 모르지만 굿마당에다 다시 어머니를 내세우게 허락하지 않겠다고 강력한 일침을 놓았다.

억지로 차 한 잔을 얻어 마신 뒤 못이긴 척 일어서던 명자가 다시 한마디 양지를 돌아보고 말했다.

"참 언제 너희들 만나러 기철이가 한번 올 거야."

"기철이가 왜?"

"너거하고 우리하고 디엔에이 검산가 그거 한번 한다 그랬지?"

"아직도 그 일 때문에?"

"우리 기철이 걔 한번 마음먹은 거는 물고 늘어지는 기질 있다 너. 저도 의원님이 됐으니까 집을 한번 제대로 바로 세워보겠다는 거 아냐. 그렇지만 사실은 내가 반대했다."

그들이 원하는 일이 무엇을 의미하는지 양지는 단번에 짐작할 수 있었다. 그러나 그동안 별스러운 반응이 없기에 이제 그 부분은 단념을 했나 싶었는데 그게 아니었던 모양이다. 사회적으로 기반을 다졌고 소견이 든 만큼 남자 구실을 하고 싶다면 기철의 행동은 더 강하고 집요하게 진척될 수도 있을 것이다. 마주 대하고 있기 거북한 사람 어서 돌아가기를 바랐지만 다시 자리에 앉은 명자는 얼른 일어서 돌아갈 생각을 않는다. 준비하고 왔던 것처럼 이런저런 이야기를 다시 이어나갔다.

"내가 말이다, 이런 말하면 니가 어떻게 생각할지 모르지만 성냄이 생각해서, 충고 하나 할 거니까 네 언니가 하는 말이다 생각하고 들어라. 너도 그 얼굴에 인상 좀 펴고 살아라. 너네 내림인지 사흘 굶은 시에미 상통으로 찡그리고 그런데, 그라모 들어올 복도 안 들어온다. 인상이 좀 푸근하고 환하게 보여야 그래도 뭔가 있어보여서 주위 사람들이 돕거나 가까이 하고 싶은 마음도 생기지, 귀신이 얼매나 눈치가 빠른데 주고 싶던 복도 안 준다. 너 사람 사는 게 뭐니. 책에서는 안 가르쳐주지만 사람끼리 어울리믄서 서로 돕고 살아가는 거다. 너랑 마주하고 있으면 찬바람이 사르르 돌아. 덕을 보이는 사람도 있고 손해를 보이는 사람도 있는 기 정칙인데 눈에 안 보이는 막을 딱 쳐놓고 사람을 경계하는 눈치가 인상으로 빤히 드러나는데 무슨 일인들 까탈없이 잘 풀리겠니. 참 그리고 또 내가 깜빡 잊었다. 네 언니, 네 언니 귀남이도 여기 같이 산다며? 어딨니? 불러와 한번 보고 싶다. 성냄이 그거 살았을 때 걔 별명이 성남이 끈 줄이다. 제 운명이 그리 될 줄 미리 알았는지 어디를 가도 쫄쫄, 쫄쫄. 어찌나 따라다니는지 나중에는 우리가 헷갈려서 성남이가 혼자 오면 오히려 이상해서 문을 안 닫고 기다리다가 왜 오늘은 귀남이 그 끈 줄이 안 따라오느냐고 물었다니까. 호호호…. 귀남이가 없으니까 대를 받아서 니가 끈노릇한다 안 캤더나. 걔도 참 많이 변했을 거다. 바람에 가랑잎 구르듯이 산도 설고 물도 설고 공기조차 낯선 곳에서 떠돌아다녔으니 얼마나 망가졌겠어. 그 환경에도 온전하다면 그게 오히려 이상하지. 소문을 조금 듣기는 했는데 늬들도 참 속상하겠다. 남들은 외국에서 떡하니 자리잡아놓고 초청 이민이니 뭐니 가족들 불러서 호강도 시켜준다던만. 귀남이 그게 그리 말썽이라며? 왜 그렇게 쳐다보냐? 소문 다 났는데 뭐 숨기고 자시고 할 게 뭐있어. 딱 까놓고 말해서 네 자식도 아니고, 네가 교육을 시킨 것도 아니고, 난 늬들 이제 욕 안 한다. 생각하면 불쌍하지. 왜 하나같이 그리 안 풀리노 말이다. 하긴 호남이가 술집을 해서 돈을 많이 벌어 새 아파트 단지에다 땅도 많이 샀다면서? 나도 돈깨나 만져보고 살아서 아는데 너 돈 그거 요물이다. 인생 참 불공평해보이는데 또 가만히 생각해보면 무척 공평한 것 같기도 해. 돈 있는 사람은 또 돈으로 해결 안 되는 고민거리가 있고 그치? 호남이랑 너랑 둘의 경우를 봐도 그렇잖아. 내가 들은 소문이 있어서 하는 소린데 호남이 보고 미리 잘 말해라. 까끌막이 있으므 내리막도 있는 건데 돈독 든 사람들치고 온전하게 잘 사는 거 못 봤다. 내가 왜 이런 소리를 하는가 하면 호남이 그거 돈 잘 번다는 칭찬도 해주고 싶고 또 호남이한테 돈 받아쓰는 네 처지 비관할까봐 걱정도 돼서 하는 소리야."

듣고 있던 양지는 오지랖 넓게 나오는 명자의 말에 발끈 뾰족한 소리를 내며 말을 잘랐다.

"내가 호남이한테 용돈 받아쓴다고 누가 그랬어? 여기가 내 직장이고 꼬박꼬박 월급 받아서 저축도 하고 있는데. 우리보고 이상한 사람 취급하며 몰아붙이지 마. 언니네보다 돈이 없다고 생각마저 가난하지는 않은께."

"야야, 와 갑자기 썽은 내고 그라노. 사람 무안하게."

명자도 변죽만 는 나이든 여자다. 양지가 원하지도 듣고 싶지도 않은 이야기를 걱정해주는 척 원한다면 무슨 도움이라도 줄 것처럼 제 호기심으로 이런저런 곳을 건드려보고 있다. 양지는 명자의 이야기를 흘려듣는다. 짜증스러운 깐으로 하면, 아니 예전의 자신이라면 벌써 등을 돌렸을지도 모른다. 양지는 자신의 변한 모습을 명자의 수다로 하여 새삼스럽게 깨닫는다. 그것은 좋은 말로 세상을 그만큼 많이 알게 되었다는 것임과 동시에 강퍅하기 이를 데 없던 성격의 풀기가 여유 있게 많이 너그러워졌다, 한마디로 숙성해진 주제파악의 다른 모습이다.

다행스럽게도 명자가 사무실에 있는 동안 귀남은 하루에 몇 번씩 양지가 있는 사무실로 오던 걸음을 뚝 끊었다. 멀건 시선으로 천장의 얼룩이나 바라보면서 방안에 있을 것이건만 양지는 명자의 호기심을 해소시켜주기 위해 귀남을 부르지도 귀남이가 방에 있을 거라는 말도 하지 않았다. 애는 어디를 이렇게 나돌아다니는 거냐? 또 시내 호남이한테 간 거 아니냐고 묻기도 하다가 명자는 아쉬운 듯 자리를 털고 일어났다.

명자를 보내놓고 양지는 사무실 의자에 오래 앉아 있었다. 엄밀히 말해서 명자는 그저 그렇게 과거의 다리 위에서 같이 놀 상대는 아니다. 그녀는 뚜렷한 목표를 안고 찾아왔고 잊어서는 안 된다고 무언의 압력을 넣으면서 직성이 풀릴 때까지 양지네를 성가시게 할 것이다. 양지는 전처럼 기갈 성성한 오기도 부리지 않고 무난하게 들어 넘겼다. 그때는 분명히 어떤 적개심 때문에 치를 떨었다. 족보를 손에 들고 이깟 한 묶음의 기록이 내포하고 있는 모순 때문에 저질러지는 인간 이하의 행위들은 이제 없어져야 한다. 멸시 당하고 핍박받던 여인들의 후신인 내가 그 소명을 다하리라. 여자를 울리고 여자를 홀대하는 그 비인간적인 기록의 허위를 내가 소멸시켜주리라. 오직 그 생각만을 태우는 작업으로 오래된 한지 첩을 한 권 한 권 아궁이 속에다 집어던졌다. 그 누구도 십여 년이 흐른 지금까지 족보를 입에 올려본 적은 없었다. 존치 이유가 알쏭달쏭한 기록이라는 양지의 생각을 모두 찬성하는 것은 아닐 텐데도 말이다.

명자가 남기고 간 여운을 걷어내기 위해 식어버린 찻잔을 들고 이물감을 완상하고 있는데 고종오빠의 전화가 왔다.

"여기 아, 그 뭐 무슨 서방이라 해야 되나? 그 와 안 있나, 호남이 동생 남편, 그 사람이 여어왔는데 호남이 동생 그게 있나?"

옆에 있는 사람을 의식하는 낮은 목소리로 고종오빠가 말했다.

"아니요. 그런데 호남이는 왜 찾아왔대요?"

"술이 잔뜩 취해서 뭔 소린지 종잡을 수도 없이 시부렁거리는데, 호남이 동생이 주기로 한 생활비 받을 날짜가 넘었는데 안 준다나 어쨌다나."

양지는 송수화기를 든 손에다 자신도 모르게 힘을 넣으며 헛웃음을 날렸다. 언젠가 술 취한 호남으로부터 주영 아빠 인생이 불쌍하다는 소리를 들었다. 그때는 그저 같이 살던 사람의 정으로 폐인지경인 그를 입에 올리나 싶었는데 생활비까지 대주고 있었다니.

"호남이 동생도 판단을 잘해야 되겠다. 하는 양이 아주 바람피우는 제 마누라 욕하듯이 하는데 사람이 체면도 뭣도 없어보인다."

그 말을 듣는 순간 호남이 옛날에 내뱉었던, 그 인간 나 없으면 못 산다고 장담하던 말이 얼핏 떠올랐다. 손님들 출입이 번다한 가게에 노숙자처럼 죽치고 앉아 오빠를 곤혹스럽게 하지는 않을까 싶어 양지는 마음이 편치 않다. 짜증 밴 음성이 절로 나왔다.

"오빠한테는 왜 왔대요?"

"왜긴 왜겠어. 호남이 동생이 자네한테 갔다니까 여기 오면 알겠지 싶었겠지. 그렇지만 내가 곱다시 말 안 들어주니까 저렇게 찡골을 대고 있는 게야."

"한 달에 대체 얼마씩이나 준대요?"

"그건 안 물어봤는데."

"걔 속은 알다가도 모르겠어요. 이제 와서 지가 그 사람을 보살펴야 될 의무라도 있나요. 듣고 보니 참 이해 안 되는 상황이네요."

"그거야 인성이 불성이라고. 한때 은애하면서 같이 살았던 정리도 있을 것이고, 그 동생이 연말 불우이웃 성금도 듬뿍듬뿍 내는 것 보면 그 나름으로 무슨 복안이 있겠지. 쓰는 돈에 따라서 돈 버는 보람도 있는 것이고, 어? 잠깐, 저, 저 사람이 또 저러네…."

무슨 급박한 상황이 생겼는지 오빠의 목소리는 사라졌다. 사람과 사람과의 관계란, 아니 사람들의 내면세계란 참 복잡 미묘한 것이다. 주영 아빠의 거취에 대해 호남이가 그토록 깊이 관여를 하고 있다는 새삼스러운 일에 양지는 머리가 복잡해진다. 누구보다 맺고 끊는 것이 분명하다고 여긴 호남의 또 다른 이면이다.

"그래서 오빠 뭐래?"

다음 날 호남을 만나자 말자 양지는 주영 아빠의 일을 먼저 꺼냈다. 호남은 다듬는 손톱 끝에다 신경을 모은 채 건성으로 물었다.

"널 알다가도 모르겠는 건 나하고 같지."

"그렇겠지, 나도 나를 모르겠으니까."

"대체 어쩔 셈인데?"

"뭘?"

"다시 합치기라도 할 거야?"

"미쳤어? 인생이 불쌍해서 그런 거지 확대해석하지 마라. 내가 뭐 덕 볼 게 있다고. 꼴값 떨면 국물도 없을 줄 알라고 해."

"그렇다면 착각하게 하지 마."

"알았어. 메밀대모양 줏대없이 살면 지가 X찬 남자라고 별수 있어? 인간아, 인간아 싶어서 길고양이 먹이 주듯 조금 준 것뿐이니까 마음 쓸 것 없어. 우리 술이나 한 잔하자."

돌연 일어선 호남이 맥주와 안주를 내온다.

"어제는 어디 간 거야, 나한테 간다고 했다며?"

양지도 시원하게 냉각된 맥주를 받아들면서 일상의 대화거리로 화제를 돌렸다.

"언니가 뭐 최쾌남이밖에 없나. 나한테 쌨고 쌨는 게 언닌데."

말해놓고 후훗 하고 웃음을 다는 호남을 따라서 양지도 같이 웃었다. 호남은 이제 사업가다. 노는 물이 다르니 만나는 많은 사람 중에는 언니도 많을 게 당연하다.

"그건 그래."

양지의 말이 끝나자 정색을 한 호남이 호콩을 까다말고 답했다.

"사실은 용재네한테 다녀왔어."

양지는 말없이 호남의 다음 말을 기다렸다. 우선 상큼한 인상의 소년 용재를 떠올리는 것은 기분조차 상쾌해지는 기쁨의 다른 모습이어서 좋다. 그러나 천방지축 제 맘대로 날뛰어야 할 청소년을 가두고 있는 가시밭 같은 어려운 환경을 떠올리면 가슴이 먼저 답답해졌다.

"어제 새벽에 용재 전화가 왔어. 제 엄마가 쓰러졌다는 거라."

컵을 든 양지의 손끝에 가는 경련이 일었다. 종잡을 수 없는 전말에 대해 심장이 멎는 듯한 긴장이 왔다.

"다행이 큰일은 없었는데 구급차가 조금만 늦었어도 큰일 날 뻔했어."

"그래서?"

"그래서는 뭐야 당연히 입원이지."

"뭐야? 그러고도 나한테는 아무 말도 안 했어. 지금도 먼저 해야 될 말이 그건데 말 안 했잖아."

"언니한테 말한다고 뭐 가슴 아프기만 하지 별 뾰족한 수 있어? 입원 잘 시켜놓고 간병인도 붙여놨으니까 됐어."

언니가 안다고 뭐 뾰족한 수 있느냐는 호남의 말이 심장을 콕 찔렀지만 틀리는 말은 아닌 탓에 양지는 잠자코 천천히 술을 마셨다. 타는 듯이 코끝이 아렸다. 술로 적시지 않으면 갈해진 목젖이 찢어지게 기침도 터져나올 것 같았다. 해놓고 보니 너무 함부로 말했다 싶었는지 호남이 흘끔 양지의 눈치를 살폈다. 잘난 척 도드라진 아미를 슬쩍 비비던 손으로 다시 양지의 컵에다 술을 붓고 손대기 좋도록 안주를 돌려놓기도 한다. 양주 한 잔 가지고 올까? 필요 없는 친절도 곁들였다. 양지는 성대가 열리지 않아 고개를 가로 젓는 것으로 답을 대신했다. 둘 사이에는 요즘 늘 그렇듯이 어색한 침묵이 흘렀다.

"낼모레 결과 보러 같이 갈 거라 그랬으니까 제깍 보고 안 한 거 가지고 너무 섭섭하게 생각 안 했으모 좋겠다. 가만 보면 언니도 늙은이같아. 용렬하고 조급하고 잘 삐치고. 나이 많은 사람들 대개 그렇게 변한다며?"

사과 비슷한 말을 했지만 양지가 대답을 않자 호남이 버럭 짜증 난 음성을 지어 내뱉었다.

"에이, 사는 게 왜 다 이 모양인지 몰라. 하루 좀 괜찮은가 싶으면 이틀이 못 가."

"의사는 뭐래?"

"며칠 있다 검사 결과 나오면 다시 면담하기로 했으니까 수술날짜든

뭐든 그때 결론이 나오겠지. 답답하다. 우리 다른 얘기하자."

호남이 지루한 듯이 기지개를 켰다. 마치 너랑 그만 마주보고 싶어라고 하는 것 같다. 그리고보니 저녁 영업할 사람들 모습이 유리창 너머로 얼비쳤다. 우리 셋 다 안 맞으면 그때는 어떻게 하지? 그런 말이 입속에 있었지만 밖으로 꺼내지는 않고 양지는 일어설 준비를 갖추었다. 처음 올 때는 오빠네 손자가 이곳에 와서 수연이처럼 남의 손에 자라고 있는 엄청난 비밀이며 명자가 와서 했던 이야기 등을 같이 나눌 생각도 가졌지만 살갑지 않은 지금 분위기로는 새삼스럽게 말하기 싫었다.

"고향이 그리워도, 는 요즘 어때?"

"몰라, 요즘은 이상하게 잠잠해. 물가에 앉혀놓은 것 같다는 어른들 말이 어쩜 그대로 실감 나는지. 암튼 병원에 갈 때는 셋이 같이 가얄 거 잖아."

"언니 정말 삐쳤나보네. 자기가 나서서 다 처리해야 되는데 내가 월권했다고."

"삐치기는, 능력 있는 사람이 먼저 나서고 그 다음 사람은 따라가게 돼 있는 게 당연한 건데 뭐."

"언니한테만 너무 의존하는 것 같아서. 성가신 일도 나눠서 해결하고 싶었고."

"셈 빠지는 그런 소리 그만하자."

호남이 뭐라고 해명을 하든 배제되는 이유에 대한 양지의 속마음은 쓰렸다. 양지는 애써 편안한 표정을 지으면서 호남의 방을 나섰다.

"잠깐."

전화를 받으면서 호남이 손짓으로 양지를 멈춰세웠다.

"압지 출현이란다."

"아버지가?"

아버지의 방문에 대한 의문으로 뜨악한 시선을 주고받는 데 종업원의 안내를 받으면서 아버지가 들어섰다.

양지는 자신도 모르게 긴장을 하며 호남이 서 있는 쪽으로 자리를 옮겨 정했다. 생각보다 신수가 훤한 아버지, 입성도 깨끗하고 검버섯이 성성한 거친 피부의 얼굴에도 전에 없이 윤기가 도는 것이 마치 다른 환경에서 살다온 사람처럼 멀끔하게 낯설어보인다. 양지와 같은 생각이었는지 호남이도 어정쩡한 표정으로 얼핏 양지와 눈길을 맞추었다. 어색해하는 딸들을 둘러본 아버지가 손에 들고 온 쇼핑백을 먼저 내밀면서 말을 걸었다.

"애비 얼굴에 뭐라도 묻었나? 와그리 빤히들 보노? 이거나 주고 갈라꼬 왔다. 받아라."

"이게 뭔데, 선물이라도 되는 것 같네?"

호남은 꾸러미를 들여다보는 대신 비아냥거림이 섞인 투로 살짝 양지에게만 들리는 소리로 달갑잖은 표시를 했다.

"몸에 하도 좋다 캐서 둘이 묵으라꼬 샀는데 모르겠다. 엔간히 까탈시러운 것들이 돼야 말이지."

"참 별일도 다 있네. 난 보약 같은 거 필요 없는데."

"그라모 필요한 사람 묵으모 될 거 아이가."

아버지의 말을 듣고, 달갑잖지만 일부러 가져왔다니 무시 못 하는 얼굴로 꾸러미 안을 들여다보던 호남의 표정이 일순 일그러졌다. 그리곤 찡그린 미간을 풀지도 않고 아버지를 흘겨보았다.

"이건 중국젠데, 아부지 또 약장수 구경 갔었구나. 내가 못 살아. 아부지 딸 돈은 어디서 흠 파 온 거랍디까?"

"걱정마라. 그 딸년은 니 매이로 생색 안 낸게 괜찮네."

능갈치는 아버지의 음성은 믿는 무엇의 힘으로 전처럼 맥없지 않았다. 순간 집히는 데가 있었다. 호남이도 양지와 이심전심인 모양이다.

"그럼 또 거기 갔더란 말예요? 키우는데 똥기저귀 하나도 안 보탠 양반이 참 염치도 좋지. 거기가 어디라고 뻔질나게⋯."

"이 년들이 또 애비 교육시키네. 이년들아, 그래서 내가 말한다만 사람은 자식을 많이 낳아야 돼. 나를 봐라. 그 애들은 애비 잘못만 옴니암니 따질라꼬 댐비는 네 년들하고는 질적으로 달르다꼬 몇 번이나 캤제?"

"다르긴 뭐가 달라, 사람속 거기가 거기지. 그럼 딸년들 앍아서 중국 여행이라도 갔던 거예요?"

"앍기는 누가 앍아. 제 스스로 보내주더라 와! 네 년들하고 같을 깨미? 이 세상에 나게 해준 것만도 고맙다꼬 내 손을 꼭 잡고 눈물 흘리던 그것들한테 속으로 좀 미안하기는 하지."

"그럼 쌍둥이 둘이서 여행비를 댔단 말예요?"

"작은 아가 첨에 티켓인가 뭔가 있는데 아버지 중국여행 안 가보셨지요 하는데 사실 벼룩도 낯짝이 있다꼬 내가 뭐 막말로 있는 줄도 몰랐고 돌보지도 못한 자식인데, 못 간다꼬 했제. 그랬더니 보험회사 댕기는 작은 애는 경비를 대고 식당하는 저 언니가 잡비는 대기로 벌써 약속이 돼 있으니께 염려 말고 댕기오라꼬 떼밀다시피 하더라. 덕분에 장가겐지 원가겐지 구경은 잘했다만, 네년들이 애비 취급을 우떠크름 하는지 알면서도 선물은 그래도 이것 먼저 사게 되더란 말이다."

기세 좋게 시작했던 깐에 비해서 조금씩 시무룩해지는 듯보이던 아버지는 기색이 돌변한 노여움을 발끈 터뜨렸다.

"알았다. 내삐리든지 말든지 맘대로 해."

말을 마치 가래침 뱉듯이 남겨놓고는 뒤도 돌아보지 않고 나가버렸다.

"누가 이런 것 가져다주면 좋아할 거라꼬. 내심으로 언니가 먹기를 바라는 모양인데 언니도 먹지 마. 또 기가 살아나는 것봐. 하여튼 못 말리는 영감탱이다."

아버지가 나가기 무섭게 호남이도 아버지의 선물을 쓰레기 버리듯이 한쪽 구석으로 박아버렸다. 양지는 우울한 심정으로 가만히 앉아 있었다. 있는지도 모르게 자란 딸들은 아예 아버지에 대한 기대를 하지 않아서 그럴까. 아버지에게 그들이 보이는 성의는 들을 때마다 호남이나 양지에게 쓰디쓴 웃음을 흘리게 했다. 아버지는 이제 맞상대할 선상에서 제외시킨 지도 오래됐건만 양심도 없이 당당하게 자신의 주장을 꺾지 않는 것을 보면 더 얄밉다. 더구나 정신분열증에 시달리고 있는 귀남을 생각하면 아버지의 가슴을 활짝 뒤집어보고 싶을 때도 있다. 여건이 안 되니 묻어두어서 그렇지 여건만 주어진다면 당신이 원하는 자손을 갖기 위해 다시 허리춤 내릴 꿈을 머릿속에 감추고 있을 남자. 양지는 실소를 머금은 채 어디선가 읽은 구절을 떠올렸다. 개미나 하루살이처럼 생명력이 약한 종일수록 종족 보전을 위한 개체 수가 절대적이듯 인간 또한 그런 숙명적 불안 때문에 바람둥이가 된다는.

"언니 가라. 나 오늘 무지 기분 잡쳤다."

후다닥후다닥 거친 동작으로 손에 든 물건을 제자리에 놓고 설치는 호남의 동작으로 보아 말하지 않아도 어서 자리를 뜨고 싶던 양지였다.

그래도 언닌데 제 기분대로 가라 마라 무시하니 서운하고 무안한 감을 삭이기 위해 묻고 싶지도 않았던 질문을 일어서면서 던졌다.

"설계사무실 건은 어떻게 됐어?"

"용재 엄마 일이 어떻게 될지 봐서…. 별이라도 내가 전화할게."

"내 생각도 그래. 차차 돌아가는 일 봐가면서 진행하자."

호남을 멀리 떨어져나왔을 무렵 양지는 긴장해 있던 가슴을 누그러뜨리며 심호흡을 조절했다. 베푸는 사람이 후해야 받는 사람도 고마운 법인데 호남은 한번도 받는 사람이 따뜻하고 편하게 해주는 법이 없다. 성격 탓이라고는 하지만 양지는 그 점이 늘 아쉽다. 몇 번 지적을 한 적도 있지만 그때마다 호남의 대꾸는 당당했다.

"언니 닮아서 우리 내력이 그런걸 뭐. 언니는 뭐 나한테 그런 소리 많이 안 들었어? 때와 장소에 따라서 카멜레온처럼 변하는 게 인간의 본심이다."

사람은 상대방을 거울삼지 않으면 자신을 바로 알지 못한다. 저도 옛날에 그런 사람이었다니 할 말은 없지만 호남을 보고 있으면 양지는 늘 불안했다. 마지못해서 하는 것처럼 화를 함부로 내기도 하니 호남이 같이 살 집을 입에 올릴 때마다 겉으로야 바람직한 그림이 되겠지만 양지는 생각이 엇갈렸다. 제 땅의 그럴싸한 위치를 점찍어놓고 고객인 설계사에게 멋지고 안락한 설계도까지 부탁했다고 생색내며 자랑했을 때도, 양지가 소리없이 웃으며 듣고만 있자 언니도 그럴싸한 아이디어 좀 제 공해보라고 채근했다. 울타리 삼아 과일 나무도 심고 텃밭도 가꾸며 강아지나 닭도 몇 마리 기르면 좋을 것이다. 석양이 물든 저녁 하늘을 바라보면서 세 자매가 다정하게 산책을 하는 모습도 근사한 한 폭의 그림

같을 게 분명하다. 싫지 않은 제의였고 마다할 리 없는 계획이었다. 하지만 자존심 무릅쓰고 양지가 부탁했던 보육원 일에 대해서는 그날 이후 한마디도 입에 올리지 않았다. 오늘처럼 제 성격대로인 마무리까지 버릇처럼 틀이 잡히는 상태다. 무심하게 넘기려던 간격 차이까지 떠올리면 양지는 자꾸 뒷걸음질하고 싶어졌다.

걷다 돌아보니 호남의 업소 '황금박쥐'에 빠른 네온이 춤춘다. 힘들게 일한 사람들에게 위로와 쾌락의 장을 펼쳐주는 대신 많이많이 와서 지갑을 열라 유혹한다. 이 어정쩡하고 애매한 감정은 무엇인가? 나는 나쁜 년인가? 아니다. 뚜렷한 목표가 있고 자금이 필요한 때문이다. 목표를 잃은 사람은 생활이 문란해지고 자멸의 가속페달을 밟게 될 것이다. 양지는 새기고 있던 명문을 다지며 걸음을 옮겼다.

5. 큰 함지에 담긴 구슬

 영문 모를 안개 속이다. 수면 위로 날숨을 쉬는 수영선수의 머리처럼 소떼들의 머리가 그 운무 위로 떠올라 어디론가 둥둥 떠가고 있었다. 양지는 어느 덩치 큰 소 머리 위에 앉아서 춤을 추고 있었다. 더 장관인 것은 어디서도 들어본 적 없는 피리소리들이 그녀의 춤사위를 더욱 신나게 부추기고 있는데 뒤로는 마치 구름 무리처럼 뭉게뭉게 이상한 행렬을 지은 아이들 무리가 뒤따르고 있었다. 수많은 아이들은 누구이며 저 아이들은 왜 피리를 불며 따르고 있는가.

 이게 뭐람. 땀에 흠씬 젖은 목덜미를 닦으면서 시계를 보니 새벽 세 시 어우름에서 초침이 깜빡거리고 있다. 그때, 전화벨이 울렸다. 사위가 잠든 적막의 평화를 뒤집는 생뚱맞은 폭거다. 대매에 이마 터지는 가격을 당한 듯한 공포와 오싹한 전율이 끼쳤다. 졸지에 결박까지 당한 채 흉기의 쇳물냄새가 코앞에서 뻗쳐오는 위협을 당하고 있는 기분이었다. 암흑 저쪽에서 끼치는 냉기로 이마에는 살얼음이 돌았다. 좀 전의 그 꿈은 흉몽이었던가.

엉겁결에 전화를 받은 양지는 어이없는 놀라움과 불쾌감으로 전화기를 던져버릴 뻔했다. 귀신의 목소리처럼 쓰윽 들려온 아버지의 목소리는 질문조차 황당했다.

"지끔 그게 뭔 일이 있는 건 아이제?"

뜬금없는 통화에다 질문조차 얄궂었다. 요즘더러 얼결에 아버지라는 호칭을 입에 올렸더니 관계망이 회복된 것으로 착각한 아버지가 다시 또 딸들의 머리꼭지를 조종하려는 수작을 보이는 거라 단정한 순간 숨결부터 끊어올랐다. 이 야심한 밤에 성스럽기를 기대하는 여명을 찢어발기는 마귀의 발톱질이란 말이냐. 양지는 느리고 깊게 모은 침을 삼키고 난 뒤 객지생활 때처럼 가슴에 품고 있는 방범용기를 날카롭게 사용했다.

"일은 무슨 일, 그것 물어볼라꼬, 지금이 몇 신데 전화를 하고 그랍니꺼!"

"어데 다친 데라도 있는 걸 숭쿳고 있는 건 아이제?"

"꼬박꼬박 삼시 세 끼 밥 잘 챙기서 배터지게 묵고 잠도 잘 뒤비잔께 걱정 말고 전화 끊어이소."

"그라모 됐다."

한숨 같은 호흡 소리가 공중전화기 걸리는 소리와 함께 차단되었다. 새벽잠도 싹쓸이 날아가버렸다. 양지는 제 속에 박혀 있는 녹슨 못 같은 앙원이 다시 고개를 드는 듯한 어이없음을 느꼈다. 아직도 그 어둠 속의 악령을 품고 시달리다니…. 스스로가 못마땅했다. 하지만 시커멓게 멍들고 곪은 상처에서 고름을 뽑아내고 내상을 치유시킬 선약은 아직 손에 넣지 못했다.

"어떤 미친 인간이 밤중을 모리고 전화질을 하고 그라노."

부스스 눈만 뜨고 보면서 귀남이 참견을 했으나 양지는 그가 누구인지 친절을 베풀고 싶은 마음이 없었다. 그리고 잠을 놓친 시간 내내 혼자 생각에 빠졌다. 나는 악령으로 조종되는 인간이었던가. 그래서 다른 자매들에 비해 키도 작고 몸도 야위었던가. 자조의식으로 얼굴을 쓸어내리는 두 손바닥에 화장기 없는 피부의 까칠함이 만져졌다. 다른 집 딸들도 나처럼 이런 모진 품성으로 제 부모와 형제를 대하는가, 자신을 반성해볼 때도 있기는 했다. 치유 불가능한 골병이 심신의 구석구석까지 뿌리내려서 그 힘이 자신을 지탱하고 있음을 양지는 안다. 부모와 자식 간이 이래서는 안 되는데, 그럴 때도 있지만 그때뿐인 것도 알았다.

호남에게서 전화가 온 것은 아침상을 채 물리지도 않았을 때였다.

"너 바꾸란다."

또 혼자 따돌림 당한다는 구겨진 인상을 지은 귀남이 책상 위의 수화기를 길게 늘여주었다.

"누군데?"

"누긴 누라, 최 사장인가 그 년 아이모 이 시간에 누?"

수화기를 귀에 대자마자 호남의 기막히고 신난다는 식의 웃음이 귓전을 때리며 감고 들었다.

"새벽에 아부지 전화 받았제? 안 놀랬더나? 마이 놀랬제?"

"너한테도 전화 왔어?"

"아니 방금 전화가 왔는데, 아이 우스워 죽겠다. 언니 니가 컴컴한 숲속에서 괴한인지 귀신인지 모를 것들한테 쫓기다가 결국은 칼에 찔려 죽는 꿈을 꿨단다."

"피이, 언제부터 그런 끔찍한 관심을 품고 살아서…."

간단하게 첫새벽 전화에 대한 의혹은 풀렸지만 양지는 픽 순간적인 비웃음을 날렸다.

"언니 니도 가만히 보모 참 뒤끝이 배배 꼬있다. 그래도 우리 중에서 아부지가 언니 니 걱정을 제일 많이 한다. 몸은 꼬쟁이겉이 얘비갖고 강단으로 되는 것도 아닌데 목장 일까지 책임을 떠안았으니, 아까도 그라고 전화 끊었다. 언니야, 니는 아직도 아부지란 사람을 그리 모리나. 아부지는 절대 남한테 친절하게 이유 같은 거 설명 안 한다. 그런께 꿈 이야기도 나한테 했지."

"너하고 나하고 똑같은 딸인데 넌 어쩜 그러니. 난 아무래도 안 되는데."

걸걸한 음성으로 호남이 큭큭 웃었다.

"그건 언니 니 성질로는 죽었다 깨나도 안 될걸. 무식하모 용감하다꼬, 나는 앞뒤를 안 재는 무식꾼 아이가. 날 반쯤 남자라꼬 언니 니가 그랬고. 그러니까 언니보다는 충격을 조금 덜 받는 것이고. 밉지만 우짤끼고, 늙은 소처럼 곰국을 끼리 묵을 수도 없는 노인을 두고. 퉤퉤, 누리고 싱겁어서 진국도 맛있는 진국은 텄다."

양지는 한나절 내내 심란했다. 아버지는 불이었나. 물이었나. 불이었다면 태워서 말살만 했고 물이라면 실핏줄 같은 수분도 인색했던 나머지 저마저 말라버린 드므였나. 만약 나의 아버지가 아니고 이웃 아저씨였다면 또는 내 친구나 내 동생이나, 이웃사람이었다면, 그처럼 증오하는 골병으로 내 인생조차 무위하게 흘러버리지는 않았을 것을.

아버지는 농부였지만 얼치기 농부였다. 맹꽁이처럼 부농이나 대농에 대한 꿈만 빵빵하게 부풀렸을 뿐 벼가 아니면, 오직 쌀이 나오는 작물이 아니면 잡초처럼 다른 작물은 인정하지 않았다. 낫으로 괭이로 뿌리째 잡초만 제거하면 그냥 풍성하게 곳간이 차오를 것이라 믿었다. 모르면 모른다고 솔직하게 인정하면 도움을 받을 수도 있으련만 옹고집 쇠솥은 그저 검은 쇠붙이 구실로만 붙박여서 전기밥솥 따위에 밀려나고 말았다. 잎이나 꽃을 여자에 비유하여, 영생토록 생산성과 존속의 중임이 그들에게 달렸다고, 촌 아낙네 현태의 어머니도 설파했던 천리를 비웃음 치던 몰락한 상전. 남새밭에다 온갖 채소를 다 가꾸어서 가족들의 수저질이 번다하도록 만든 어머니의 존재감을 좀 인정하고 손 맞잡이노릇을 했던들 삭은 통나무처럼 버려진 신세는 면했을 것을. 아랫사람을 많이 품을수록 존중 받을 수 있는 어른의 품격인 것을 아버지가 읽었다고 자랑하는 고서들은 무엇을 전수했을까.

복잡한 심사를 달래기 위해 십자수를 놓고 있는데 뜻밖에도 수연이가 오고 있었다. 양지는 순간 아차, 싶었다. 오늘은 또 어떤 가슴 아픈 사연을 갖고 온 것일까. 양지는 요즘더러 아이를 키우는 일이 보통으로 그냥 되는 일이 아님을 절절하게 느낀다. 얼마 전에 있었던 일이 양지의 기억에서 되살아난 것이다.

그날은 수연의 학교 수업 참관일이었다. 학부모 자격으로 찾아든 교실에서 한바탕 소란이 들끓고 있는 가운데 수연이 보였다. 온 힘을 다해 제 친구의 머리끄덩이를 잡아끌던 수연이 상대방이 힘껏 뿌리치는 완력에 의해 옆으로 나둥그러졌다. 몸 전체의 힘은 수연이 더 센 모양인지 먼저 일어나서 선제공격을 시도했지만 짧은 한쪽 팔 때문에 제대로 균

형을 잡지 못한 수연은 다시 밀려나가 떨어진 채 한참을 일어나지 못하고 버둥거리는 형국이 됐다. 아금받게 굴어도 다음 동작은 번번이 실패로 이어지는 거였다. 다시 일어나려고 버르적거리는 수연을 걸타고 앉아 상대방 아이가 패악을 부렸다.

"용용 병신 주제에 그림 좀 잘 그린다고 까불고 있어. 엄마·아빠도 없는 게. 뭘 믿고 까불어. 애들아 그렇지?"

친구들의 반응까지 유도하면서 수연을 짓이기는 아이는 득의만면한 채 건강한 팔다리를 공격무기로 사용한다. 두 팔이 정상이라면 결코 지지 않을 뚝심은 수연이 우위로 보였지만 신체의 열세는 극복될 수 없는 한계였다. 어른들이 뜯어말렸지만 아이들의 아귀심도 만만찮아 얼른 진압되지 않았다. 이때 양지는 얼른 두 아이를 가르면서 소리를 질렀다.

"수연이가 왜 엄마 없는 아이야. 내가 수연이 엄마다. 왜!"

순간 물러서는 아이들과 같이 수연의 눈도 놀람으로 호동그래졌다.

"일이 있어서 엄마가 당분간 따로 지내는 건데, 몸이 안 좋은 친구를 이렇게 하면 되니?"

이해 안 되는 말간 표정으로 수연이 올려다봤지만 양지는 모르는 척 대차게 엄마와 같은 자신감을 발휘했다. 아이들이 뒤로 물러서서 긴가민가하는 표정을 주고받는 폼이 저희들의 어긋난 정보를 나름 검색하는 것 같았다. 양지는 자연스럽게 수연의 흐트러진 머리카락을 빗어주고 옷차림을 바로잡아 준 뒤 손을 잡아보았다. 수연이가 얼마나 사랑받는 딸인지 보여주기 위해 깊이 끌어안기도 했다. 수연의 손을 잡고 그 자리를 벗어났다. 칭찬 받은 수연의 그림이 교실 뒷벽에 붙여진다는 말은 여러 번 들었지만 아이들의 질투로 인한 이런 곤욕이 뒤따르는 줄은 몰랐다.

"애들하고 늘 그렇게 싸우는 거야?"

얼마쯤 걸어오던 양지가 수연을 내려다보며 물었다.

"늘 그런 건 아인디 선생님이 내 그림을 뒤에 붙여놓고 칭찬만 하면 애들이 그랬어."

수연이 관심과 시기의 대상이 된다는 것은 이 아이의 존재감에 관계된 일이다. 양지는 살며시 수연의 등을 다독거리며 자신에게 다짐하는 말로 수연을 부추겼다.

"우리 수연이는 이 다음에 훌륭한 화가가 될 거다. 네 그림이 다른 아이들과 다르게 특기나 소질이 있어보이니까 선생님도 칭찬하시는 거고 아이들도 질투하는 거잖아."

"나도 그건 알아 이모. 그림을 그리고 있으면 아무 다른 생각이 안 나. 엄마가 밥 먹으라고 부르는 소리도 안 들리고 잠도 안 오고."

"그래 이모는 잘 모르지만 이모 친구 예술가들 모두 그렇다더라. 우리 수연이도 훌륭한 화가가 되면 좋겠다."

"그런데 이모, 미술선생님이 그러는데 그림물감 그런 걸 사는데 돈이 많이 든대요. 외국유학도 해서 견문을 넓히고 공부도 많이 해서 실력을 쌓으면 좋은데 우리 선생님은 돈이 없어서 그냥 우리 선생님만 하는 거래요."

아이는 벌써 제 장래에 대한 진단을 스스로 하고 있다. 양지는 수연의 머리를 가만히 쓰다듬으며 다시 한번 자신의 각오를 확인한다. 나는 이 아이를 위해서 내 인생을 접은 거나 마찬가지 아닌가.

"넌 그런 걱정은 말고 열심히 미술공부나 해."

"그럼 돈은?"

아이가 걱정스러운 얼굴로 양지를 올려다보았다.

"걱정 마. 수연이는 이모 딸이잖아."

"아, 그래서 아까 이모가 엄마라고 했구나."

"그래. 엄마가 세상을 떠나는 날부터 이모가 우리 수연이의 엄마가 된 거야."

"와우, 난 그런 줄도 모르고 많이 슬프고 엄마·아빠 있는 친구들이 너무 부러웠다고. 아아 신난다. 이모, 갑자기 저 하늘이 너무 예쁘고 저 나무도 바위도 아주 다정하게 느껴져요."

"니가 그런 표현도 할 줄 아니?"

"그런 표현이라면 막 그런 생각이 새털처럼 자꾸자꾸 떠오르는 그런 거요?"

양지는 다시 대견스러운 행운을 발견한 심정으로 수연의 어깨를 감싸 안았다. 제 신체의 결함에 눌려 불행한 인생을 살까 염려한 나머지 극구 입양을 보내지 않았는데 그림을 그리는 동안은 아무 생각도 없이 몰두한다는 말이 얼마나 대단한 화가의 자질을 확인시켜주는 것인지, 붓과 물감만 주어진다면 이 아이는 나름의 행복을 만들어가면서 살 수 있으리라는 확신이 생겼다.

다음 날 양지는 수연이와 싸운 아이를 비롯한 반 아이들을 그들이 좋아하는 짜장면집으로 불러내서 배부르도록 짜장면과 탕수육까지 대접을 했다. 그리고 홧김에 내뱉었던 거짓말로 수연이 감당 못할 곤경에 빠질까봐 일부러 설명을 했다.

"얘들아. 너희들께 바로 말할 게 있으니까 이쪽으로 잠깐만 봐줄래? 사실은 내가 수연이 친이몬데 어제는 엄마라고 잘못 말했어. 이모는 엄마와 친형제간이니까 대리엄마라 할 수도 있고 또 수연이는 내가 키우고 있으니까 내가 엄마라고 했던 말 아주 거짓말은 아니지?"

"예, 예, 괜찮아요."

아이들의 자장이 문은 입술은 호칭 따위를 따지는 일 없는 밝은 목소리로 대답했다. 아직 영혼이 맑은 아이들인지라 그 자리에서 대번 표나게 아부성 도움을 수연에게 주는 녀석도 있었다. 그렇지만 병아리처럼 싸우면서 자라는 게 아이들이라 해도 결함 많은 자식에 대한 학부모의 심정은 늘 불안함에서 헤어나오지 못한다. 또 어떤 방법으로 수연의 보호막을 구축해야 될까 궁리하고 있는데 한 녀석이 쪼르르 다가오더니 물었다.

"수연이 이모, 수연이랑 친하게 지내면 또 언제 짜장면 사주러 올 거예요?"

영악해보이는 녀석을 따라 다른 아이들도 기대에 찬 눈길을 보냈다. 이때를 놓칠세라 양지는 옳다구나 자신만만하게 목청을 높였다.

"일이 바빠서 자주 오지는 못해도 시간 나는 대로 많이 올 거야. 그 대신 우리 수연이랑 사이좋게 지내면 다음에는 더 맛있는 걸 많이많이 사줄게."

"좋아요, 수연이 이모."

"수연아 우리 저쪽으로 가서 놀자."

아이들은 우정 수연이를 에워싼 채 저쪽에 있는 놀이터로 몰려갔다. 그렇다, 아이들의 교우관계란 누구의 손에서 자라느냐 보다는 어떤 관심으로 이끄느냐에 따라 달라질 수도 있을 것이다. 양지는 아이들과 친해지는 또 하나의 방법을 아이들로부터 배웠다.

그 후로 아직 아이들께 관심 턱을 내지 못했는데 달려오는 수연을 보자 또 무슨 일이 생긴 건 아닐까 걱정이 앞섰다.

이모! 하면서 수연이 달려오는데 풀어헤쳐진 머리가 바람결에 다풀다풀 춤을 춘다. 집 뒤에서 수연의 머리를 묶어주고 있던 참인지 고무줄을 든 귀남이 손을 저으면서 뒤따라 달려나왔다.

"뺀질뺀질하게 더럽게 말도 안 듣는다. 이리 안 올 끼가?"

귀남이 나무라며 머리 묶기를 계속하려 했지만 수연은 이미 양지만 상대를 한다.

"이모, 요새는 왜 안 와요?"

양지의 품으로 달려든 수연이 동그란 두 눈에 가득 그리움을 담고 올려다본다. 그리고보니 처져내리는 심기에 눌려 그동안 이 애를 잊고 지냈다. 물론 잘 있을 것으로 믿는 마음이 더 컸음이지만 진척 안 되는 목표에 의해 목표의 기본형인 수연에 대한 배려가 느슨해져 있었음은 반성해야 마땅한 순간이다.

"접때는 이모 올 줄 알고 어둘 때까지 화단 가에 앉아 있다가 엄마한테 혼났어. 이모 많이 보고 싶었어."

새삼스러운 동작으로 감겨오면서 아이는 다시 갈급하게 애정어린 손길을 바라고 있다. 양지는 가만히 아이의 머리를 쓰다듬었다.

"이모가 미안해."

"그런 말은 소용없어. 수연이는 이모 말 잘 듣고 잘 참을 수 있거든. 근데 언제 집지어요?"

"집?"

"미국이모가 그랬어. 집 지으면 나 데리고 같이 살 거라고."

수연은 뒤에 서 있는 귀남에게로 고개를 돌려 동의를 구했다. 양지는 얼굴을 찌푸리며 힐책의 눈짓을 귀남에게로 보냈다. 미리 말을 맞춰놓지 않은 잘못이다. 아직 구체적인 건 아무것도 없는데, 더구나 호남의 성격상 그 일이 언제 시작될 수 있을지도 의문이며, 설령 순조롭게 시금 당장 공사가 시작된다 해도 근 일 년을 기다려야 합가할 수 있을 텐데 그 기간을 기다리는 동안 애달아할 아이의 조바심을 어떻게 다스릴 것인가 싶어 양지는 미리 말하지 않았던 것이다.

"우짤라꼬 애한테 시키지도 않은 말을 먼저 했노."

양지가 나무라자 귀남이 바르르 떨면서 대거리를 했다.

"넌 참 이상한 인간인 거 모르지. 누군가, 아니 이모들이 날 데리러 올 거라고 기다리는 동안 애가 미리 좀 행복하면 안 돼? 하긴 네가 언제 정에 굶주려 봤어? 아무도 반겨줄 이 없는 세상 넓은 공간에 햇살 한 줄기 같은 따뜻함이라도 얼마나 힘이 되는지 알게 뭐야."

입을 삐죽거리면서 이죽거리는 귀남의 태도가 찍자를 걸듯이 불안스러운 분위기를 만든다. 슬그머니 양지에게서 거리를 둔 수연이 이쪽인지 저쪽인지 분간 안 가는 아군을 식별하느라 긴장된 얼굴로 변했다.

"틀린 말은 아닌데, 애 보는 데서 왜이래."

"그래 너 잘난 줄 아는데 너무 도도하고 건조해서 싫어야 나는."

"내가 뭐 그렇게 도도하다고 호남이가 하는 말 언니도 같이하네."

"넌 그래. 누구한테든 약점 안 보이려고 감추고, 감추고 또 감추고."

"누구는 뭐 자기 결점을 남한테 일부러 까발리나?"

양지는 수연이 앞이라 피식 나오는 웃음을 억지로 감추고 흘려버린다. 양지 자신은 많이 살가워지고 수더분해졌다고 생각하는데 귀남은 언제나 양지를 인정머리 없다는 편잔으로 몰아세운다. 언젠가 '언니가 그런 점 뭐 좀 없지는 않지' 장난삼아 호남이가 동의한 뒤로는 아예 정설로 굳혀놓고 귀남은 조금만 심사가 뒤틀리면 그쪽으로 양지를 몰아붙였다. 양지는 부드럽게 편 얼굴 근육에다 미소까지 지어 올리면서 수연의 오른팔을 끌어잡았다.

"미국이모 말이 다 맞아. 사장이모가 큰 집을 지어서 우리 수연이랑 이모들이랑 같이 살기로 의논을 했는데 좀 더 기다려야 돼. 어른들은 일이 많아. 좀 복잡하기도 하고. 그동안 우리 수연이가 기다리기 지루할까 봐 말 안 했던 거야. 순간적으로 짠! 하면서 너 데려오려고 말이야. 그게 훨씬 멋지고 재미있을 것 같잖아?"

"집은 언제 짓는데 이모?"

"글쎄, 곧 시작은 한다는데…. 사장이모가 알아서 하기로 했는데, 이모가 워낙 바쁘니까 지금 곧 바로 언제부터 할 거라고 대답은 못 해."

"이모는 돈도 잘 번다면서 뭐가 그리 바빠요?"

수연의 귀여운 의문에 기가 막힌 양지도 귀남이도 한꺼번에 깔깔 웃었다. 양지는 수연의 작은 손을 조몰락거리면서 말을 고른다. 어른들의 복잡한 세상을 아이는 아직 잘 모른다. 모든 것이 순리대로 잘 되었다면 저 자신이 고아 아닌 고아가 되지 않았을 것도 이 아이는 모른다. 이모들이 왜 할아버지의 지청구를 받으면서 노처녀로 괴물 집단취급을 받으면서 살아가는지 아이는 아직 알 수 없다.

"야아야, 이리와 머리나 묶자."

귀남이가 수연의 옷깃을 끌어당기자 수연이 몸을 비틀면서 고개까지 흔든다.

"싫어, 이모한테 보여줄 거 있잖아, 내 상장, 미술대회서 받은 거."

귀남의 손을 뿌리치는 수연의 눈동자가 아득한 세계에 대한 상상으로 아련하게 멀어졌다.

"요것이 누굴 닮아서 이렇게 고집은 세냐. 지 에미가 그랬이?"

양지는 얼른 귀남을 쏘아보며 입단속을 시킨다. 싫다면서 사자갈기처럼 휘두르는 수연의 머릿결을 귀남이 홱 잡아당겼다. 파르족족해지는 인상이 차고 날카로워져 있다. 초등학생인 수연이 귀남이와 친해지기는 아직 어렵다. 그렇지만 되는 대로 방치하면 둘 사이는 더 벌어지고 말 뿐이다. 양지는 서둘러서 수연의 어깨를 다독거리면서 타일렀다.

"수연아, 머리는 미국이모가 잘 묶어. 미국이모한테서 머리 먼저 묶고 상장은 그 담에 보자. 전에도 네가 받아온 상장, 미국이모랑 사장이모랑 둘이서 벽에 붙여놨어. 자, 어서 미국이모한테 묶어달래라."

"미국이모는 맨날 안고 울고 꼬집다가 또 울고, 징그럽단 말이야."

귀남은 안쓰러운 정으로 수연의 기형적인 왼팔을 아파한다. 사지육신 멀쩡한 사람도 살기 힘든 세상을 어미도 없이 자란 안쓰러운 것의 장래가 어떤 위기를 맞게 될지 누구보다 마음 저려 하는 것을 수연이 아직 이해할 리 없다. 세 이모가 잘 키우기로 합의했지만 귀남은 자신이 가진 인간에 대한 불신 때문에 자기가 한 약속마저 잘 지키지 않는 편이다. 귀남의 정서불안을 알리고 배려를 부탁해놓아야 아이도 나름의 소통방식을 설정해낼 수 있을 것이다. 하지만 이모의 아픔을 설명하기 복잡하여 이모가 좀 아프다고만 하고 있다.

다행히 귀남은 더 이상 수연을 괴롭히지 않고 손에 들린 머리 방울을 빙글빙글 돌리면서 아까 나왔던 방향으로 저 혼자 슬슬 걸어가버렸다.

양지는 가볍지 않은 동작으로 쭈그려 앉아 수연이와 눈높이를 같이 했다.

"그러고보니 우리 수연이도 아직 어린이지? 어른은 자기가 좋아하는 사람에게 좋아한다는 뜻을 독특하게 전달하는 여러 가지 방법을 갖고 있어. 그래서 미국이모도 수연이를 꼬집거나 안고 울거나 그러는 거야. 사실은 미국이모 멋쟁이잖아."

"그럼 미국이모도 날 좋아한다는 거야?"

"그럼. 우리 수연이 아주 잘 알아듣네."

"그래도 난 싫어. 무서워"

귀남이 억울하지 않게 이모가 아픈 이유까지 다 말해버릴까 하다가 양지는 얼른 입을 다물었다. 왜 병이 났어요? 묻는다면 응당 납득할 만한 답을 들려주어야 한다. 그러나 어두운 가족사까지 공감없이 들은 이야기로 아이는 거리감만 더 갖게 될 것이다.

"그건 우리 수연이가 미국이모한테 죄송스러워 해야 될 생각이야. 이모는 엄마 형제간인데 뭐가 무서워. 수연이 친엄마가 하늘나라에서 우리 수연이 좀 사랑하고 잘 돌봐달라고 미국이모를 대신 보낸 거나 마찬가진데."

엄마라는 말 때문인지 아이의 얼굴이 발그레 피어나다가 다시 어두워지면서 복잡한 생각으로 흔들리는 것 같았다. 양지는 얼른 수연이 앞으로 웃는 얼굴을 디밀었다. 양지는 전에 이런 말로 수연을 위로했던 적이 있었다.

"수연아, 엄마는 이모들을 많이 닮았어. 웃는 눈은 나를 닮았고, 키가 크고 가늘가늘하게 예쁜 몸매는 미국이모를 닮았고, 무엇이든 열심히 부지런히 잘하는 건 사장이모를 닮았단다. 그러니까 우리 수연이 엄마는 이모들이야."

이모들의 눈이나 코, 이마 등이 제 엄마와 닮았다는 말 때문인지 아이는 늘 그리움 가득한 눈빛으로 이모들의 면면을 유심히 뜯어볼 때가 있다. 양지는 얼른 분위기 전환을 시도했다.

"우리 수연이 상장 타온 거 보러가자. 거기 엄마한테는 말하고 왔지?"

"아니."

"뭐야? 그런 게 어딨어. 어디를 가면 간다고 어른한테 말씀드리고 와야지 얼마나 찾으실 텐데."

"놀이터에서 노는데 미국 이모가 와서 같이 가자고 자꾸 졸랐단 말이야."

"이모가 거기까지 간 거야?"

"그래서 상장도 몇 개 더 있는데 가방에 있는 것만 갖고 왔어."

"그래 알겠다. 어서 가서 수연이 여기 있다고 전화부터 하자."

어깨에 손을 얹고 같이 걷는데 수연의 키가 양지의 귀까지 쑥 올라와 있다. 십 년 전, 이 아이가 태어날 무렵. 양지는 언뜻 떠오르는 생각들을 서둘러서 지웠다. 그러니까 과거는 모두 견딜만 했던 슬픔이었고 고통이었는지도 모르겠다. 그 사람이 가지고 있는 망각은 그 사람을 건재하게 하는 잠재적 역량일 수도 있다. 미래에 대한 트문없는 기대가 없다면 오늘도 실은 힘겹다. 재미도 없다. 그저 수연이가 왔으니 수연이와의 일로 오늘을 보내는 소소한 기쁨이 있을 뿐 보장 없고 불확실한 미래는 탈출하고 싶도록 지겹다. 그러나 또 내일이면 내일의 어제는 종적없이 사라지고 없을 것이 희망의 *끄나풀*이 된다.

방에 들어오자 수연은 이모들이 걸어놓았다는 제 상장을 올려다보며 몸을 빼또롬히 비틀고 서서 배시시 웃는다. 수연이 미술에 남다른 재능을 보이고 있다는 소리를 듣고 깜빡 좋아하는 사람은 호남이었다. 마치 제 딸 주영이의 화신을 만난 듯이 귀애하는 것은 물론 수연의 남다른 장래를 위해서는 특출한 재주를 길러주어야 한다며 신체적 약점을 고심할 필요 없는 예술분야인 것이 더 대견해서 눈물까지 질금거렸다. 저의 역량 모두를 수연이 하나 잘 기르는데 투자할 뜻을 비치기도 했다. 비로소 삶의 활로를 찾은 듯이 돈을 더 열심히 모으는 것도 수연의 유학비와 장래 전시회를 열거나 화실을 차려줄 준비까지 연결시켜나갔다. 그림을 그릴 때며 상장을 받을 때의 기분이 어땠는지를 수연의 입으로 들으면서 아이의 곱살스러운 숨결을 가까이 하고 있을 때는 양지의 가슴도 빈틈없이 충만했다. 수연을 앉혀놓고 머리 묶어줄 준비를 하는데 오른손에 들고 있던 물감을 내려놓으며 뜻밖의 소리를 했다.

"이모."

"응?"

하지만 얼마를 기다려도 수연은 말을 잇지 않았다. 그저 제 옷깃을 잡고 꼼지락거리거나 놓았던 물감을 집어들고 그냥 무의미한 줄을 죽죽 그으면서 뜸을 들이고 있다. 무슨 중요한 전달사항이 있는 게 분명한 동작이었다. 양지는 아이가 스스럼없이 제 뜻을 밝힐 수 있도록 시간을 주기로 했다. 잠시 후 수연이 양지를 조심스럽게 바라보면서 입을 열었다.

"이모, 저…."

"어서 말해봐. 무슨 어려운 말인가?"

"그런 건 아니지만…. 이모, 저 용재 오빠네 집에서 살면 안 돼요?"

"용재 오빠네?"

너무 뜻밖의 말이라서 양지가 반문을 하자 이번에는 제법 결기찬 눈빛으로 양지를 똑바로 쳐다보면서 어른스러운 말투로 수연이 덧붙였다.

"오빠랑 언니들이랑 또 동생들, 할머니·할아버지 모두 참 보기 좋았어요. 이모, 나도 거기서 함께 살면 안 돼요?"

잠시 보았던 이종들과 수연이 잘 어울리는 것을 보고 수연이 위탁모의 손에서 자라는 것보다 저 아이들 남매 중 하나였으면 좋겠다는 생각을 했던 적이 없지 않았다. 하지만 살림을 주도하는 연만한 이들에게 아이 하나가 늘어나는데 따른 부담까지 드릴 수 없어 접어두었던 터였다.

"네 뜻은 참 고맙고 예쁜 생각인데. 수연아, 용재오빠네는 가족이 많아서…."

"알아요. 이모. 전 그게 더 좋아요."

"내 뜻은 그게 아니라, 네가 그리로 가면 네 생활에 당장 변화가 생긴단다. 그 언니·오빠들은 어른들 도움없이 자기 일은 스스로 하는데, 먹는 거며 입는 거며 지금 엄마한테서 받는 도움을 받을 수가 없이 너도 네 일은 뭐든지 혼자 알아서 해야 돼."

"그래도 괜찮아요. 저도 할 수 있어요."

"그리고 식구가 하나 늘어나는 일이 간단치 않단다. 어른들 생각은 그래."

"지금 엄마한테 주는 양육비 그쪽으로 주면 되잖아요."

하숙비처럼 그쪽 가계에 도움 되는 그런 방법도 있었던 것을 미처 생각하지 못했다. 양지는 낮은 심호흡을 뱉어냈다. 아이는 벌써부터 용남언니를 싸고도는 가족 간의 따뜻한 분위기에 이끌렸고 온화한 가족들의 분위기에 본능적인 친화감을 느끼고 있는 모양이다.

"또 있는데요. 이모, 저도 이번에 용재 오빠네 이모한테 신장을 줄 수 있는 검사할 때 같이하게 해주세요."

"너도? 우리는 벌써 했다만 어쩜 그런 생각까지."

"그냥 두면 엄마가 죽는다고, 경미가 막 울고 그랬어요. 다른 식구들 거는 안 맞아도 저는 맞을 수도 있잖아요. 저도 엄마가 있었으면 하고, 경미가 얼마나 부러웠는지 몰라요."

"우리 수연이가 그런 생각까지 하다니, 아주 기특하구나. 어느 새 이렇게 컸어. 그렇지만 수연아."

너는 아직 어려서 이식수술에 동참하기는 곤란할 거라는 말을 하려고 보니 간절하게 양지의 눈을 응시하는 수연의 얼굴에 기대와 그리움이 얼비쳐보였다. 양지는 속으로 흐느낌이 나올 듯한 격정을 느꼈다. 용재네 남매들이 의료진이 허락해야 가능한 이식수술을 위해 검사대 위에 올라가기로 저들끼리 미리 결정했다는 말을 듣고 동참하고 싶은 수연의 심정을 알 것 같았다. 얼굴도 모르는 제 엄마에 대한 그리움과 부러움 때문이리라. 양지 쪽의 다북쑥처럼 무럭무럭 잘 자라고 있는 용재네 남매들과 수연을 손 잡혀준 것은 양지가 한 일 중에 가장 잘한 일 중의 하나가 될 것 같다. 어디서 나든 사촌 중의 진짜 사촌은 이종사촌이라는 말을 굳이 들먹이지 않더라도 용재네 가족들이 가지고 있는 두터운 가족애라면 수연이 하나쯤 얼마든지 감싸안고 언 가슴을 녹여줄 아랫목이 되어주리라. 만난 지 몇 시간 되지 않았는데도 손자들로 하여금 언니라거나 동생이라거나 하는 호칭으로 수연이와 어울리게 가르쳐준 용재 할머니의 배려도 수연의 가슴속에다 환하고 따뜻한 세상을 펼쳐준 게 분명했다. 어떤 환경에서든 생명은 자라고 성숙해간다. 수연이를 외국으로 입양 보내지 않으려고 현태와의 관계를 그렇게 의절했으면서도 미처 예상해보지 못한 결과였다. 딱히 몰두한 일도 없으면서 뭔가 분주하고 산만했음이었다. 위탁모에게 양육비를 부치는 것으로 한시름 덜고 있는 가운데 어느새 자라난 아이는 외진 음지식물처럼 사랑과 관심의 목을 늘이고 있었던 거였다.

양지는 수연을 끌어당겨 조심스럽게 조여안았다.

"우리 수연이가 이렇게 큰 줄 이모는 정말 몰랐다. 이모가 너를 도울 수 있는 방법이 무엇인지 꼭 알아볼게."

"그래요 이모, 꼭 그렇게 해주세요."

이번에는 수연이가 와락 양지의 목을 제 품으로 끌어안으면서 기쁨의 소리를 질렀다. 양지는 품에 안긴 수연의 새비린내 나는 살 냄새를 맡으면서 잠시 병훈을 생각했다. 그들과 소식을 끊고 산 지 어느덧 십여 년, 간간이 신문이나 방송에 나오는 그의 프로필을 보면 어머니의 뒷받침과 미스 김의 내조로 왕성한 활동을 하는 화단의 중견 대접을 받고 있었다. 병훈과 연줄을 대면 수연의 재능을 키우는 데 어느 만큼 도움도 받을 수 있을 것이다.

양지는 수연이 일로 호남에게 먼저 전화를 걸었다. 그러나 또 구박이 먼저였다.

"언니도 참말로 쌩짜배기 티를 낸다. 좀 말 같은 소리를 이치에 닿게 해라."

전화를 끊고 한참 후까지 호남의 새된 목소리는 양지의 귀에 걸러서 앵앵거렸다. 직원들이 속을 썩였거나 무언가 화난 일이 있었겠지. 아무리 돌려 해석을 하려 해도 남아 있는 응어리는 점점 더 단단해져서 양지의 자존심을 짓이겨댔다. 수연이 본인의 희망대로 용재네들과 어울려서 자라게 해주는 것이 어떻겠느냐고 의논을 했던 것인데 철부지 아이의 말에 넘어가서 그런 뜻을 입 밖에 꺼낸 것부터 잘못이라는 식으로 몰아붙이는 거였다. 의논조차 하지 말 걸. 아니 의논하지 않으면 아무것도 할 수 없어진 자신의 처지에 대한 모멸감 때문에 양지는 지금 목구멍까지 차오른 설움을 사뭇 냉정하게 감당하고 있다. 힘의 균형이 깨진 데서 오는 현상임을 인정한지는 오래됐다. 그러나 나무막대기처럼 무뚝뚝한 남 형제간이라면 꼭 싸우는 것 같다는 오해도 더러 받는 것을 이해하지만 부드럽고 말랑말랑함이 특징인 여형제들의 이런 태도는 속에 든 감정없이는 나올 수 없는 반응인 거였다.

호남이는 늘 저처럼 세상물정에 대한 상식이 해박하지 못하다고 양지를 비난할 때면 결혼도 안 해본 것을 은근히 빗대서 생짜배기라 타박했다. 나중에는 제 언설의 강도나 내포된 뜻의 상반된 다른 의도까지 설명하면서 사과를 할 때도 있지만 요즘 들어 호남은 언니인 양지를 제 밑에서 일하는 사람들 나무라듯 얀정없이 굴 때가 많다. 의견이라고 내는 것이 호남의 지갑을 열게 하는 것들이니 뜯기는 자의 성가신 마음을 양지 스스로 이해 못 하는 바는 아니었다. 하지만 호남이 지금 내고 있는 수연의 교육비도 용남 언니네로 보내면 사례는 충분히 될 거라고 양지는 방편까지 말했으나 호남은 그게 아니라고 큰소리로 잘라버리더니 손님이 왔다며 저 혼자 일방적으로 전화까지 끊어버렸다. 언니야 니가 이 집의 기둥이다, 하면서 격려해주던 이전의 고맙던 동생이 아니었다. 무사처럼 우락부락한 언행으로 가족 전체를 제 뜻대로 다루고 있는 것이다.

다음 날, 상한 자존심을 회복하지 못한 양지는 전처럼 참지 않고 호남을 찾아갔다. 밤늦게까지 일을 하고 잠들었던 호남은 아직 침대에 누워 있다가 양지를 맞이했다. 양지가 자리에 앉아도 호남은 별 말이 없이 머리맡에 놓여 있는 담배케이스를 끌어당겨 속에 든 담배 한 가치를 꺼낸다. 담배를 입에 물고 불을 붙일 것이라 여겼으나 동작을 멈춘다. 속 깊은 시선으로 아래를 바라보며 생각에 잠기는 호남의 빨간색 매니큐어 칠해진 손이 금장된 담배케이스 위에서 퇴폐스러운 묘한 매력을 발산했다. 천생 술집 주인으로 태어난 여자처럼 몸에 밴 호남의 일거일동은 자연스럽기까지 해서 양지는 시골에서 갓 올라온 촌뜨기처럼 호남을 바라본다. 호남은 곁에 누가 있다는 생각도 없는 것처럼 팬티로 중요부분만 가린 허연 아랫도리를 감출 기색도 없이 침대에서 내려왔다. 방안을 서성거리며 찰칵, 불붙인 담배를 피운다. 양지가 온 이유에 대한 궁금증 같은 건 입에 담지도 않았다. 호남은 단순하고 투명한 사람이라 그의 말을 곡해하고 속상하는 사람만 손해다. 양지는 저 혼자 부풀렸던 서러움을 또 자격지심이라 여기며 다독거려야 될 것 같았다. 얼마간의 침묵을 흘려보낸 호남은 입술에 묻은 담배 거스러미를 혀끝으로 튕겨낸 뒤 이윽고 양지를 쏘아보는 데 딴 사람처럼 예리한 시선이다.

"대체, 그 아이들 구덕에 입을 거 먹을 거 땜에 할퀴고 뜯고, 뭘 보고 배우겠어. 난 싫어. 우리한테 아이는 미우나고우나 수연이 하나밖에 없는데 그 애만은 더러운 것 구차한 것 모르게 키우고 싶어. 그것뿐이다. 언니는 우리가 어떻게 컸는데 꿈에라도 징그러운 그 환경을 잊었단 말이가? 또 용재 할머닌 무슨 죄야. 당신네 손자만 해도 머리통이 시끌시끌할 건데 아무리 양육비를 지금보다 배로 더 준다 해도 허락 안 할 거야. 지금 이대로도 괜찮은데 거절당할 때 서로 불편할 짓을 뭐하러 할 끼고."

호남의 말은 틀리지 않았다. 그렇지만 부족한 것 없이 키우는 외자식보다 아웅다웅하더라도 여러 남매들이 어울려서 자란 가난한 집 아이들이 더 인성 따뜻하고 나누는 정도 두텁다는 것을 여러 집에서 보며 느끼고 있었다. 오붓하게 혼자서 다 누리면서 살면 얼마나 넉넉하고 인간다워질 것인가 하는 것은 그렇지 못한 자들의 희망일 뿐 사실은 그 반대였다. 욕하고 다투면서 자란 형제자매들이 오히려 단합해서 식사자리도 자주 만드는 이웃들을 보면서 눈뜨게 된 세상이다.

"너는 수연이를 화가로 키울 거라 했는데, 예술가란 경험이 풍부해야 좋은 작품을 생산해낼 수 있단다. 어떤 여자 소설가는 실감나는 내용을 묘사할 목적으로 일부러 사창가 생활에 몸담아보기도 했다더라. 작가만 그러냐? 화가든 누구든 진정으로 감동 받을 작품을 얻기 위해 대개 발로 뛴단다. 이런 말할 자격은 나도 없지만 생각이 경도되면 기계인간밖에 안 될 것 같아. 나를 봐. 너 알다시피 내가 얼마나 희망 하나에 목매달려 살았니. 수연이도 나처럼 어릴 때부터 어른들 입맛에 맞게 키우면 우리가 생각하는 방식 그대로밖에 안 될 거야. 다행히도 용재네들 환경을 재미있어 하고 함께 어울리고 싶어하니까 저 좋은 대로 자연스럽게 합류시켜보는 것도 좋은 인성을 키우는 운동장이 될 거야. 인생이 뭐 별기가. 거창한 게 아니라 거저 좋아하는 사람들과 좋아하는 일하면서 재미있게 살아가는 거 그게 젤이라는 생각이 자꾸 들어. 수연이만은 그렇게 자라게 주선해주고 싶다. 난 네 생각하고는 좀 달라. 우리들 심보가 굳어 있어 잘못 받아들여서 그렇지 구차한 것도 인성을 성숙시키고 누추

한 것도 사람을 키우는 거였어. 그리고 뭐 집이 완공될 때까지니까 한시적으로 체험삼아 시골생활을 해보는 것도 나쁠 것 없고."

양지의 말이 물처럼 스며드는 설득작용을 했는지 한참동안 생각에 잠긴 듯 말이 없던 호남이 입술을 몇 번 뻘아들이다가 문득이 사라진 듯 신선한 음성으로 말을 받았다.

"우리가 좋단다고 우리 맘대로 결정할 수는 없잖아. 그쪽 어른이 들어줄는지도 모르고."

"좋아. 내가 알기에 그 어른들은 인정이 많은 분들이니까 우리 뜻을 받아들여줄 거야. 내가 한번 타진해볼게. 말만 꺼내면 꼭 승낙을 받아낼 수 있을 거야."

"그럼 이 기사 불러줄 거니까 당장 가봐."

시원시원하게 호남이 내준 차편으로 양지는 곧장 한실로 갔다. 호남이나 자신의 은근 급한 성격이 천생 자매인 것을 부인할 수 없는 흔쾌함으로 기분도 무척 좋았다.

"아이고. 아아들 이모 오싯십니꺼. 빙언에 갖고 갈라꼬 개떡 좀 찌고 있었네요."

황망한 손길로 아궁이 앞에 널려 있는 땔나무를 쓸어넣으면서 용재 할머니가 일어섰다.

"개떡을요?"

"지도 빙언에 갇혀 있으니 솟중이 도져서 꿀찐 했는지 굴쭉시리 개떡이 묵고접다네요."

"요즘은 귀한 건데, 그래서 개떡을 만들었어요?"

"우얍니꺼. 얼나 배슨다고 입덧할 때 묵던 긴데 생각이 나던가 베요.

사는 맛이라고는 입다시는 것밖에 없는 사람인데. 와예, 안즉 그리 위험한 상태는 아이라 카더마 빙언에 무인 일이라도 생겼십니꺼?"

용재 할머니의 화기에 달아 빨개진 얼굴이 어두운 상상으로 표나게 굳어졌다.

"언지예, 언니한테 무슨 일이 있어서는 아니고예."

양지는 주위를 둘러보다가 아궁이 안으로 삭정이를 같이 밀어넣으면서 용재 할머니 옆에 쪼그리고 앉았다.

"아이고 너른 데로 올라가입시더. 인자 쪼끔만 뜸을 들이모 될 낀게요."

"여기도 괜찮습니다."

"아이고, 안즉도 부석 앞은 불기 땜에 덥심더. 시언한 평상으로 가입시더."

마당가에 설치된 아궁이 앞에서 일어선 양지는 사장어른이 권하는 평상에 앉자마자 용건부터 서두를 꺼냈다.

"사실은 사장어른한테 먼저 의논드리고 허락 받을 게 있어서, 내일모래면 병원에서 뵐 건데도 이렇게 집으로 찾아뵀습니다."

"내 같은 늙은이가 뭘 쌔일 일이 있다꼬 의논이라니요. 그게 무인 말씀인지 통⋯."

불티가 내려앉은 머리와 어깨를 털다 말고 용재 할머니의 얼굴에는 온갖 시름이 어른거린다. 호남의 말대로 우리 좋으려고 일 많은 노인의 굽은 등에다 짐 하나를 더 얹어놓으려는 것이 죄송스럽기도 했다. 하지만 기왕지사 여기까지 왔는데 그냥 돌아갈 수는 없었다. 양지는 노인의 힘을 덜게 가전제품 같은 생필품이라도 성의를 많이 표하면 도움 되지 않을까 나름대로 찾아놓은 대안을 떠올리며 용기를 냈다.

"그렇잖아도 일 많은 어른한테 참 어려운 부탁을 드리러왔습니다."

"아이고, 내 같은 늙은이한테, 말씸만 들어도 참 감사합니다. 일이 많은 거야 전상에 무슨 잘못을 저질렀는지 자슥을 올비르게 못 낳아준 업장 때미내 당연히 받아야 될 수고라 안고 가는 것이고, 나라도 사지육신 멀쩡하게 움직일 수 있는 기 기나마 다행이다 그리 생각하고 안 삽니꺼. 그래 하실 말씸이 뭔지 해보이소. 그란 해도 성제 간들이 힘을 모아서 우리 머느리 살리낼라꼬 욕보는 거로 얼매나 감사하기 생각는디 내 힘으로 되는 일이모 얼매든지 하지요, 하고 말고요."

양지가 좀체 본론을 꺼내지 않자 노인네는 고부랑고부랑 몸을 움직이더니 병원에 가져가서 물 삼아 마시게 해놓은 거라며 약재를 넣고 달인 물 한 대접을 차반에 받쳐들고 내밀었다. 고동색 맑은 액체를 들여다보고 있던 양지는 용건부터 먼저 꺼냈다.

"저 번에 보셨던 아이 있지예? 수연이라고, 제 이질 조카 애."

"아아, 봤지요. 아가 좀 약하기는 해도 참 똑똑하고 예삐데요. 갸가 와요?"

노인네는 수연이의 불편한 팔을 떠올렸는지 금방 미간을 모으면서 관심을 기울였다.

"사실은 걔가 여기서 같이 살고 싶다고 해서…. 어르신 일 많은 것은 모르고 어린애가 저희들끼리 어울려서 재미난 것만 알고 떼를 쓰네요."

해놓고보니, 천식으로 거친 노인의 숨결과 움직임이 전보다 더 느려진 것에 생각이 미쳤다. 자기 몸도 간수하기 힘 부칠 노인에게 참 면목 없는 부탁이다 싶어진 양지는 옆에 놓인 부채를 들어 개밥그릇에 까맣

게 붙어 있는 파리를 쫓는 필요없는 동작을 곁들였다. 더 무슨 말이 나올 것인가 기다리던 노인이 그만하면 뜻을 알겠다는 듯이 선뜻 답변을 했다.

"하이고 그게 뭐그리 어려운 부탁입니꺼. 사는 꼴이 하도 이래서 내 쪽에서 미리 말은 못 하겠지만 어린 게, 지가 좋담사 우리야 좋지요. 숟가락 하나 더 놓음 되는 걸요."

"그러잖아도 우리는 본 식구가 많은 데, 연만하신 어른들이 본 식구들 건사하시기도 힘에 부치실 건데 아이를 하나 더 보태면 더 힘드실 걸 빤히 알면서, 그게 송구스러워서요."

"아이고, 괴한 말씸이시오. 곡석이나 사램이나 다 제 풀에 살게 마련인 게요. 우리 아아들 봅소. 아다시피 늙은 양주가 거저 밥이나 삶아멕이고 옷이나 씻거 입히지 별로 해주는 것도 없건만 집에서나 핵교서나 크게 욕 안 먹고 잘 크는 거 보시오. 저들끼리 투닥거리다가도 언제 그랬나 싶게 서로 돌보면서 잘하고 있어요. 암요, 어린 게 얼마나 혈육이 그립겠소. 핏줄이 땡긴 걸 인력으로 몬 하는 게요. 지 맴이 안 씰리모 우리가 오라오라 한다꼬 안 옵니더."

양지는 노인네를 덥석 끌어안고 싶었다. 이 늙고 찌든 육신의 어디에 이런 보드랍고 따스한 광장이 갖추어져 있는 것일까. 이런 마음씨는 이기적이고 냉정한 젊은이들에게서는 기대할 수 없는 큰 어른의 자비로움이다.

"우리 아아들이 본데는 없어도 심성이 그리 나쁘지는 않은께 지 세이나 오빠들 따라댕김서 같이 지내모 훨썩 좋지요. 지도 덜 외롭고 우리 아아들도 좋아할 기거만요."

"몸이 불편한 애라서 집안 일을 도우거나 그러지는 못할 거라서…."

"그거는 걱정할 거 없심더. 우리 웃땀에 폴 하나 없는 사람이 남자·여자 둘이나 있는데 남자는 노름도 잘하고 일도 잘하고 몬 하는 기 없어요. 화투짝을 발가락 새에다 쫙 끼아놓고 팔자내기로 두전을 한나네요. 또 여자는 여자대로 인공 때 오른쪽 팔이 팔꿈치 아래로 없어졌는디 아들 다섯을 서답빨래 넘 손에 맡기서 푸답 안 하고 이녘 손으로 다 맵짜게 손봐서 키왔소. 이 없으모 잇몸으로 산다꼬 야는 폴이 좀 짤라서 그렇지 영 없는 거는 아닌께 병신이라 할 것도 없지요. 이 세상은 곰보도, 째보도 다 제 보추대로 살아가게 조물주 영험한 신령이 따악 점지해놨다 아입니꺼."

양지는 아직 어디서도 만나보지 못한 큰 스승을 만난 듯한 감동으로 용재 할머니를 다시 바라보았다. 장애인 며느리를 자식으로 키우고 다스려서 건강한 후신을 몇 명이나 생산해낸 그니의 크나큰 정신력은 참으로 불가사의하다. 그러나 흔히 말하는 그런 상식적인 자비나 사랑으로는 적확한 표현이 안 된다. 마른 삭정이처럼 허리도 제대로 못 펴는 저 늙은 몸은 거저 사람의 육신으로 보면 안 된다. 그런 정신은 지식이 풍부하다고, 기술이 특출하다고 되는 것도 아니다. 남루해지는 육체에 비해 더욱 고매해지는 인품이야말로 나이 들어서 갖추어야 할 최고 인성의 품격이리라. 나도 늙으면 저런 인성을 갖출 수 있을까, 양지는 문득 부러움에 젖었다.

"늙은 우들은 거저 새끼들한테 늘 미안하드마 이모들이 이리 등걸등걸하게 힘이 돼주니께 한겨울에 핫이불 한 채 더 장만한 거맨치로 얼매나 든든하고 좋은지, 애들도 좋아하지만 우리 두 늙은이도 둘이 앉으면 그런 말합니다."

이렇게 환영 받을 것까지는 기대하지 못했던 터여서 양지는 호남이 옆에 있다면 등이라도 탁 치면서 '거 보라'고 의기양양하고 싶었다. 중요한 지점에는 언제나 기로가 있다. 선과 악, 낙관과 비관, 또는 명암도 있다. 절실하게 선각자나 멘토가 필요한 시점이다. 돌이켜보면 양지에게도 그런 기회나 만남이 통 없지는 않았을 것이다. 하지만 독자적인 판단과 편견에 빠져 기회를 간과해버렸다는 것이 옳은 답이다. 대수롭잖은 일에도 희망의 문이 열리고 닫히는 경우가 있는데 사막에서 오아시스를 만난 지친 나그네처럼 양지는 오늘 새로운 희망으로 가슴 설레는 맛을 누린다.

돌아오는 길에 양지는 훗날 용재네의 후견인노릇도 떠맡게 될지 모른다는 기대찬 예감을 가졌다. 그와 아울러 언젠가 읽은 적이 있는『대지』라는 소설 작품으로 노벨문학상을 탄 소설가 펄 벅 여사에 대한 글을 떠올렸다.

늦가을 감나무가지에 까치밥으로 남겨져 있는 홍시와 가을 들녘에서 온종일 밭일을 마친 소가 힘들어할까봐 달구지를 타지 않고 지게에다 볏단을 짊어진 농부가 소 곁에서 같이 걸어가는 모습을 보고 "바로 그거, 제가 한국에서 보고자 한 것은 고적이나 왕릉이 아니라 이것만으로도 한국에 잘 왔다고 생각해요." 하면서 한국을 고상한 사람들이 사는 "보석 같은 나라"라고 극찬을 했다는 말이다. 펄 벅은 이어, 여러 번의 전란과 굶주림 때문에 피폐해진 민심 아래 묻혀버렸던 그 고상한 민심을 되돌려서 바로세워야 할 때가 바로 지금이며 그 역할의 일부분이나마 기여하고 싶어 미국인이지만 동양인을 사랑하고, 자신의 딸이 정신지체와 자폐증 환자이기에 더 마음 아픈 아이들을 위해 미국에다 최초의 동양계 고아원을 세웠으며, 1964년 유한양행 창업자인 유일한 박사의 주선으로 전쟁 후 태어난 혼혈고아 2,000명을 위한 '소사희망원'을 세워서 1974년까지 운영하기도 했다. 그녀는 여자로서 이혼의 아픔을 딛고 정신지체나 자폐증의 고통을 받으며 이웃으로부터 외면 받고 사는 딸을 위하여 『자라지 않는 아이』라는 책을 썼고 자신의 딸을 위함이 어느덧 손길이 필요한 모든 아이들을 위한 크나큰 사랑으로 번졌다. 검게 뭉쳐 있는 인생의 고통덩어리를 고약처럼 녹여서 활용한 커다란 교훈이다. 이런 기억은 수연을 품고부터 더 깊이 차곡차곡 양지의 뇌리속에 보관되었다. 그때도 양지는 펄 벅에 못지않은 실천을 해서 내 나라 아이들만은 절대 외국입양을 보내지 않으리라 평생을 건 사업으로 고백했다가, 가랑잎 타고 태평양 건너겠다는 턱없는 호언장담이라고 현태의 빈축만 샀다.

"키는 간짓대모냥으로 쭈뼛쭈뼛하게 크고 몸에는 양돼지처럼 털이 부숭부숭한 인간들이 귀신처럼 뺑 둘러서서 내려다보면서 동물원 짐승 구경하듯이 키득키득 웃는 걸 상상이나 해봤어? 새파란 눈알이며 짐승다리 같은 털북숭이 손을 쑥 내밀어 나를 잡으려는데 기함 안 하고 배기겠나? 귀신인 저들끼리는 잘 통하는 말인데 내 귀에는 쏼라쏼라로 밖에 안 들리는 말이니 죽인다는 소린지 나중에 잡아먹자고 의논하는 소린지 무서움에 떨면서 오줌도 싸고 설사도 하고, 그들이 아무리 선한 사람이었을지라도 내게는 무섭고 무서운 짐승들 세계에 갇힌 거나 마찬가지 생각밖에 없었는데 올바르게 무슨 정신을 차리고 안정을 취할 수 있었겠노."

귀남에게 들은 고백은 더욱 양지의 결심을 다지는 계기가 되었는데 오늘은 또 용재 할머니로부터 큰 울림을 받았다. 큰 함지에 담긴 구슬처럼 영롱해질 아이들.

양지네들이 검사해놓은 신장공여자 적합발표를 의사로부터 듣는 날이었다.

"헛 거참. 개똥도 약에 쓰일 때가 있다더마."

의사의 결과발표가 끝나자 아버지가 내뱉은 첫마디였다. 아버지뿐 아니라 같이 있던 사람들 모두 놀라움 큰 표정이 됐다. 용남의 존비속을 비롯하여 용재 조부모와 용재네의 생활상에 감동받은 지인들까지 많은 참여자들이 검사를 받았으나 맞는 사람이 없자 분위기가 실망스러움으로 바뀔 즈음 귀남이 혼자 유일하게 적합판정이 나온 것이다.

"아이고, 형제 살리자고 뜻밖에도 나타난 수호신인가베."

모두들 감동어린 한마디씩을 던졌다. 세상에 필요하지 않은 생명은 없다더니. 귀남이 역시 용남에게 필요한 존재이므로 아득히 먼 이국에서 이곳까지 때 맞추어 다시 오게 됐다. 피를 나눈 동기간 형제를 살리기 위해서. 별스럽게 여기지 않았던 용남의 존재가 그의 아들인 용재로 인해 다가왔고 우주 밖의 떠돌이별이 될 뻔했던 귀남이 소원했던 형제자매의 연을 다시 확인하고 뭉치게 해준다니. 고드름 녹은 듯이 훈감해진 양지와 호남은 귀남을 끌어안았다. 발길에 걸린다고 차고 밟으면서 구박했던 미안함이 큰 만큼 새롭고 화기애애한 분위기가 만들어지고 생존의 감동적인 의미가 곱새겨지는 날이 되었다. 정녕 만남과 헤어짐은 사람이 찾지 못하는 인연을 조율해주는 신들의 배려인가 싶기도 했다.

수혜자와 공여자의 건강치를 높이는 동안 귀남에 대한 가족들의 배려와 관심은 눈에 띄게 각별해졌다. 특히 호남은 우리 언니, 우리 언니 하면서 표나게 호들갑스러운 관심 표명으로 체력 회복에 좋은 영양제며 건강식은 물론 값비싼 의상이며 고급 화장품과 예쁜 장신구까지 제 마음 내키는 대로 마구 사 안기며 특별대우를 했다. 마음이 실린 돈의 위력과 윤택함은 매 순간 느끼고도 흐뭇했지만 귀남은 오히려 전과 판이하게 달라진 가족들 사이에서 쭈뼛거리며 낯설어했다. 그런 어느 날 양지는 목장 옆 공터에서 불 난 듯 솟아오르는 연기 저쪽에 앉아 있는 귀남을 보았다. 귀남이 피운 모닥불 속에는 호남이 준 선물이 죄다 소각되고 있었다. 바로 어제까지도 좋아하면서 받아안았던 물건들이었다.

"겉 다르고 속 다른 년. 사람이 꼭 뭘 주어야만 인간대접을 해주는 거야?"

그 모양을 지켜본 양지는 고개를 절레절레 내저었다. 말인즉 틀린 게 아니다. 누가 귀남을 정신이상자라 치부할 것인가. 종잡을 수 없는 저 변덕 속에 섬뜩한 진실의 날이 숨겨져 있는 것이다. 양지로부터 이 사건을 전해들은 호남은 단박 기분 나쁜 태도를 드러냈다.

"언니, 저것이 또 수술날 파토 내는 거 아냐?"

"설마."

상대방에 대한 관심이나 사랑을 말할 때, 말만? 하는 경우가 있는데 돈이 있다면 양지도 무엇이든 고마운 마음에 얹어서 표현하고 싶은데 그러지 못해서 미안했다. 제가 할 노릇을 제대로 못 하는 양지 앞에서 대비되게 빛나는 활약을 하는 호남에게 너라도, 하는 심정으로 미루며 지켜보았던 호의는 이렇게 엇나가고 말았다. 전에 없던 친절과 폭풍 같

은 애정표현이 낯설고 빗보였을 수도 있는 것을 양지도 호남이도 미처
헤아리지 못했던 결과였다.

6. 고양이들의 나들이

한가한 시간을 내서 올라온 오빠가 작은 명함갑 하나를 내밀었다. '장가네 목장장. 영재장학회. 전무 최쾌남.' 명조체로 직함이 박힌 사각 종이를 만지작거리며 양지는 얼굴이 붉어졌다. 오빠는 얼마 전에 자신이 했던 말을 실천한 것이다. 돈이 없다고 너무 기죽지 마. 호남이 동생과 비교 돼서 보기 안 좋아서 그래.

"저 기 세워주시려고요? 마음에는 있지만 하고 싶은 일을 제대로 실천할 수 없으니까 자연 그렇게 돼요. 이렇게 신경 안 쓰셔도 되는데. 저한테 뭐 이런 게 필요하다고…."

"앞으로는 나 대신 역할을 해야 될 일이 많을 거니까 간편하게 몇 장씩 소지하고 다녀."

오빠는 고개 숙인 채 중얼거리고 있는 양지의 손을 맞잡으며 당부의 말을 잇달았다.

"동생도 알다시피 로터리장학회 일도 그렇고 불우이웃돕기니 간여하는 일이 한두 가지가 아니다보니 일을 좀 분산해야 되겠어. 우리 집 사람도 동생을 적극 추천했고."

"아무리 그래도 저한테 책임을 맡기시는 건 분명 무리예요. 어깨 너머로 구경만 했지 전문적인 지식도 없는데."

"동생 성질에 부담 주는 일이 될까싶어 나도 첨에는 좀 망설였지만 십 년이면 도통한다는 말도 안 있나. 동생의 장래를 위해서도 분명 괜찮은 계기가 될 거야."

"오빠가 저 생각해서 과찬하시면서, 다른 사람 안 쓰고 저한테 맡기시는 거 알고 있는데 너무 부담돼서 그래요."

"그래도 이대로 쳐져서 장장 세월을 허송할 수는 없잖나. 사람은 자기가 맡은 일에 따라서 대접도 달리 받는 법이더라고. 어쩌다 보면 호남이 동생이 쾌남이 동생한테 예전 같잖게 막 대하는 것 보면, 사람이 기가 꺾이면 저러는가 싶어서 나도 속으로 안 됐어."

순간 목이 칵 멜 정도로 양지는 가슴이 아팠다. 아니다, 아니다 부인하는데도 타인들 눈에는 빤히 보이는 현실이어서 굳이 부인할 수도 없었다. 오빠의 깊은 배려는 고맙지만 그에 대한 기대를 어떻게 보답할 것인가 좀 전과는 아주 다른 부담이 몰려왔다.

"오빠 말씀이 모두 옳아요 그렇지만 전…."

"부담 갖지 말고 나 도와준다 셈치고 정식으로 맡아줘. 기업도 운영해 본 사람이니 나는 동생의 능력이 필요해. 다시없을 기회라 여기고 막심을 써봐. 그럼 절로 오금이 펴지게 돼 있어. 마음먹고 하다보면 또 나름대로 보람이 있고 길도 열리게 될 끼라. 동생도 저번에 봤잖아. 공부는 하고 싶은데 길이 막혔다고 실망하던 학생이 우리 사무실을 다녀갈 때 보이던 행동이나 표정. 받는 것보다 주는 것이 훨씬 행복하고 보람된 일인 걸 우리는 이미 아니까 바쁜 나를 도와준다고만 생각하면 돼. 처음 봤을 때 보여주던 그 당차고 또랑또랑하던 눈빛 좀 다시 보게 해줄 거라 믿을게. 내 일간 휴대폰도 하나 사줄 거니께 그리 알고 있으라고."

"아유, 그것까진 정말 필요 없어요. 사무실 전화면 됐지."

겉으로는 고사하고 있었지만 고종오빠의 말을 듣고 있는 동안 양지의 머릿속으로는 자신의 당당하고 멋진 모습이 벌써 그려지고 있었다. 물론 다시 없을 기회라는 말에 대한 자극도 재기의 힘을 불러일으키는 큰 도움이 됐다. 이래서는 안 된다 안 된다 하면서도 막상 어떻게 해볼 계기도 능력도 없어 시르죽은 듯이 세월이나 잡아먹고 있었다. 고종오빠가 던져주는 동아줄은 얼마나 든든하고 적극적인 구원의 활로인가.

전 같으면 서울에 대한 정돈하지 못한 정한 때문에 사양했을 자리였다. 꽁꽁 뭉쳐서 제쳐놓고 보니 아무것도 아닌 듯이 후딱 지나쳤지만 풀어놓고 보면 참 복잡하고 아팠던 십 년, 긴 암흑의 터널이었다. 그 십 년의 가르침에 따라 정착한 자리였다. 조그만 개미들이 만든 거대한 개미탑처럼 미미하다고 여겼으나 혈연들이 뭉쳐서 힘을 모으니 용남을 살릴 수 있는 길도 열리고 수연의 거처도 거뜬하게 잘 해결되었다. 또 사업가다운 매눈으로 지켜보았을 오빠로부터 인정을 받은 격이라 흐린 장맛날이 걷히고 활짝 열리는 밝은 햇살을 맞이한 것 같다. 봄날의 초목 같은 삶의 의욕도 무릇 되살아났다.

사료 창고 앞에서 고종오빠와 배합사료의 비율에 대한 정보를 주고받는데 손에 들꽃을 한 줌 뜯어든 귀남이 해족해족 멋을 낸 걸음으로 다가오더니 오빠가 와 있는 것이 마치 뜻밖의 발견이라도 된다는 듯이 과장되게 눈을 크게 뜨며 대뜸 질문을 던졌다.

"그 일은 어떻게 됐어요?"

인사말도 생략한 돌연한 물음에 대꾸할 답의 방향을 찾아내지 못한 오빠는 당황한 듯이 굳은 표정으로 귀남을 바라보았다. 또 병증에 의한 돌발적인 전조쯤으로 여기는 것 같았다. 양지 역시 귀남의 다음 말이 무엇일지 궁금했다.

"아이 그새 다 잊었어? 하긴 도움도 안 되는 나 같은 거는 알 이유도 없단 말이지. 그렇지만 시치미 떼지 말고 말해줘. 나만 따돌리고 쉬쉬하는 줄은 알고 있는데 나도 같은 집 사람 아이가. 도움 안 되는 형제도 형제는 형제 아닌가. 용남이한테는 다 잘해주면서 나한테는 너무 해."

시비조로 비꼬는 것이 귀남의 일상 어투이기는 하지만 분위기를 떨떠름하게 만드는 이런 경우는 더욱 난감하다. 얼굴을 찡그리면서 양지가 귀남을 보고 말했다.

"무슨 말이 하고 싶으면 앞뒤를 정해서 해야지 대뜸 그렇게 말하면 누가 알아듣고 무슨 답을 하겠어."

"저 년, 가시나 또 나선다. 내 입으로 내가 하고 싶은 말하는데 그것도 니한테 물어보고 해야 되나? 오빠 돈 많다니까 부탁 하나 할게요. 제발 나 좀 이 년 없는 데서 살게 방 하나 따로 얻어줘요."

귀남의 파르족족한 기색이 비틀리며 오빠를 공격 대상자로 날카로워졌다.

"언니 왜이래. 가자, 약 먹고 한숨 자야겠다. 오빠, 잠시만 다녀올게요."

양지가 귀남의 팔을 끌어당기자 단숨에 팔을 뿌리치고 저항하면서 아예 오빠의 곁으로 다잡아서 달려간 귀남이 바짝 얼굴을 들이대다시피

한 채 막혔던 물이 터진 것처럼 열린 입으로 쏟아놓는다.

"호남이 그 가시나, 경찰서 갔다온 거. 지가 데리고 있는 젊은 놈 갖고 놀다가 잡히갔다온 거 나도 다 알지. 내가 바보천치가 축구 등신이가? 일이 잘 처리됐으니 번질번질 나돌아댕기는 줄도 알지만 그러면 안 되지. 벌금만 물고 나오면 뭐해. 또 그 짓할 걸. 더러운 년. 놈이 탐나면 아주 재혼을 하지. 이마빡에 피도 안 마른 애송이를 물가에 찔레순 따먹는 것도 아니고 그게 뭐하는 짓이고."

횡설수설 늘어놓는 말의 골자는 동생인 호남을 헐뜯는 거였다. 양지는 말을 막으며 한쪽으로 끌어갈 태세를 취했지만 귀남은 또 힘껏 뿌리쳤다.

"경찰에서 오빠 얼굴 보고 풀어줬다 하지만 뒷구멍으로 약을 썼으니 나온 줄 내가 모를 줄 알고. 내가 엘에이 살 때 옆집 사람하고 싸웠을 때도 그랬어. 나도 돈 주고 나왔거든. 돈 그거 좋은 거야. 산 사람도 죽은 목숨처럼 꼼짝 못 하게 하고, 죽은 사람도 살릴 수 있는 기 돈 아니가. 그렇지만 호남이는 그라모 안 돼. 그런 소행머리를 하고도 세상이 무서운 줄 모르고 겁나는 게 없어. 그러다가 언젠가는 벌 받는다. 암, 세상이 어떤 세상인데."

말이 어눌하고 발음이 부정확하다는 것도 아무런 장애가 되지 않는다. 귀남은 미워하는 사람으로 찍으면 어떤 방식으로든 그에 대한 보복을 시도한다. 오빠가 손바닥에 들고 있던 사료용 등겨를 손가락 사이로 흘려버리며 고개를 저었다.

"호남이 동생한테 맺힌 게 많은 모양이네."

"남자들하고 친하게 지내면 모두 그런 쪽으로 오해를 하니 큰일은 큰

일입니더."

"오해가 지나치면 안 되는데, 병원도 다니고 약도 잘 먹지?"

양지는 말없이 고개만 끄덕거렸다. 부드러운 모래 속에 복병으로 감추어져 있는 위험스러운 암반처럼 평소에도 염려되었던 일이었다. 호남의 무례하고 거침없는 말과 행동을 양지는 그런대로 이해하고 넘어가지만 호남이가 사과를 한 일도 귀남이는 꽁꽁 뭉쳐두었다 되씹곤 했다. 번연히 호남의 보살핌으로 살아가고 있는 처지이면서도 언니라는 층하가 무시되는 일에 대한 귀남의 불만은 예민했다. 호남이 노골적으로 귀남을 멸시하는 어투를 쓰는 것은 사실이다. 그러나 옷을 사주거나 맛있는 음식을 사주거나 사과 또한 시원시원하게 해버려서 별문제 없는 듯이 현실은 봉합되고 있다. 성격 다른 자매들끼리 복대길 때 생기는 그저 그런 실랑이로 넘기면서 덮어두고 지내는 셈이지만 지금 보이는 행동을 보면 역시 불안하고 심각한 문제인 건 사실이었다. 아주 분노어린 표정으로 숨결까지 씨근거리면서 귀남의 불만은 이어졌다.

"지가 좀 있다고 없는 사람 무시하고 까불면 천벌 받게 돼 있어. 하늘한테 땅한테 눈이 없는 줄 아나? 저 소들도 저 기둥도 저 풀이나 나무들도 다 눈꼴 치뜨서 지켜보고 있는 걸 알아야지."

오빠 보기가 잔뜩 민망스러워진 양지는 귀남의 입을 막았다.

"언니야, 정말!"

"뭐 이 가시나야, 너도 내가 한 성질하는 거 알지? 삐딱해지면 어디든 달아나버릴 거니까 수술날까지 알아서 기어."

참고 누르다 소리를 지르면 양지도 만만찮은 땡고함소리를 낸다. 양지도 가슴이 터질 것 같은 울화를 터뜨리고 말았다.

"가! 갈 테면 가. 생색낼 일이 따로 있지. 언니가 세 살 먹는 어린애가? 제발, 제발, 좀!"

제 흥에 겨워 있던 귀남이 뜻밖으로 큰 양지의 고함소리에 놀라 수북하게 쌓여 있는 등겨 위로 다이빙하듯이 털썩 몸을 던져서 엎어져버렸다. 푹신한 등겨의 입자 속에서 얼굴만 내놓고 있던 귀남이 두 눈을 지그시 감으면서 능청스럽게 중얼거렸다.

"아이 좋아. 엄마 품이 꼭 이럴 거다. 그렇지, 쾌남?"

양지를 바라보며 배시시 웃는 눈이 독설과 광기를 보이던 좀 전의 모습은 간곳없이 어린애의 순진한 모습으로 바뀌어 있다. 거보라는 듯이 오빠가 웃자 양지도 실소를 흘리며 오빠를 바라본다. 가장 이성적이고 줏대를 감 잡아야 할 사람이 자신이라는 의식이 양지를 다시 지탱해준다. 차분한, 어쩌면 자포자기와 다름없는 침착한 음성으로 양지가 부탁 말을 했다.

"오빠, 버릇없고 성가셔도 좀 참아주세요."

무안한 양지의 부탁 말을 오빠도 천연스러운 음성으로 되받았다.

"정상이 아닌 사람 말을 갚아서 되겠나. 그러니까 병이 무섭다 하지. 그래도 용남이하고 디엔에이가 맞아서 천만다행 아니가. 그래서 세상에 있는 사물은 다 저 나름의 가치와 존재로 인정을 받아야 된다는 말씀도 있는 거라."

"그래요 사실은 저도 속으로는 조마조마해요. 저 변덕이 또 어떻게 나올지, 잘 구슬려서 수술대 위에만 오르게 하면 되는 데."

"좀 염려는 되겠제. 그렇지만 설마, 믿어봐야지."

하도 일상적으로 늘 있는 일이라서 양지와 오빠는 어린애처럼 일에 도움 안 주는 귀남을 젖혀두고 오후 내내 계획된 일을 했다. 그동안 자리를 폈던 귀남이 겨 묻은 얼굴을 씻은 마알간 얼굴로 냉장고에 있던 주스를 새참으로 내왔다. 기특할 줄도 안다. 양지는 오빠와 긍정의 눈빛을 나누면서 귀남이 가져온 음료를 마셨다. 그 참에 귀남은 다시 기회를 잡는다. 횡설수설이지만 얼음처럼 명징함이 느껴지는 음성이다.

"오빠도 호남이 그 가시나 봐주지 말아요. 그 년한테 잘해주면 안 돼요. 그 가시나가 얼마나 잘난 척하는지 모르죠? 여기 쾌남이도 있고 나도 있는데 지가 왕노릇 다해요. 돈이 좀 있다고 그렇게 사람 기죽이면 돼요? 형제간에 잘나고 못난 게 어딨어요. 난 하루를 살아도 그 가시나 꼴 안 보는 데서 살았음 소원이 없겠어요."

앙심이 풀릴 때까지 혼자 이죽거리도록, 귀남의 소리를 귓결로 들으면서 두 사람은 다시 일손을 잡았다. 귀남을 자극하지 않는 방법은 막지 않고 마음대로 감정의 표출을 하도록 그냥 두면 된다. 제풀에 싱거워진 입을 닫고 다른 데로 가버렸던 적도 많았다. 양지는 내심 불안해지기 시작한 속마음을 부지런히 놀리는 손길로 잊어버리려 했다. 용남의 수술이 진행되느냐 중단되느냐의 관건은 전적으로 귀남의 협조에 있다. 이에 따른 염려는 용재네가 가질 실망만은 아니다. 혈연으로 쌓아올린 개미탑의 붕괴가 몰고 올 낭패는 한두 가지로 그치지 않을 것이다.

그러나 며칠 뒤, 결국 양지네가 우려했던 설마는 뒤집히고 말았다. 왠지 다급하게 들리는 전화벨 소리를 듣고 수화기를 들자마자 뜻밖에도 명자의 목소리가 튀어나왔다.

"이기 우짠 일이고? 귀남이가 여게 와 있는데. 병원에서 도망 왔단다.

그게 뭔 말이냐?"

가슴이 철렁했다. 올 것이 왔구나 싶었지만 양지는 재빨리 이성을 되찾았다.

"거길 어떻게. 언니 지금 서울 있는 거 아입니꺼?"

"기철이 일 땜에 어제 왔지. 그런데 귀남이가 울타리 밑에서 벌벌 떨고 있다. 물에 빠진 개처럼 흠뻑 젖어갖고 덜덜 떠는데, 새벽 운동하러 나가다 내가 안 봤으면 큰일 날 뻔했잖아. 무섭다 무섭다 하면서 지금도 이불 속에서 벌벌 떨고 있다."

수술날이 가까워오자 귀남은 자주 무섭다는 말을 했다. 그러나 어제는 자신에게 부어지는 호의와 다정한 눈길을 의식하며 용남의 손을 잡고 용맹스러운 하이파이브 동작을 해보이기도 했다.

양지는 우사의 가름 목을 짚은 채 망연한 한숨을 쉬었다. 오늘이면 혼수상태 속에서 두 자매는 생명을 나누어갖는 수술대에 누울 것인데 부디 별 탈 없이 잘 끝났으면…. 기도하는 마음으로 여물을 나르는 손길도 지극하게 움직이던 참이었다. 황당하게 소란스러웠을 병원의 광경이 눈에 보이는 듯했다. 그렇지만 무서워서, 본인이 무서워서 도망을 쳤는데 누구를 나무랄 것인가. 왈칵 눈시울이 뜨거워졌다. 눈뜨지 않으면 죽음이나 마찬가지인 마취를 시켜놓고 자신의 배를 가르고 감쪽같이 장기 하나를 잘라간다. 물론 의사의 진단을 거쳤지만 하나 남은 콩팥이 제구실을 못 하고 망가지는 경우 본인의 생명도 죽음으로 내달리게 된다는데, 더럭 겁도 났을 것이다. 남이 아닌 형제니까 당연히 그래야 된다는 분위기에 압도되어 엉겁결에 응했을망정 막상 지명이 되자 흔들리던 눈빛에 짙게 드리웠던 공포는 끝내 귀남을 부채질하고 만 셈이었다.

하도 놀라서 미처 말을 못 하고 있는 양지의 귓속으로 생색내는 명자의 음성은 계속 박혀 들었다.

"무슨 귀신에 씌었는지 계속 무섭다고, 구석을 파고들고 나한테 엉겨붙는데 뭐가 뭔지 나도 무서워. 어서 와서 어떻게 좀 해봐."

누가 당골네의 딸 아니랄까봐 명자가 입에 올리는 '귀신'이라는 단어가 께름칙한 귀신이 주렁주렁 달려 있는 넝쿨이라도 움켜쥔 것처럼 들려 양지의 신경을 긁는다. 곧 갈 테니까 어디 못 가게 좀 잘 보호해달라는 부탁을 하고 전화를 끊었는데 이내 호남의 전화가 왔다.

"언니야, 내가 뭐라 카더노. 귀남이 그게 사라졌단다. 도망, 도망을 갔다꼬! 수술시간 안 놓칠라꼬 일찍 왔는데, 벌써 이 난리가 나 있다."

이런 때일수록 양지는 자신의 당혹스럽고 혼란한 심정을 호남에게 들키기 싫어 침착하게 가라앉은 음성으로 통화를 했다.

"하는 수 있냐. 잘 설득해서 재수술하는 수밖에."

"언니는 놀라지도 않네."

"좀 전에 명자 언니한테서 전화 왔는데 거기 있단다."

"머시라꼬? 아이구매 얼척이 없네. 하필 그게가."

"병원에 차 갖고 왔음 나 좀 데리러와 얼른. 다리가 떨려서 한 발자국도 못 떼겠다."

양지는 전화를 끊어놓고 냉수 한 컵을 벌컥벌컥 마셨다. 실망하고 걸어나갔을 어린 용재의 뒷모습이 가슴 싸하게 다가왔다. 귀남이는 또 왜 하필 명자네로 가서 그들에게 안 보여야 될 꼴을 보이게 하는지 그것도 속이 상했다.

양지와 호남이 명자가 있는 기철의 집에 도착하자 귀남은 그새 멀쩡하게 앉아서 후식으로 나온 다과를 먹고 있었다. 겁에 질린 아이처럼 고개 숙이며 웅크리는 귀남을 찍어보며 호남이 버티고 섰다. 여차하면 발로 차거나 쥐어박기라도 할 듯이 어깨까지 들썩거리는 것을 양지가 막아서며 귀남을 가렸다.

"모두 나가고 나 혼자 있으니까 이제 좀 안정이 됐다. 밥도 멕이고 많이 달랬더니 어릴 때 나랑 놀았던 일도 조금씩 기억나는 갑더라. 우선 자리에 앉아라."

하도 어이없는 표정으로 귀남을 노려보고 서 있는 두 자매를 명자가 억지로 소파에다 밀어 앉혔다.

"간호사들이 준비하는 걸 보니, 너무 무서웠어."

자라목처럼 어깨 속으로 턱을 밀어넣으면서 귀남은 다시 기어들어가는 목소리를 냈다. 얄미워서 머리통이라도 쥐어박고 싶은 울화로 씨근덕거리면서 호남이 화통을 터뜨렸다.

"차라리 처음부터 못 하겠다고 하던지. 이게 뭐꼬, 얼나도 아니고."

남의 집이라는 이목을 상기시키며 양지가 호남을 제지하자 어서 가, 하면서 호남이 귀남의 팔을 잡아끌었다. 양지와 호남이 마실 것을 가지고 나오던 명자가 귀남에게서 호남을 분리시키며 주스와 과일이 놓인 쟁반을 탁자에 놓았다. 그리고는 인사치레로 자리에 앉은 양지와 호남의 무거운 기색속으로 눈치없이 끼어들며 아는 체를 시작했다.

"말 들어보니 대단히 큰일이던데 얼마나 무섭겠니. 나는 충치 하나 치료하러 병원에 가도 가슴이 콩닥콩닥 뛰는데 칼로 제 배를 죽 쨌다고 생각해봐. 더구나 정상도 아닌데 얼마든지 그럴 수 있지. 얘만 쥐 잡듯이 너무 족치지 마라. 그래도 자주 온 집도 아닌데 잘 기억해서 찾아온 게 얼마나 다행이냐. 또 발작 일으킬지 모르니까 겁도 너무 주지 말고."

"우리들 아무 소리도 안 하고 있어 지금."

시무룩해 있는 양지를 대신해서 호남이 따끔 말대답을 했다.

"근데 이건 너희들 오기 전에 내내 생각했는데, 용남이 살리는 것도 좋지만 너들은 언제까지 그렇게 살 거야?"

"우리가 어떻게 사는데?"

분위기도 무시한 명자가 던진 뜬금없이 생뚱맞은 질문을 맞받아서 역시 호남이가 나섰다. 그녀의 목소리에는 이제 누구에게도 꿇리지 않겠다는 당당하고 강한 힘이 실려 있었다.

"뭐 너희들 비난하자고 하는 얘기는 아니고, 언니·동생하면서 잘 지내던 사이니까 하는 말인데 셋 다 아무래도 정상이라고 할 수는 없잖아? 내 눈에 그렇게 보이면 남들 눈에도 그렇지. 너희 엄마·아버지를 잘 아는 이웃 사람들, 친구들, 친척들."

"그건 언니 생각이고, 우리는 우리대로 잘 살아. 앞으로는 언니네 못 잖게 갖출 것 다 갖춰놓고 살 거고. 남의 흉 사흘이고 개구리 올챙이 적 저도 잊어먹고 살잖아."

홍, 저는 언제부터 부자로 살았다고. 호남의 혼잣소리에 양지는 얼른 탁자 밑으로 호남의 발등을 쳤다. 명자는 말의 속뜻을 얼른 간파하지 못한 것 같았지만 호남은 아차 싶었던지 전혀 이 자리에 어울리지도 않는 엉뚱한 제의를 던졌다.

"고속도로 연결하는데 들어가고 남은 땅, 나한테 다시 안 팔래 언니?"

"얘도 그 땅을 팔기는 왜 팔아. 너희도 고향 와서 같이 살자. 나도 거기다 노후에 내려와서 살 별장 하나 지을 건데, 우리 기철이한테 말해서 집

지을 땅 좀 그냥 주라고 할 거니까 너들도 거기 집 지어."

"아니, 땅은 나도 많아. 집 지을 설계도도 벌써 건축사무소에 의뢰했고."

"니들이 땅이 많다꼬?"

명자가 대뜸 호기심을 보이자 호남은 더 양양해졌다. 자신감에서 나온 대꾸도 시원하게 당찼다.

"우리라고 뭐 우리 인생 없어?"

"내 정신 봐라 전에 들었다. 너 돈 잘 번다는 소문도 짜하던데. 아무튼 축하한다. 남편이 있는 것도 아니고, 공부시킬 자식새끼가 있는 것도 아니고 돈이라도 많아야지."

말을 꼭 그렇게밖에 못 하나 싶었지만 상식이 그 정도라 치부하면 그만이다. 그러나 가진 자의 너그러운 여유일까. 찍자를 붙고 싶은 양지와 호남에 비해 봄바람이 지어내는 호수의 물결처럼 곱고 안정된 명자는 목소리조차 부드럽게 딴 데를 긁고 있다. 가만히 앉았으려니 왠지 궁색스러워져 양지는 별로 알고 싶지도 않은 물음을 던졌다.

"기철이는 또 선거에 나갈 거라지?"

"그럼, 한번 인정받고 맛들여놓으니까 안 되는 가봐. 나도 이제 애들하고 제 가족들같이 모여서 살면 좋겠구만 그 병이 한번 들면 약도 없다네. 내가 비선 줄 알고 아예 눌러앉힐 꿍심이라니까, 호호호 월급도 아예 상납하는 비서."

흉보는 듯이 자랑하면서 명자의 얼굴이 보람과 희열로 환하게 꽃을 피운다. 어느새 걱정 없이 마실 온 사람들과 주인이 마주 어울려서 노닥거리는 분위기가 만들어지고 있었다.

"참 니들 온 김에 이것 보고 가라, 뵈이줄 게 있다."

생각난 듯이 방으로 달려간 명자가 귀한 물건처럼 보자기로 싼 함 하나를 무겁게 안고 나와 탁자 위에다 놓는데 숙원사업의 결과를 자랑하듯이 목소리도 한껏 들떴다.

"그게 뭔데?"

명자에게 호의적인 귀남이 대뜸 호기심을 드러내며 손을 뻗어 보퉁이를 끌어당겼다. 그러나 얼른 귀남의 손길을 밀어낸 명자가 제 앞으로 끌어들인 물건을 개봉했다.

"지지배, 태우지 말고 그때 그냥 넘겨주지, 거금 들었다."

증보판으로 된 족보였다. 얼굴이 함박꽃처럼 화사하게 피어난 명자는 자기네들이 등재된 곳을 찾아 책장을 넘기며 자랑스럽게 설명을 한다.

"요즘은 옛날하고 다르게 딸도 아들과 똑같이 족보에 올리고 해달라는 대로 사진도 같이 넣어. 여기 봐. 여기, 우리 엄마, 나, 기철이도 있고 우리 가족들 모두 있지? 이렇게 멋진 작품을 보니까 구닥다리 헌책에 대한 미련도 싹 사라졌어."

명자의 동작을 물끄러미 건너다보던 호남이 냉소를 감추지도 않고 입을 열었다.

"언니 네가 한 일에 대해 초칠 생각은 없지만, 요즘 유행하는 말을 언니가 안 다면 언니가 말했듯이 거금 들여서 이런 책은 일부러 만들지 않았을 거야."

"무슨 유행 말?"

"피이, 그리고보니 언니도 구닥다리 다 됐네. 피붙이라고 믿을 수 있는 건 이종사촌하고 외손자밖에 없단다."

호남이 끼얹은 초를 맞은 명자의 얼굴빛이 해쓱해졌다. 얼른 이해 안 되는 멍한 표정으로 명자가 따졌다.

"그 말은 나도 알아. 그렇지만 빈말이라도 축하는 못해줄망정 너 진짜 못 됐다. 니가 무슨 심통을 부려도 니는 좋아. 내가 하고 싶은 대로 하고 살 거니까."

허리를 쭉 편 의연한 자세로 때때거리는 명자를 응시하던 호남은 다시 일격을 날렸다.

"말귀를 못 알아듣는 것 보니 언니도 에나 많이 늙었네. 한마디로 그깟 보책보다 서로 신뢰하고 아끼면서 사는 거 그게 더 확실한 가족 보안이다 그런 말이지 뭐꼬."

양지는 가늘게 시야를 좁힌 눈길로 호남을 건너다보았다. 호남에게서는 옛날의 명자가 얼비쳤다. 그러나 명자보다 키도 크고 살집도 넉넉한 것이 가능성도 월등해보였다. 떼 지은 세 자매의 기세 앞이라 그런지 명자의 위세가 쳐져보이는 것도 같았다. 인생의 변화는 파도의 너울과 흡사하다던가.

"이게 그냥! 못 알아듣기는 뭘 몰라. 나 아직 성성하다. 너 참말로 못 됐다. 에나 물장사 티낸다. 어쩜 그렇게 막 됐어."

"그래요. 막된 나도 살고 귀부인 언니도 사는 세상, 그게 그래서 둥글둥글 둥글대요. 참 우리하고 디엔에이 검산가 그것도 하겠다고 했다죠? 우린 그깟 거 초월한 지 오래 됐으니까 얼마든지 협조해줄게요."

전에 양지에게 했던 말이 생각났는지 명자는 흘끔 양지의 눈치를 살폈다. 호남의 거침없는 언행으로 수세에 몰린 느낌인지 약간 쑥스럽고 주눅이 든 표정이 된 명자가 털어놓았다.

"가오 빠지는 그런 짓은 이제 더 안 해도 된다꼬 우리 의원님이 딱 짤라서 결론을 내렸다."

"그럼 됐네."

얼굴색이 새치름하게 굳어진 명자를 건너다보면서 호남은 실실 웃기까지 한다. 여차하면 늙은 재일교포 현지처로 호강 누리고 산 인생 대차대조표는 어쩌냐 농담처럼 면박을 줄지도 모른다. 양지는 얼른 수습에 나섰다.

"언니, 우리들 말에 너무 신경 쓰지 마요. 언니는 언니 소원대로 하고 싶은 일 했으면 됐고, 우리는 또 굳이 이런 것 없어도 잘 사니까 그렇게 말할 수도 있다는 것만 이해하면 돼요. 날마다 족보 펴놓고 사는 세상도 아닌데 괜히 언니 심기만 산란하게 했네요. 우리 갈게요."

양지는 의식적으로 또박또박 격식있는 존댓말을 쓰며 명자를 달랬다. 결기 찬 호남이 옆에 있어서 든든했고, 숫자로 따져도 위축될 리 없는 우위에 있어 전에 없이 호기롭고 느긋해졌다. 양지는 귀남과 호남을 이끌고 분기를 삭이지 못해 종알거리고 있는 명자의 말을 흘려들으며 유유히 그 집을 빠져나왔다. 개인적으로는 아옹다옹하면서도 뭉쳐서 적을 퇴치한 것처럼 뒷맛이 으쓱한 표정으로 두 언니를 둘러보던 호남이 주머니에서 자동차 열쇠를 꺼내면서 물었다.

"우리 온 김에 엄마 산소에나 갔다 갈까?"

예상하지 못했던 일이라 양지는 얼른 동의를 못 했다.

"너, 시간 되겠어?"

"어차피 시간 만들어준 사람 여기 안 있나."

어정어정 뒤따라오는 귀남을 겨냥해서 호남이 삐죽했다. 억지웃음을

지으면서 양지가 귀남을 돌아보자 내 모른 듯 딴전으로 먼산바라기를
하고 있던 귀남이 다른 제의를 했다.

"난 안 간다. 차라리 우리 동네로 가자."

"우리 동네가 어딨어. 앞들은 물에 다 잠기고 동네는 아스팔트길에 덮
이고 없는데."

뜬금없는 귀남의 제안에 호남이 타박을 했다. 귀남이 파토내서 어긋
난 일정에 대한 새삼스러운 반응이다. 햇끔 특유의 안색으로 호남을 흘
겨보며 귀남이도 지지 않고 토를 달았다.

"가시나 지랄한다. 없기는 와 없어. 그 언덕, 그 방구, 그 나무들, 풀,
흙, 바람, 물, 햇살…."

꿈속을 헤매듯 간잔조롬해진 눈길이 된 귀남이 천천히 하나씩 물체들
을 입에 올리자 어느덧 옛날, 그때 그 마을이 되살아났다. 호남은 또 날
을 세웠다.

"어쭈구리, 시인 났네. 시인 났어!"

"그래 나 글 짓는다. 아버지·엄니 욕도 썼고 요새는 니 욕도 막 쓴다.
니 잘못하는 거 낱낱이 적어서 네 고객들한테 일러바칠라꼬."

듣고 있던 양지가 눈을 찡긋하며 사내처럼 투박하고 날선 호남의 반
응으로 더 어떤 사태가 일어날까봐 차단을 했다. 운전대가 호남의 손에
잡혀 있으니 더욱 그런 점에 양지는 신경이 씌었다.

"그래 좋다. 우리 시인이 또 어떤 전위극까지 연출해서 간땜시킬지 우
리 고향으로 가보자."

너무 선선한 호남의 결말에 양지도 귀남이도 그러면 그렇지 하는 눈
길을 주고받으며 입을 다물고 차에 올랐다. 병원에서 도망친 귀남의 행

동을 더 이상 따지지 않는 호남의 삼박한 결론에 분위기도 한결 가벼워졌다. 양지는 우리가 어지간히 서로의 눈치를 보고 사는구나 싶었지만 부인할 수 없는 현실이었다. 그러나 좁은 기명물 통에 담긴 사기그릇처럼 왈각달각 속으로는 다툴망정 피붙이 자매는 겉으로 단결하여 무슨 일이든 해결해낸다.

"병원에 전화라도 해얄 거 아이가?"

"그건 아까 벌써 결정됐지. 저 위대하신 분이 안정을 되찾을 때까지 미룰 수밖에 없다고 의사도 그랬어."

호남이 또 입을 삐죽해보이며 소풍 나온 것처럼 들뜬 귀남을 슬쩍 돌아보았다. 모처럼 얻어진 자매들만의 귀한 시간이다. 어머니의 산소에 안 가겠다는 귀남의 말도 그의 정신적 변화를 드러내는 것이니 양지는 좋은 쪽으로 해석의 가닥을 잡았다. 처음 귀국했을 때 귀남은 날마다 어머니의 산소에 가서 살다시피했다. 걱정이 돼서 찾아가면 울어서 퉁퉁 부어 있거나 땅을 헤집으며 얼마나 몸부림을 쳤는지 봉분의 한 귀퉁이가 해져 있어서 다시 손봐야 될 지경이었다. 그러나 그리움의 물꼬가 마르고 나자 그녀는 냉담하게 어머니를 부정하며 저 자신의 한과 결부시켜 '구워먹던지 삶아먹던지 하지 제 자식을 남 준 어미'에 대한 원망으로 발길을 끊어버린 상태였는데 그 반감은 아직 살아 있는 한으로 증명되었다.

진양호 물기슭으로 난 길을 따라 차는 달린다. 처음 한때는 고속도로가 뚫린다는 소문이 자자했으나 지금은 야산을 끼고 돌며 싱그러운 호수의 경관을 조망하게 되어 있어 쾌적한 드라이브코스로 사랑받는 길이기도 하며 댐을 관리하는 일주도로이지만 쾌주의 마라톤 코스로도 추천

될 거라는 말도 있다. 국가사업에 동참한다는 대명제에 눌려 착한 국민이 된 실향민들은 산지사방으로 새 터전을 잡아 떠났고, 마을이 있던 곳곳에는 '망향비'라 각자된 애곡어린 석물이 서서 귀향객을 맞이한다. 지리산 '천왕샘'이 근원인 덕천강과, 시원이 덕유산 '참샘'인 경호강이 너우니에서 만났는데 두물머리를 막아서 남한 최대의 다목적댐이 만들어졌고 홍수가 나면 쓸려가서 못 쓰게 되는 강변 땅을 옥토로 만들 것이라고 했던 대로 도시의 가용 면적도 늘어났다.

호남이와 귀남이는 진양호의 호반 풍경과 여러 가지 정보를 화제 삼고 있지만 어머니 혼자 사경을 헤맨 곳이고 자신의 영혼에다 얼룩밖에 남긴 것 없는 곳이라 양지의 지금 심정은 얄궂게 가라앉은 상태다. 차를 세워놓고 걸으며 사라진 마을과 들판이며 지형지물을 더듬어가다 고향 마을 가까이 이르자 생각지도 않은 귀중품이라도 발견한 듯 귀남이 먼저 소리를 질렀다.

"어, 저기는 그대로 있네?"

대부분 파헤쳐지고 메워져서 옛날 지형이 거의 없이 바뀌었기 때문에 양지와 호남이도 서글퍼지던 참이었다. 호기심이 발동한 양지와 호남이도 귀남의 곁으로 다가가 같은 쪽을 보며 기웃거렸다. 은빛 보호난간이 죽 둘러진 도로는 깔끔하게 보였다. 아스팔트 도로에 깊이 묻힌 고향집에 대한 스산하고 아린 기억, 무작정 벗어나고 싶던 생존의 근원과 마을. 고향산천에게 미안할 때도 없잖았다. 남들은 고향에 대한 추억을 아름다운 낙원으로 그리고 있지만 양지의 고향은 아득한 한 덩이의 아픔이며 슬픔일 뿐이었다. 그러나 그곳은 늘 거기 있었던 곳이었고 찾아오면 발을 딛고 막 들어갈 수 있는 그저 그런 무심한 자연이 되었으나, 기억된 모든 것들을 감춰놓고 원하는 대로 펼쳐놓았다. 하지만 자매들의 귀소영지는 문명의 편리함으로 유린되어 자취마저 사라졌다 여겼는데 어디 무엇이 남아 있다는 말인지 신기한 생각도 들었다.

"저기, 저 오른쪽을 봐. 저 골짜기에 고추샘 있는 건 알지? 찬샘이라고 도 했고 말이야."

"응 알지. 아무리 가물어도 사철 시원한 물이 흘러나왔어. 동네 할머 니들이 거기서 용왕제도 지냈는데 샘이 아직 그대로 있을라나? 여름에 는 아주 차갑고 겨울에는 또 온천수처럼 김이 났는데."

"나도 아이들하고 같이 가서 거기 놓아둔 떡도 먹고 그랬어. 어떤 애 들은 거기 있는 돈으로 과자도 사먹고 그랬는데 나는 겁이 나서 그건 못 했는데 명태는 한번 가져왔다가 엄마한테 혼난 적도 있었어. 그 샘이 아 직도 거기 존재해 있을라나?"

"흘러내린 토사나 가랑잎으로 덮여서 물길이 다른 데로 흘러가고 없 더라."

호남의 말에 아쉬운 듯 대뜸 서운한 목소리를 지으면서 귀남이 받았다.

"그걸 어떻게 알아. 가봤어?"

"주영이 죽고 나서 한동안 마음잡을 데도 없고 할 일도 없어서 죽고 싶 은 날 여기저기 떠돌아봤지."

"너도 그럴 때가 있었구나. 그래 심란하고 외로울 때 고향은 그런 뭐 가 있더라. 나도 내가 누군지 모를 때 내 나라 내 고향 생각하면서 버텼 는데."

죄인인 양 주억거리던 귀남이 좀 전의 상황은 어느새 잊어버린 것처 럼 언니답게 이해심 많은 표정을 지으며 말을 붙였다. 늘씬한 몸매와 더

불어 빛나는 아름다운 눈이 무척 맑고 귀엽다. 그러더니 또 천하의 귀중품이라도 강탈당한 것을 뒤늦게야 인지한 듯 탄식을 했다.

"그 샘이 없어졌다꼬? 아이고 우짜꼬. 아부지가 거기서 내 목욕을 시켜주고 그랬는데."

"으엉? 아부지가 우찌 그리 희귀한 짓을."

"니들은 안 그랬나?"

"혹시 언니 꿈에 사무쳤던 상상 아이가?"

"나도 간간이 그런 생각이 들기도 했는데, 어쨌든 한번 가보자. 거기 그 너럭바위가 있는지도 확인해보면 정말인지 꿈인지 알 수 있다."

"언니는 참 별것도 다 기억하네."

옛날이야기를 주고받는 데는 양지보다 둘이 주고받는 대화의 분위기가 더 아귀 맞고 다정하게 들렸다.

"아부지가 샘물로 나를 깨끗이 씻겨서는 그 너럭바위에 올려 앉히더니 제사 지낼 때 하듯이 큰 절을 자꾸 하는 거라. 아부지가 하는 짓이 너무 무서웠지만 꼼짝도 몬 하고 시키는 대로 앉아 있었지. 그런데 어린 맘에도 와 그런지 아부지가 막 불쌍해보이더라."

씻은 딸을 너럭바위에 제물처럼 올려놓고 절을 했다는 아버지. 양지와 호남은 동시에 시선을 맞추었다. 무엇을 의미하는지 짐작되는 행동이었다. 엉뚱하고 새롭게 조명되는 아버지의 비밀이다. 귀남은 계속했다.

"나는 거기서 엄마하고 아부지가 교접하는 것도 봤다."

"뭐어, 언니가 보는 데서?"

양지와 호남은 이구동성으로 놀랐다. 아버지와 어머니가 그런 산속에서 야성적이고 야만적인 성교를 벌였다니. 상상밖의 놀라움이다.

"뒤에 안 일이지만 그때는 그게 뭐하는 건지도 몰랐지. 그냥 이 외진 곳에서 아부지가 엄마를 쥑일라꼬 그라는 줄 알고 엄청 겁을 묵고 있는데 그런 것 같지는 않더라고."

"야아, 언니 니 기억력 참 무섭다."

"그러니까 내 신세가 이 꼴 아니가. 지난 일은 적당히 잊어버리고 아무 데서나 마음 붙이고 살면 됐을 걸. 별별 것을 다 기억하고 못 잊으니 내 인생이 이리 꼬이고 안 고달프나."

귀남을 뒤따라가던 호남이 돌아서더니 양지에게 살짝 소곤거렸다.

"아부지가 어린 딸을 앉혀놓고 그런 짓을 했다니 참 해괴하고 상상이 안 된다."

"와 그랬는지 궁금하모 아부지한테 물어보렴."

"하긴 나도 늦은 밤에 아부지가 달을 보고 절하는 걸 보기는 했다."

"기도는 다른 게 아니라 자기 마음을 바로 쓰는 거라는데, 옛날 우리나라 사람들 믿음이 그런 바탕이었던 거야. 귀남 언니한테 절하고 달에게 절하는 정신으로 엄마나 우리한테 잘했으면 우리를 이리 못된 딸년들 만들지는 않았겠지."

"언니 말이 틀린 건 없지. 그런데 사실은 언니야, 아부지가 보기 싫고 미웠는데 요새는 참 불쌍해진다. 오늘 저거를 앉히놓고 절했다는 말 듣고 보니 더 짠해진다."

귓결에 호남의 말을 들었는지 앞서 가던 귀남이 대뜸 끼어들며 양지를 바라보았다.

"그래 맞다. 인제사 말이지만 쾌남이 니도 아부지를 너무 그리 나쁘게만 보지 마라. 사람한테는 개인사정이 있고 고민이 따로 있다."

완전하지는 않더라도 세상사와 마주한 인간 자체에 대한 대응력과 사상을 어렴풋이 깨달아가는 즈음인지라 양지는 일부러 어깃장을 놓았다.

"그래 내가 모자라서 그래. 니들은 모두 이해심이 풍부하고 따뜻하고 부드럽고 그래서 좋고."

귀남은 흘끔 양지의 기색을 살폈고 호남은 옆에서 툭 분질렀다.

"분위기 깨진다. 우리 그런 이야기는 그만하자."

그들은 한동안 산보하듯이 걸었다. 남들이 본다면 나이든 자매들이 친정나들이라도 하는 것같이 다정해보일 모습으로 귀남은 길섶에서 딴 꽃가지 몇 개를 뱅뱅 돌리는 손장난을 했고, 호남은 갓 배우기 시작한 춤 연습을 하는지 길 가운데서 스텝 밟는 시늉을 한다. 산천을 휘둘러보며 걷던 귀남이 다시 무언가를 찾아낸 듯 어린애처럼 소리를 질렀다.

"야, 저기 째보아재집으로 가는 길도 남아 있다."

귀남이 말하는 순간 양지의 뇌리에는 째보에게 괄시 당했다고 분개하던 아버지의 글이 떠올랐다.

"아부지가 째보아재집으로 나 데리고 많이 다녔거든. 과자 사먹으라고 돈도 주고 매쪽하게 올라간 소나무 가지를 탁 잘라서 껍질을 벗겨주는데 그 맛도 기억나. 송기라고 하는 건데 너거들 먹어봤어? 그런데 째보아재는 입술이 째져서 그 맛있는 물을 제대로 못 핥아먹고 줄줄 흘렸는데 얼마나 우스웠다고. 왜그런지 아니?"

그때의 어떤 장면을 떠올렸는지 귀남이 낄낄거리고 웃자 호남이 귀남의 등을 찰싹 때렸다.

"여기 그거 모르는 사람이 어딨어."

"내비둬. 실컷 퍼내고 나면 새물이 올라올란지."

양지가 툭 내뱉으며 고개를 돌리자 새록새록 되살아나는 옛 기억으로 신이 난 귀남은 두 동생을 번갈아보다 눈을 지그시 감고 중얼거렸다.

"너무 좋다. 이렇게 좋을 수가 없어. 니들하고 같이 있으니까 더 좋고."

나비처럼 두 팔을 활짝 펴고 너울거리던 귀남은 다시 옛날로 돌아간다.

"저기 골짜기에 아직도 상여집이 있을까? 그 앞에서 빨개 벗은 거지들이 졸졸하게 앉아서 이를 잡고 있는 걸 봤어. 우리는 상여집 귀신이 나왔다고 소리 지르면서 마구 뛰었지. 언니 손을 잡고 뛰어가다 논고랑에 빠져서 죽을 뻔도 했다 아이가."

"저쪽 고개 넘어 산밭 언덕에는 문둥이가 어린아를 잡아서 간을 내 먹고 볕에 늘어말린다는 으스스한 소문도 있어서 나물이 많은데도 그쪽으로는 얼씬도 안 했잖아."

어릴 때 기억을 되살려서 호남이도 맞장구를 쳤다.

"거기 있는 저수지 둑에는 용처럼 큰 뱀이 길가에 나와 똬리를 틀고 있었는데 거기 고둥을 잡으러갔던 상촌 처녀가 놀라서 못에 빠져죽었다 아이가."

들은 소문을 근거로 양지가 거들자 호남이도 맞들었다.

"아이다. 죽은 기 아이라 미쳐서 정신이 홰딱했는데 미친 여자가 아이를 낳아서 업고 댕기다가 상여집에서 자고 나오는 걸 봤다더라."

어릴 때 고향에서 듣고 본 것들은 그치지 않는 화젯거리가 됐다.

"언니야. 너거는 벤또에 쌀 볶아 무 봤나? 나는 별거 별거 다해봤다. 남의 집 씨암탉 잡아다가 볶아묵고 군밥 해먹을 배추 훔치러갔다가 똥통에 빠져서 똥독이 올라 시껍한 적도 있다."

"저만 이 동네 살았던 것 같네. 산골짝에 모닥불 피워놓고 콩서리 밀서리도 했고 고구마 감자를 삼굿해서 먹기도 했다 뭐."

"언니는 너무 어려서 도시로 나가 그런 건 안 해본 줄 알았다."

양지는 답을 하지 않았다. 추억속의 누군기를 또 이이붙여야 된다. 인제나 앞서서 찬바람을 막아주던 성남 언니. 그 시절은 또 양지에게 평생을 끌어안고 살게 만든 트라우마의 시기였다. 양지가 머뭇거리고 있는 동안 호남이 무슨 재미있는 추억이라도 떠올렸는지 귀에 걸린 듯 입을 찢어올리며 덧붙였다.

"그리 놀다가 돌아올 때 하이라이트가 뭔지 알아? 머슴아들이 쫙 둘러서서 고추를 내놓고 물총 싸듯이 오줌을 싸서 잔불 정리를 하는 거야. 가시나들은 안 보는 척 보면서 누구 거는 너무 크더라. 누구 거는 너무 볼가졌더라, 작더라, 검더라 하면서 킥킥거리다가 얻어맞기도 했다."

한마음으로 동화되어서 재잘거리던 귀남이 갑자기 센치멘탈해졌는지 울컥한 분위기를 삭히지 못하고 울음을 터뜨렸다.

"엄마, 나 올 때까지 기다리지. 와그리 빨리 죽었어. 우리 쾌남이랑 호남이랑 같이 왔는데 엄마가 있었으면 얼마나 더 좋아."

카멜레온 같은 귀남의 변덕에 이끌리면 또 애틋해지고 구슬퍼진다. 무슨 말로든 귀남을 제지하려고 노려보는 호남의 의표는 또 어떤 양상으로 터져나올지. 그 순간 양지가 다른 말을 꺼내붙였다.

"우리 아까 말했던 고추샘에 한번 가보자."

"고추샘? 뚱딴지같이 거기는 왜?"

"언뜻 어떤 영감이 왔어."

"그건 또 무슨 소리고? 샘물도 말라버리고 없더라니까."

"아이다, 흙에 묻히고 물길이 다른 데로 돌려졌다 캐도 토사를 긁어내고 물길을 찾으면 다시 복원될 끼다."

"참 내. 그래서 뭐할 낀데? 언니도 거기서 굿하고 기도할래?"

오연한 눈빛으로 귀남의 말을 듣고 있던 양지가 진하고 울림이 깊은 음성을 지어냈다.

"몰라. 뭔가 모르겠는데 이상하게 내 가슴이 뛰고 전율이 온몸을 소름 끼치게 뒤덮는다. 자꾸 거기가 거기일지 모른다 싶은 생각이 들어. 아버지가 언니한테 절했고 사람들은 거기서 굿을 했잖아. 그게 바로 토속신앙인데 종교의 본산처럼 뭐가 있을 것도 같잖아?"

양지가 확인하라고 내미는 소름 돋은 팔뚝을 밀어내며 호남이 코웃음을 쳤다. 양지는 제 속에서 끓고 있는 갈망의 실체를 호남에게 보여주고 싶었다. 그러나 아직 호남의 진심에 닿지도 않았고 감복시키지도 못한다.

"언니야, 와이라노. 인자는 니까지 미친 기가? 오늘 일진이 나쁘나. 참말로 미치고 팔딱 뛰겠다. 무섭고 징그럽다 안 카나. 다들 와이라노. 정신 좀 채리라!"

호남이 안달하며 나무랐지만 양지는 접신이라도 든 사람처럼 강팔라진 안색을 풀지 않고 중얼거렸다. 숨결도 가빴다.

"호남아, 그리 칠색팔색만 하지 말고 내 말 좀 진지하게 들어봐. 그 샘물이 흘러서 진양호 큰물에 보탬도 되겠지. 그렇지. 우리가 기억 못 하는 수수 많은 과거가 겹치고 숙성되어 오늘의 밑거름이 되는 걸 우리는 인식하지 못하는 거야. 나 거기다 내 꿈자리를 현실화시키고 싶어. 안달복달 네 눈치 안 보고 내 힘으로 말이다."

"이라다가 참말로 일내겠다. 언니야, 내가 확답 안 하는 보육원을 거기다 세운다는 뜻이가. 설마?"

"이건 어떤 계시인지도 몰라. 왜 타인한테 빌붙어서 속앓이를 했는지 인제야 속이 시원해진다. 그 주변 땅값도 얼마 안 비쌀 거니까 내 힘으로 할 수 있을 거야. 시작이 반이라고 작지만 알뜰하게 시작부터 해볼 거다."

"하아 참 내. 육갑을 잘못 짚어서 손방으로 잘못 온 건지. 오늘 이 언니들 참 여러 가지 한다."

"돈이 많이 들 거란 생각 때문에 사실 너한테 많이 의존했는데 이젠 아니다. 내 뜻에 대한 성취의 푯대는 내가 꽂아야지. 네 동의를 받을 것도 없이 내 힘으로 밀고나갈 거다. 말리지 마라. 니들 여기서 기다리던지 아니면 먼저 가든지 해라."

"거기까지 정말 혼자 가게?"

"일단 가보고 싶어. 이상한 힘이 내 속에서 마구 끓어오르고 있다."

"일 났네. 언니 니 이상해진 것 모르제? 정신 좀 차리라."

호남이 고개를 저으며 고추샘이 있는 쪽으로 몸을 돌리는 양지를 암암하게 바라보다 마침내 양지의 어깨를 탁 짚어잡았다.

"언니야, 죽을 때 되모 사람이 이상해진다 카더마 안 하던 짓을 하니까 내가 무섭다. 언니는 이런 사람 아녔는데 갑자기 이라모 우리는 우짜란 말이고. 언니 말은 사실 너무 크고 거창해서 나도 이렇다 저렇다 말하기 겁이 나서 망설이고 있는 중이다. 우리가 언제 남 좋은 일을 해봤다꼬 그리 능숙하게 달라들 끼라꼬 그라노."

"갑자기는 아니고 전부터 줄곧 말했던 것 너도 안다 아이가. 오빠 말대로 논개도 그랬고 백정들의 형평운동도 그랬고 또 진주의 이름 없는 기생들도 자기들이 옳다 싶은 뜻에 따라 목숨을 바쳤어. 그 사람들 못잖은 식견으로 사리분별이 있다면 나 역시 내 자존감이나 정체성을 바로 세울 수 있는 일에 나를 헌신하고 싶은 거다. 작고 못난 언니여서 신뢰감이 안 가서 반신반의하고 비웃을지도 모르지만 내 뜻이 얼마나 강하고 깊은지는 다 모를 거라 굳이 너를 탓하지는 않는다. 그래서 하는 말인데, 이제는 누구한테 의지하면서 주춤거리지 않을 거다. 그러나 이런 말은 너희들이 귓등으로 흘려들을 것 같아서 짱박아서 하는 말인데 나는 이 일에 내 존재나 전생을 다 바치기로 벌써부터 각오하고 있었던 것만 밝혀둔다. 사실 나도 용두사미가 될까 두렵고 막막하기는 하다. 그러나 누구나 선두에 서면 그럴 거야. 작지만 옹골차게 천천히 근실하게 한 걸음 한 걸음 내딛다보면 목표지점에 닿을 때가 있겠지. 중간에 포기하는 불상사만 생기지 않는다면 나는 꼭 해내야 하고, 나 아닌 누구라도 꼭 해야 될 일이기 땜에 시작점을 지금 오늘 이 자리에서 꼭 찍는 거다. 도시 가운데서만 아이들을 키우라는 법도 없고, 요즘은 자녀교육에 뜻있는 부모들이 시골 자연으로 귀촌하는 추세도 는다더라.”

전에 없이 열성적이고 진지한 양지의 음성은 마치 타인들 앞에서 자신의 주장을 밝히는 출사표처럼 들렸다. 이런 양지를 물끄러미 바라보고 있던 호남이 얼굴을 붉히면서 앞으로 나섰다.

“좋은 일이 어떤 건지는 나도 알고 그런 일하면 좋은 것도 안다. 그런데 한 가지 불만이 있다. 우째서 니 혼자 다 이고지고 할라 그라노. 우리는 모두 허수애비고 니만 최고로 잘났다 싶어서 그라나. 우리들 모두 든데 없이 모 난데는 있다. 든데 난데 포개서 다 함께 가는 기다. 니 혼자 그런다고 다 해결해서 되는 기 아닌께 제발 독단적으로 결정하고 그라지 마라."

혼자서는 쉽지 않은 일인 줄 알고 있었기에 오늘까지 10여 년을 허송한 것밖에 없지 않은가. 말이 난 김에 양지는 다시 입을 열어 가슴에 품고 있던 뜻깊은 말들을 털어놓았다.

"내가 아닌 남, 다른 아이들의 일이라 생각하지 말고 나의 경우라고 생각을 바꾸면 훨씬 빨리 이해할 수 있지. 지금 이 순간에도 그들, 보호가 필요한 아이들의 인간성이 얼마나 황폐하고 그릇된 방향으로 흐르고 있을지 오늘 우리 귀남 언니를 봐. 지금 우리가 여기 무엇 때문에 같이 있는지. 보호자 없는 아이들을 모아서 인간적이고 인격적인 부분이 형성되는 유년기를 부모처럼 든든하게 보호 육성해주고 싶어. 어쨌든 다른 사람 걱정 안 끼치고 나 혼자 할 거니까 신경 쓰지 마."

두 동생의 눈치를 보고 있던 귀남이가 양지의 팔을 잡고 흔들며 제지를 했다.

"평소에 안 그라는 아가 오늘은 와이리 흥분하고 그라노. 당장 노, 예스를 안 해서 그렇지 호남이가 안 해줄 사람이가. 좀 기다리모 될 거 아니가."

"언니는 좀 가만히 있어. 남 눈치 안 본다고 내가 말했지?"

"우리가 남이가. 니 오늘 와이라노. 호남이가 지 혼자 잘 묵고 잘 살라꼬 돈 버나. 쫌만 기다리모 다 될 거 아니가."

여자들 특유의 예민한 감성으로 세 자매의 심경은 복잡해졌다. 그러나 옥신각신 실랑이를 하다보니 고추샘 주변을 둘러보러 가겠다고 우기던 양지의 기세도 조금 숙지근해졌다. 이때 양지의 눈치를 보던 호남이 재빨리 정리를 했다.

"잘 나가다 삼천포로 빠지나 이게 뭐꼬. 갑자기 이상해지네. 어서 여기서 떠나자."

"그래, 외국 관광지에 있는 오래된 건물도 갑자기 세워진 게 아니라 많은 세월 동안 차근차근 이룩한 거라 않더나. 쾌남아, 니 뜻이 얼매나 깊고 굳은지 우리도 아는데, 나도 힘을 보탤게. 장소는 니가 좋은 데로 정하고, 그때까지 우리 기초공사부터 차근차근해보자."

귀남이 모처럼 언니다운 어엿함을 보이며 양지를 달래자 정색한 표정을 풀지 않은 양지가 대뜸 쏘아붙였다.

"니들은 지금 내가 정신이 나가서 헛소리하는 것같이 가볍게 보이나?"

올곧은 음성으로 양지가 질책을 하자 찔끔해진 호남이 변명을 했다.

"누가 감히. 언니야, 하여튼 좀 두고 보자. 그쯤 하모 내 말이 무슨 뜻인지 모르겠나?"

크고 중요한 계획일수록 쉬운 결론은 없다. 의존하지 않기로 굳은 결심을 한 이상 양지가 이 순간부터 독자적인 행보를 선언하는 것은 코뿔소의 외뿔처럼 오히려 큰 힘이 될 수도 있다. 인생은 어차피 혼자서 가는 길. 왈가왈부하는 동안 훼절되고 부정 타는 건 싫다. 양지는 얼른 오늘 일정의 방향을 돌렸다.

"용연사 안 가고 싶어?"

"고추샘은 안 갈 끼가?"

걱정거리가 사라진 가벼운 얼굴로 호남이 왼쪽 입귀를 삐죽했다.

"담에 나 혼자 간다. 반대파들 많으면 부정만 타."

"됐다, 그래. 우리 미래의 대역사를 위해서."

귀남이 너스레떠는 동작으로 양지와 호남의 손바닥을 소리 나게 짝짝

짝 돌려가며 쳐댔다

"오빠가 참 고맙다. 우리는 여기서 이렇게 나롱부리고 있는데 병원일 뒷수습은 오빠가 다 알아서 해주고. 그럼 우리 용연사로 간다?"

양지와 귀남이 고개를 끄덕이자 호남은 지체없이 용연사 쪽으로 차를 몰았다.

기억속에는 늘 어떤 그림이 있었어. 누렇게 바랜 종이벽에 수염이 긴 어떤 노인이 지팡이를 짚고 앉아 있는데 호랑이가 발밑에 엎드려서 폭 포소리를 듣고 있는 것 같았어. 왠지 쓸쓸하고 한가하고 슬프고 아련한 그런 느낌을 어디서 받았는데, 거기가 어딘지 거기만 가면 머릿속이 탁 트이고 캄캄한 것 모두가 풀릴 것 같았는데…. 처음 용연사에 갔을 때 저 멀리 있는 산신각을 보는 즉시 아, 하는 탄성과 함께 바로 저거야, 하고 귀남이 말했었다. 사람들이 많이 모여서 밥을 먹었어. 무언가 엄숙하고 귀기스러운 분위기였지. 귀남이도 초파일날이면 어머니의 등에 업혀 왔었던 모양이라고 양지는 어릴 때의 제 기억과 맞추었다. 귀남을 마지막 보내야 한다는 안타까움 때문에 어디라도 달아나고 싶은 심정으로 하염없이 달리다가 바라본 붉은 저녁노을을 어머니로부터 들었는데 귀남으로부터 또 일치하는 그 노을에 대한 기억을 듣고도 언니의 무서운 기억력이 놀라웠다. 하지만 자매들의 뇌리에 박혀 있던 그 오래 된 탱화는 절을 인수한 승려에 의해 잡다한 쓰레기와 함께 연기가 되어 날아가고 강렬한 삼원색 탱화로 대체되었다. 사람 각각의 인생이나 기억도 바람에 뜬 구름처럼 그렇게 변하고 또 변한다.

"아이구, 성제 간에 의도 좋으시지. 저리 같이 다니면 얼마나 좋을까."

양지네가 주차장에다 차를 세워놓고 절 마당으로 올라가자 공양간 앞에서 나물거리를 씻고 있던 공양보살이 알은 체를 했다. 남의 속도 모르면서, 하는 표정으로 호남이 양지를 보고 슬며시 웃어보였다.

　마지막 계단에 오르자 귀남은 쪼르르 산신각 쪽으로 먼저 걸어갔다. 이런 귀남을 보고 있던 양지는 귀남이 오면 법당으로 셋이 같이 갈 셈으로 기다리자고 했다. 양지가 요사채의 툇마루에 엉덩이를 걸치자 호남이도 곁에 와 앉았다.

7. 마음의 서울

적요한 분위기 속에 잠겨 있으니 속에 품고 있는 복잡한 심상도 아랑 곳없이 시선은 평화스러운 것들을 따른다. 깊이 모를 한적함이 두 사람을 품어들이고 솔바람에 살랑대는 나뭇잎이며 지저귀는 새소리, 간간이 울리는 풍경소리까지 모두 하나의 자연이 된다. 이대로 이런 순간만이면 누가 삶을, 생을 복잡하고 고통스럽게 여길 것인가. 과거 속으로 미래 너머로 연속 자맥질하면서 고통의 꼬투리를 엮어가는 것이 인간의 한 생이다. 뽑아 던지지도 못하고 녹여 없애지도 못하는 이 피폐함의 근원은 무엇인가. 대체 우리는 무엇 때문에 왜 사는 걸까. 양지는 얼마 전 서울에서 내려온 강영수 사장과 함께 이곳을 다녀갔다.

"나이 드니까 춥고 시려. 곰비임비 그 인간 생각이 자주 나고. 나도 저한테 하노라고 했지만 저도 나한테 참 잘했지. 살림 작파해놓고 사내모냥으로 헤집고 댕기도록 살림도 잘 살아주고 그랬는데."

눈에 맺힌 물기를 지우면서 극락전에 안치해놓은 추 여사의 영가를 찾아간 강 사장은 회한어린 이별을 상기한 듯 고요하고 깊은 참배를 했다.

"극락전이라, 장소도 좋네. 늘 극락에 살 것 같아서 나도 좋다. 이것도 최 실장 뜻인가?"

"저도 아주머니한테 입은 은혜가 많았는데, 돌아가실 때까지 그랬으니 너무 죄송했습니다. 사람을 믿고 깊게 신뢰하지 못한 병은 저한테 있었던 것 같아서⋯. 제 마음 위로하자고 그랬어요."

"저쪽에 가면 영이 통한다니 최 실장 뜻도 고맙게 받아줄 거라. 근면하고 성실한 사람이고 워낙 최 실장을 아꼈던 사람이니까."

둘은 한참이나 추 여사와 같이 했던 추억을 나누면서, 이제는 거리마저 멀어진 서로의 현재를 묻고 답하기도 했다. 그런데 얼마간 살피듯이 양지를 바라보고 있던 강 사장이 양지가 생각지도 않은 말을 꺼냈다.

"최 실장, 짐 싸서 오늘 당장 나하고 가자."

강 사장은 무슨 뜻인지 얼른 못 알아듣고 멀뚱거리는 양지의 손부터 잡았다.

"사실은 나, 최 실장이 아직도 이러고 있으면 데리고 갈라고 겸사겸사 내려왔어. 쓸모 있는 자재를 방치해서 녹슬고 망가지게 하는 건 내가 제일 싫어하는 거잖아. 더구나 최 실장 같은 인재를."

"어떻게 갑자기 그런 말씀을⋯."

"갑자기가 아니고 일부러 내려왔다니까. 나도 이제 누군가에게 회사를 맡기고 쉬고 싶은데 그게 최 실장이면 해. 사심없이 근실하게 일머리 알아서 잘한 사람을 경황 중에 너무 소홀하게 떠나보냈나 후회스럽기도 했고. 민첩하고 판단력 있고 추진력도 대단했다고 공장장은 지금도 최 실장 능력을 인정해. 그 사람이 남의 칭찬 잘하는 사람도 아닌데."

"말씀은 감사하지만 저는 여기서 할 일이 있습니다."

"친오빠도 아니고, 고종오빠 목장에서 소똥이나 치우고 짐승들 사료나 챙겨주는 일?"

"그 일도 겉만 보고 함부로 평할 건 아니었어요. 이제까지 제가 살아오면서 쌓아온 것들을 진지하게 풀어서 자산으로 사용할 겁니다. 저한테서 전보다 훨씬 성숙해진 건 안 느껴져요?"

"말랐고, 늙었고. 절이 푹 삭은 배추김치 같은 안정감, 뭐 그런 게 있기는 한데 정확하지는 않아."

"좀 자세하게 저의 내면에 있는 청사진을 보시면 눈빛이 달라질 건데요. 사람은 어디서나 살게 되어 있는 거였어요. 그리고 큰 나무나 큰 바위가 정착해서 제자리를 지키므로 존재가치를 키워가듯이, 저도 그렇게 큰 존재는 못 되지만 이제 여기서 현실의 서울보다 마음의 서울로 저의 가치를 확인하고 싶어요."

"출신은 촌년이지만 어느 대도시 것들 못지않던 곧고 투철한 정신력을 나는 알지. 도대체 그게 뭔지 모르지만 나랑 가서 거기서 하면 안 될까? 필요하다면 내가 도울 수도 있고. 그 일이 뭔지 나한테 말해주면 안 돼?"

"다음에요. 아직 준비 단곈데 발설부터 해버리면 봉황이 날아가요."

말을 돌리다보니 생각지도 못한 엉뚱한 비유가 나와 양지는 크게 웃었다.

"봉황? 나하고 다시 일 안 하고 싶은 걸 둘러대는 모양인데, 나도 사실제 밥벌이나 하면서 한 세상 넘기고 말 사람이라는 생각은 지금도 안 해. 헛걸음 한 섭섭함은 있지만 내가 권한다고 넘어갈 사람도 아니니 내가 단념해야지. 그런데 그 좋은 때가 오면 나한테도 꼭 초대장 줘야 해.

꽃다발 들고 축하하러 꼭 올 거니까. 알았지?"

양지의 완곡한 거절을 익히 알고 있는 성품의 깊은 곳에서 나온 것이라 강 사장도 인정한 것이다.

"사장님이 지금도 저를 인정해주시니 정말 큰 힘이 돼요. 믿으셔도 돼요. 저도 이대로 그냥 제 인생을 탕진할 수 없어 각오 단단히 하고 있거든요."

"역시!"

강 사장은 격려의 힘이 실린 듬직함으로 양지의 어깨를 다독거려주었다. 강 사장과 대화를 나누는 동안 양지는 제 인생의 전반기를 마무리 짓고 후반기의 문고리를 손에 쥔 듯한 후련함과 밝음을 동시에 느꼈었다. 사실 양지는 강 사장으로부터 보육원 설립 보조를 좀 받으면 어떨까 싶었으나 의식되는 호남의 그림자 때문에 이내 머리를 저었다. 장애를 가진 수연의 장래와 연결해서 병훈에게 부탁해놓을 수 있는 절호의 기회일 수도 있었지만 입 밖으로 내지는 않았다. 강원도에서 목격한 그 황당한 병증이 새삼 되살아나 혹시 그녀의 손주들이 유전 받지는 않았는지 궁금한 점도 있었으나 그 역시 아이들의 재롱에 대해서만 몇 가지 주고받는 곁두리 상식으로 만족했다.

"자식이 있나, 누가 있나 찾아올 사람도 없고…."

한숨을 섞어 중얼거린 강 사장은 해마다 차려올릴 추 여사의 제수 비용으로 거금을 시주하고는 한번 더 양지의 손을 잡아끌다가 돌아갔다.

아무 일도 없었던 듯 묻혀 있던 과거가 잠시 살아났으나 과거란 고유의 속성상 들추지 않으면 말린 두루말이와 같다. 그러나 양지의 어깨에는 역시, 라고 인정해주던 강 사장의 듬직한 손길이 힘으로 남아 있었다. 사람은 한철 화려하게 피었다가 흩어지는 꽃잎이 아니다. 그러나 오늘 같은 이 현실은 얼마나 더 나아가야 벗어날 수 있는 먹구름 짙은 하늘인가. 기쁨은 봄 한철 꽃구름 같고 슬픔은 만성 치통과 같다. 문득 끼쳐오는 쓸쓸함으로 젖어드는데 호남이 조심스러운 목소리로 말을 길었다.

"언니야, 혹시 박현태 씨 소식 오빠가 말 안 하더나?"

갑자기 튀어나온 이름이라 양지의 시선이 흠칫 호남에게로 가서 꽂혔다. 그러나 이내 자신의 과민한 반응에 대한 쑥스러움을 감추면서 시큰둥하게 답을 짓는다.

"어디선가 잘 살겠지 뭐. 와 오빠가 뭐라 했는데?"

"어마, 에나 모르는 갑네. 난 오빠한테 들은 줄 알고…. 그냥 안 들은 걸로 해."

황황한 기색으로 뱉었던 말문을 수습하는 호남의 태도에 묘한 여운이 깔렸다. 아금받은 동작으로 몸을 돌리며 호남을 응시했다.

"야. 그게 뭔데 꺼냈다가 도로 감춧노?"

"언니 기분만 상할 거라서 그란다. 그 사람하고 인연 끊어진 지 언젠데. 그냥 몬 들은 척해라 내가 실수했다. 실수, 실수."

거듭거듭 실수를 자인한 호남이 호들갑스러운 손길로 제 입을 두어번 때리는 시늉도 했지만 이미 엎질러진 물이다. 그러니 더 듣고 싶었다. 인연 끊어졌다는 말은 맞지만 다 사그라지지 않은 고갱이는 아직 가슴 한편에 남아 아리고 쓰릴 때도 있다. 언니 맘 상할까봐. 호남이 입을 닫는 이유가 짠하게 강해졌다.

"끝까지 말 안 할 거면 꺼내지도 말든지, 삼키고 뱉는 것도 내 맘대로 못 할 바보천치야 내가? 오빠가 뭐랬는지 물었다 내가."

흘러가는 말처럼 예사로 꺼냈던 말인데 비해 양지의 반응은 뜻밖으로 집요했다. 놀란 기색이 된 호남이 망설이던 입을 열었다.

"오빠들 모임에 그쪽 지역 회원이 있는데 세미나에서 우연히 한 방에 자게 되었단다. 이런저런 이야기 끝에 누구누구 그 사람은 요새 어떻게 지내느냐고 물어보게 됐나봐."

말하다 말고 빤히, 양지를 바라보는 호남의 얼굴에 망설임과 연민이 실렸다. 망각의 늪에다 수장시키고 영영 젖혀두었던 대상이 성큼 부활을 했다. 양지는 재우쳤다.

"물으니, 그래서?"

"중국에서… 그만하자. 꼭 끝까지 들어야 되겠나?"

"그래."

"하아 참 환장하겠네. 중국에서, 회사일로 거기 상주를 했나봐. 풍토병인가 뭔가로."

"야가 참 감질나게 한다. 풍토병, 그래서 뭐랬는데?"

"중국이 얼마나 넓노, 아주 원시적이고 후진 지역인데 개척대 선두로 차출돼서 근무를 했던 가봐."

"야아, 말 좀 끊지 말고 끝까지 해봐라. 풍토병이 걸려서 중환자로 병원에 입원해 있데 지금?"

"아아 참, 죽겠네. 그만하면 좀 알아듣지. 뭘그리 끝까지 파고드노. 눈치도 없이."

"장애인이라도 됐단 말이네 그럼?"

양지의 미련이 어느 부분에서 머물고 있는지 뒤늦게야 깨친 호남은 자른 무처럼 단숨에 결말을 던졌다.

"하늘나라 간 지 벌써 몇 년 됐단다."

순간 양지의 안색이 해쓱해졌다. 회사일로 외국에 나가 그런 횡사를 하는 사람은 더러 있다. 지구의 곳곳으로 외화벌이를 위해 개척의 삽을 메고 나가는 기업은 많다. 세상은 넓고 할 일은 많다는 어느 재벌 오니의 책 제목이 성장의 푯대처럼 회자되는 세상이다. 그러나 하필 그 사람이라니. 한참 만에 겨우 힘없이 흘린 물음이 양지의 진심이다.

"혹시, 동명이인이 잘못 전달된 건 아닐까?"

희망없이 가는 길은 지루하고 멀다. 세상에 흐리고 맑은 날은 따로 없다. 그 사람의 마음이 행복하고 밝으면 흐리거나 어두운 날도 정감 있고 아름다운 날이 되는 것이고, 그 사람의 마음이 슬프고 고통스러우면 아무리 화창하고 밝은 날도 쓸쓸하고 서러운 날이 된다. 지금 양지는 왜인지 이유도 모호한 걸음을 팍팍하게 걷고 있다. 그가 이미 떠나고 없는 곳으로 내딛는 걸음은 사막 한가운데를 걸어가고 있는 것 같다. 어딘가에서 잘살고 있겠지. 결혼하는 걸 눈으로 직접 보았으니 아이도 있을 것이고. 어쩌다 떠올리면 타의에 의해서 별거한 부부처럼 안부가 궁금했고 애틋했던 감정이 간간 되살아나던 사람이었다. 혼이 낚인 남자로 자인하면서 따라붙던 사람을 물리쳤던 미안함과 함께 뭐 어쩌겠다는 대책도 없으면서 언젠가 다시 한번 꼭 만나보고 싶었다. 기대고 싶도록 듬직한 체격이며 포용력 있는 마음씨, 여자를 약자 취급하고 무시하는 듯한 고약한 어투만 상처를 건드리지 않았다면, 아니 수연의 양육 문제만 구시대적으로 접근하지 않았어도 떠나보내지 않았을지 모른다. 카리스마 강한 보호본능으로 더욱 혼란스럽게 저항감을 유발시키던 남자, 박현태 그 사람.

치유 불가능한 만성의 상처를 안고 무작정 길을 나선 양지가 익히 기억하고 있던 주소대로 현태의 고향집에 도착한 것은 점심때가 조금 지나서였다.

"제사 파젯날 꼬막장 봐온다 카더니 니가 여어 뭐 하러왔노. 내 화통에 열불 땡기러 왔나. 독하고 모진 것, 달라고 할 때 주지. 니가 뭐이 그리 잘나서 내 자슥 인생을 단명케 하노. 꼴도 보기 싫다!"

흐린 시선으로 상대방을 식별해낸 현태의 어머니가 댓바람에 구박을 퍼부었다. 큰아들을 잃은 후유증인 듯 후줄그레하게 많이 늙은 것을 첫눈에 알아보겠지만 언설에 배인 기백은 예전 못지않게 꼬장꼬장하다. 양지는 마치 아들 잡아먹은 며느리 족치듯 하는 현태 어머니의 서슬 퍼런 울분을 감당하기 어려워 그 집을 나올 수밖에 없었다. 새삼스럽게 여기는 내가 올 집이 아니지, 하는 자각도 들었다. 그런데 왠지 당연히 받을 비난을 받고 있다는 생각이 들며 조금도 불쾌하지 않았다.

골목을 얼마간 걸어나와 동구 밖 정자나무 아래에 이르자 누군가 뒤에서 소리치는 기척이 들렸다. 돌아보니 아픈 다리를 질질 끄는 뒤뚱걸음으로 현태 어머니가 뒤쫓아오고 있었다. 가까이 온 현태 어머니가 눈물이 글썽하는 여린 눈빛으로 양지의 손을 덥석 잡았다.

"이 놈의 인사야. 그렇다고 선걸음에 가나. 여꺼정 찾아온 것 본께 맴이 영 없지는 않았건마는, 와그리 사나 가슴속에 인병을 들이놓고 그랬노."

"…"

오래 그리워했던 어머니를 만난 듯 뜨거운 것이 울컥하는 충격으로 양지도 따라서 무너졌다. 두 사람은 묵혀두었던 두터운 정을 확인하듯이 얼싸안고 두 몸을 조였다.

잠시 후에 아린 마음을 가라앉힌 현태 어머니가 사양할 틈도 주지 않고 양지의 등을 밀었다.

"여서 이럴 기 아이라 집으로 가자."

노동으로 단련된 튼실한 육체지만 이제 나이가 들었다. 전날의 그 당당함도 알맹이가 빠져나간 짚북데기처럼 겉모습만 부푸적하게 커보일 뿐이다. 하지만 휘어진 막대기 같은 자세로 어기적어기적 걷는 걸음 속에 든 거역할 수 없는 장악력이 양지를 매달고 끌어당겼다.

"인연이 아니모 어쩔 수 없는 기제. 이 나이에 그것도 모리겠나. 자 어서 이기나 마시 봐라."

현태의 어머니는 한번 잃은 입맛이 좀체 돌아오지 않아 허기를 막으려 만든 것이라며, 어정쩡해 있는 양지의 손에다 시원한 감주 사발을 억지로 밀듯이 잡혀주었다.

"죄송합니다, 저는 식혜를 별로 안 좋아해서. 그냥 냉수나 한 컵 주세요."

"뼈골이 쑤시고 해서 쇠물팍하고 골담초하고 좋다는 걸 몇 가지나 같이 삶아서 담았은께 약도 된다."

"그냥 냉수를 주세요."

양지는 그냥 아무것도 넘길 수 없는 심정을 그렇게 표현했다. 오만상을 찌푸리며 바라보고 있던 현태 어머니가 참고 있던 것을 마침내 쏟아놓는 것처럼 말문을 열었다.

"아이구나 세상에 단술 안 좋아하는 사람도 있네. 그러이꺼내 날랜 백정이 달라들어도 살 한 점 추릴 수 없이 그렇게 말라 비틀어졌제. 우리 누렁이가 없기 망정이지 달라들까 겁난다. 기왕지사 넘보다 낫게 살 끼라꼬 독신생활인가 뭔가로 하모 살이라도 좀 통통하게 쪄야제. 홀아비는 이가 서 말이라도 과부는 금돈이 서 말이라꼬 옛말에도 있는데. 쯧쯧쯧. 니가 내 움딸 같애서 하는 소린데 니도 그 성질머리 좀 곤쳐서 살아라. 여자는 맘 묵기 따라서 현모양처도 되고 논다니도 되는 긴데, 니는 내가 볼 때 이도저도 아니고 꾀살스러운 손말명이빼끼 안 되겠다."

양지는 결코 듣기 좋은 소리가 아닌데도 고개를 숙인 채 듣고 있었다. 다른 사람, 다른 자리에서 이런 말을 듣는다면 아무리 좋은 뜻으로 하는 충고일망정 벌써 자리를 박찼을지 모른다. 그런데 이상했다. 저를 비난하는 현태 어머니의 어투에도 양지는 왠지 모멸스러움이 덜 느껴졌다. 저도 분명히 가리사니 잡지 못하고 있던 제 신상에 관한 신랄한 분석이 가려운 데를 찾아서 긁어주는 듯 시원함마저 들었다. 콧등이 시큰하게 현태가 보고 싶었다. 추 여사가 억지로 끌어붙이려던 병훈이 있기는 했지만 양지가 진정으로 가슴에 품었던 사람은 박현태가 처음이자 마지막 남자였다. 대범한가 하면 너무 약았고, 강한가 하면 또 너무 연약한 자신의 본성을 가리기 위해 일부러 눈동자에다 힘을 넣어 배척을 했다. 남들과 뒤섞이면 찾지 못할 것 같은 자신의 정체성을 지키기 위해서 더 팽팽하고 더 뻣뻣하게 굴었다. 그리고 거기엔 늘 딸자식을 지배하고 있는 아버지가 있었다. 이런 양지의 속내를 남들이 어찌 알랴.

어설픈 미소를 지으면서 양지가 곁붙였다.

"저도 저 자신이 정말 마음에 안 들 때가 많아요."

"그 서슬은 다 어데 가고, 입에 침이나 바르고 캐라."

"아임더. 그때가 언젠데요."

"하기사 세월이 흐르고, 나이가 사람 맹근다꼬 빈 말은 아니제. 지금 이사 말이지만 우리 현태가 끝까지 니한테 목 안 매달고 장개를 간 거는 내 탓도 있다. 그 놈아가 하도 졸러서 가서 보기는 봤는데 나도 첫눈에 니가 그리 호감은 안 갔다. 삐삐 마른 몸뗑이는 입이 짜른 증거고 성이 마른 탓이라. 나는 입이 짜르면 들오던 복도 나가는 거 한가지라 판단하거든. 그라고 또 싫은 거는 죽기 아니면 살기로 따지게 생긴 그 매서운 안총인데 상대방을 푸근하게 품어주는 덕기가 없는 기라. 충충시하 어른 받들고 시동생이며 집안 권솔들은 물론이고 내리내리 한 동네서 사는 이웃들 인심까지, 그 장장한 일을 할 안주인 며느리가 성품이 그래갖고 되겠나. 따질수록 좋은 거는 실오래기빼기 없는 기고 콩팥을 다투다 보모 결국 쪼가리빼기 안 남는 긴데…."

양지가 원하는 냉수 그릇을 건네준 현태 어머니는 다시 맞은편 자리에서 양지 쪽으로 바투다가 앉으면서 잠시 잘랐던 말을 쏟아놓기 시작했다.

"아까도 내가 말했지만 내 움딸 같애서 하는 말인데 절대 혼자 살지 마라. 이 좋은 세상에 뭐한다고 독수공방할 것고. 지금이야 핏종지깨나 끓으니 괜찮지만 아픈 눈이 머잖았다. 늙고 병들어봐라. 니 신세도 가을 잔내비꼴 되는 기라. 이 세상 왔다간 흔적이 뭐꼬, 무시 뽑아묵은 자리 한 가지 아닌가. 니가 남 없는 재주가 아무리 많다한들 지 목숨 하나 연명하다가 가는 거빼기 냉길 기 더 있나. 나이 더 묵어봐라. 한심하고 허망한 기 인생살이다."

현태 어머니의 충고는 점점 매워져 독설의 양상을 띠고 있지만 인생

대선배의 질타를 양지는 그대로 죽비처럼 받아들였다. 그 사이 이상하게도 자신의 심리가 점점 안정되고 세척되는 듯한 안온함도 없지 않았다.

"인자사 이런 말하기 시 그리고 때 그르다만, 에미가 딸한테 하는 꾸지람이라 생각하고 내 말 허투루 듣지 말고 하루라도 속히, 귀밑머리 마주 푼 초처가 못 되면 재혼이라도 해서 남의 자식이라도 공디리서 키아라. 공든 탑이 안 무너진다꼬 그래야 아플 때 물 한 그릇이라도 떠주고 들다보는 사람이 있지. 니, 여자한테 와 젖이 두 갠고 모리제? 그렇지, 그러이까내 시집을 안 갔제. 하나는 자식 멕이는 기고 하나는 남편 멕이라꼬 있는 기다. 그 거룩한 뜻을 모리고 내남없이 딸년들 하는 꼬라지 보모 앞날에 망쪼가 드는 기라."

"살아온 날들에 대한 억울함 같은 건 전혀없이 자신의 삶이 무척 만족스러우셨어요?"

"만족? 그기사 맘먹기 대론께. 까놓고 말하면 실망해서 가슴 탈 때가 더 많았지. 그렇지만 후회한다꼬 옛일 그대로 될 리도 없고. 내가 만약 너처럼 살았시모 내 자식이나 후손들이 오데 있겠나. 욕심대로 내가 못 이룬 거는 자식들한테 미루면 되고. 내 욕심 채울라꼬 젊을 때는 나도 세상 물 혼자 다 마시고 싶었다만 나이 들면서 깨달은 점은 남사는 듯이 이웃들하고 잘 어울리서 사는 거 그거 이상 딴 거 없어."

저 많은 말을 어떻게 참고 살았나 싶을 정도로 현태 어머니의 말은 끝이 없을 것 같다. 하긴 인생 칠십을 그냥 산 것도 아니고 좁지만 나름대로 사회활동도 했던 경험이 있어 전방위로 체득한 상식이며 인생철학의 발로다. 또 언제 만날 지도 모르는 사이라 싶으니까 있는 것 다 내주고 싶은 심정인 것을 짐작 못 할 것도 아니다.

"아이구 갑자기 와이리 목이 타내. 가만 좀 있거라."

기역자로 구부정한 몸을 끌고 평상에서 일어난 현태 어머니는 마시다 둔 뒷병 소주와 안주를 찾아들고 다시 돌아왔다.

"그 아 그리 보내고 내가 이거 없이모 하루도 못 산다. 같이 한 잔하자."

"전 못 해요."

양지는 왠지 그래야 될 것 같아서 거짓말을 했다.

"반피 겉은 인사. 해 버릇하모 몬 할 기 뭐 있노. 담배는?"

"그것도….""

"지랄한다. 대체 니는 무인 재미로 사노?"

"제가 그렇게 한심해보입니꺼?"

"그래, 앞으로 니가 어떤 늙은이가 될지 궁굼하다."

양지는 다시 콕 찔렸다. 남과 어울려서 남하는 듯이 같이 속을 열어놓고 해본 일이 과연 몇 가지, 몇 번이나 됐을까.

"저도 한 잔 주세요."

"그래 인제라도 배워라. 속이 끓고 아파서 잠이 안 올 때는 단방약일 때가 있어."

현태 어머니가 채워주는 잔을 입술에 대는 식으로 시작된 대작이었지만 양지도 차츰 자신의 속에서 풍선처럼 무언가 부풀어올라 얼굴 근육을 홧홧하게 만드는 느낌을 받았다.

"여자·남자를 뛰어넘어서 존중 받는 삶이 제가 그리던 꿈이고 희망이었어요."

밑도 끝도 없는 말을 그녀가 중얼거리자 현태 어머니가 빠르게 받아

챘다.

"노력 안 하고 계산만 한다고 되나? 억지 쓰지 말고 바로 말해 이것아. 흥, 부처님 손바닥이고 오뉴월 하루볕이 어딘데 누가 누굴 속여. 지금도 맨 얼굴로 앉아 있지만 나는 네 속을 훤히 알지. 내 가스나 남의 가스나 없이 직장생활하기 싫고 처녀생활 지루하모 시집을 가제. 그게 서는 또 냄편한테 여왕 대접 안 해준다꼬 시비 걸고, 남의 집 남자들 비교해가면서 바가지만 다각다각 긁으면서 대들지."

"자꾸 요즘 것들 요즘 것들 하시면서 여자들만 나무라시는데 다 그런 건 아녜요. 물론 연세가 있으니까 우리들보다는 세상이치를 더 많이 깨닫고 계시겠죠. 그렇지만 세상의 딸들이 아주머니 마음에 안 들도록 된 데는 아주머니도 일조를 하신 겁니다. 아주머니도 젊었을 적부터 여자 스스로의 자긍심을 안고 살지는 않았을 거잖아요. 어떤 여성학자가 그러데요. 어머니들은 나이 들면서 점점 자신이 젊었을 적에 시집살이하면서 절치부심했던 결심을 잊어먹고 동성인 며느리편은 안 들고 아들 쪽으로 기운다고요. 그러면서 다시 며느리와 갈등이 만들어지고 그래서 젊은 며느리들의 저항은 대를 이어서 계속되고…. 어머니들이 바뀌지 않으면 여성들의 불평불만은 조금도 해소되지 않을 거래요. 그러니까 성급하고 말재주 없는 남자들이 조목조목 설명해서 이해시킬 줄도 모르고 마구 검센 힘자랑으로 나가는 것이고. 그게 모두 엄마들이 바보처럼 참고 살면서 아랫사람들의 길을 열어주지 못했기 때문이잖아요."

"그 말은 저저이 일리가 있다. 내가 사회생활하면서 깨달은 긴데 무식해서 그래. 하기사 요즘 것들 유식해도 별수없이 부부싸움빼끼 잘하는 게 없더라만."

"자기 인생이나 인권이 중요하다는 걸 아니까 용기 있게 나가는 거잖아요."

"내 딸년들 경우를 봐도 니 말이 틀린 말은 아니다. 그렇지만 지 남편이 하루 저녁만 밖에서 자고 들어와도 니중내중이 나니 탈이지. 남자가 자는 데가 와 꼭 색시 집이고 노름방이라꼬만 생각는고 말이다. 잘 지내는 친구하고 행망없이 같이 놀다 시간을 보낼 수도 있고 오락실인가 어딘가 그런 데서도 시간을 보내는 갑더만 똑 서방이 아니라 못 된 짓한 머슴새끼 나무라드키 안달복달하니께 맘 편하게 집에 들어올 맴이 나겠나."

"그럼 결론은 어떻게 해야 된다고 생각합니꺼?"

"그러게? 어느 새 나도 늙었고 영감도 죽고 없으니 실험해볼 데도 없고, 흐흐흐…. 그건 나도 모르겠다."

말의 흐름이나 어투를 들어보니 현태 어머니도 이제 팔팔하던 그때의 주장을 고수하는 건 아니었다.

"전에 접붙이는 달인이라고 자칭하셨는데 지금도 그 일 하십니꺼?"

"몸도 시언찮고 눈도 어둡고, 지금은 안 한다. 그렇지만 일손이 딸릴 때는 쬐꼼썩. 그런데 갑재기 그거는 와 묻노?"

"인생론까지 곁들여서 해주신 말씀이 참 인상 깊었거든요. 어머니들 세대의 인내와 딸 세대의 지식과 슬기를 접목할 수 있다면 세상 참 풍요해질 거라고…. 그 달인의 철학과 기술로 안 되는 일없이 잘 해내실 것 같았는데."

"그런 말은 내쯤 나이 묵으면 다른 어른들도 다 한다. 다 지나간 일을 다부 끄잡아내는 이유가 뭐꼬. 그때는 니부터 그리 탐나는 딸은 아니던데 우짜꼬."

얼핏 들으면 서로 시빗거리를 주고받는 것 같지만 맥이 통하는 말장난이다. 그러다 문득 주기가 오른 현태 어머니가 주먹으로 가슴을 쥐어박으며 갑자기 흐느끼는 소리를 냈다.

"아이고 현태야, 어데 가고 니는 없노. 여게 이 사람이 왔는데. 생각이 영 없었던 것도 아닌데, 그냥 콱 목사리 끌고 와서 같이 살지 그랬나."

아들이 첫정을 쏟은 사람이라는 깊은 상념으로 치솟아오른 슬픔인 거였다. 양지는 그녀의 울음을 그치게 할 수단으로 가득 채운 술을 현태 어머니의 손에다 들려주었다.

"술병이 비었다."

거꾸로 들고 빈병을 두드려보던 현태 어머니가 다시 술을 가지러갔다. 저 노인네가 어쩌면 내 시어머니가 되었을 사람이라는 생각이 들자 지금 이런 상태로 친숙했다면 선 그어놓고 경계할 것도 없이 든든한 큰 산인 것을 지레 겁을 먹었던 것도 같다. 그때 앞에 놓인 술상이 얼굴을 때릴 듯이 갑자기 튀어올랐다. 양지는 위기를 피하다 그만 옆으로 쓰러졌다. 몽롱해지는 눈으로 푸른 하늘이 들어오더니 그녀를 감싸면서 아늑하게 내려덮었다. 현태 씨, 자기 집에 내가 왔어. 내가 이렇게 올 줄 나도 몰랐어. 양지의 입에서 술에 전 한숨 한줄기가 푸, 하고 새나왔다.

얼마나 쓰러져 있었던 걸까. 썰렁한 한기에 몰려 눈을 뜬 양지는 황황하게 자신을 수습하며 평상에서 일어났다. 주책이다. 여기가 어디라고 내가 찾아와서 술에 취해 누워 있었나. 양지는 가방을 챙겨들고 평상 밑에 있는 구두를 꺼내 신었다.

"인제 깼나?"

소리 나는 쪽을 돌아보니 저녁 찬거리가 될 푸성귀를 가리고 있는 현태 어머니가 눈에 들어왔다. 어느새 남새밭 출입까지 한 모양이었다.

"할매, 옆집 할매가 이거 주데."

학원 가방을 멘 사내아이 히니가 촐랑촐랑 들어섰다. 아이의 손에 들린 검은 비닐팩을 받아들고 속을 들여다보던 현태 어머니가 깜짝 놀라며 손에 들린 것을 집어던져버렸다.

"아이구, 이 일로 어찌할꼬. 이놈의 손이 또 해찰부리고 있네."

탄식조로 내뱉는 할머니의 실망은 아랑곳없이 어린애는 짓궂은 웃음을 큭큭 입을 막고 웃는다. 그러던 아이가 다시 비닐봉지 속으로 제 손을 넣더니 무언가를 꺼내 할머니의 얼굴 앞에다 대고 흔들면서 히히히 웃어댔다. 아이의 손에서 저울추처럼 흔들리는 것은 꼬리 잡힌 죽은 쥐였다. 민망해진 현태 어머니가 양지를 곁눈질하며 제지하는 손길로 아이의 등짝을 후려쳤다.

"아이고 이놈의 새끼야! 하루를 그냥 못 넹기고 이기 또 무인 짓이고. 손님도 오싰는디."

개구쟁이를 넘어 악동으로 변한 아이는 제 할머니께로 죽은 쥐를 휙 집어던지며 다시 헤헤헤 웃어젖힌다. 남을 괴롭히면서 즐거움을 유도하는 방식이 심심할 때 꽤 많이 해온 듯 익숙한 행동이다. 현태 어머니가 양지의 눈치를 보면서 억지로 분위기 무마용 웃음을 같이 날렸다.

"저 놈아가 또 괴변 났다. 지도 마음 붙일 데가 없으니 저런 해찰로 허한 심정을 달래는 거라. 지 맘을 빤히 아는데 우짜겠노. 완아. 네 아빠 친구다, 인사 디리라."

아빠의 친구라면 으레 남자여야 한다는 고정관념 때문인지 아이의 똥

그란 눈이 양지의 전신을 쓰윽 살폈다. 올려다보는 눈매가 선연 현태를 빼다꽂았다. 현태와 결혼했다면 자신의 아이가 되었을지도 모른다 싶으니까 그 아이에 대한 감정이 묘한 파장을 일으키면서 지나갔다. 아이도 역시 비슷한 생각을 했던지 뜻밖의 반응을 보였다.

"싫다. 아빠도 없는데 친구는 뭔 친구!"

어리지만 보통내기가 아닌 반항이다. 실한 보호자 없이 자란다면 전도가 어림잡히는 장면이다. 아이가 가방을 풀러 안집으로 들어간 뒤 죽은 쥐를 치우고 다듬던 푸성귀에 손을 대면서 축축해진 음성으로 현태 어머니가 중얼거렸다.

"지 에미는 벌써 신 돌려보냈지만 중국에 돈 벌러갔다고 둘러댔제. 기시는 기 나쁜 줄은 알지만 철 들 때까지만 그러기로 했어. 고얀 놈, 저 본 듯이 보라꼬 저 핏덩이 하나 남기고 갔는가 싶어 밉다가도 고맙다. 그런데 늙마에 이기 뭐꼬. 나도 인제 힘이 부쳐."

그 옛날 남자는 나무둥치이며 여자는 잎이나 꽃이라고 현태 어머니는 비유했다. 꽃은 열매를 남기는데 그 열매가 싹 나는 토양에 따라서 뭍에 오른 유자처럼 탱자가 될 수도 있다. 기운 빠진 늙은이의 밥을 먹고 유자는 서서히 탱자의 길로 접어드는 느낌이 그 아이 완의 그림자였다.

양지가 돌아갈 준비를 하자 현태 어머니가 손을 잡고 막았다.

"옴마. 집에 온 데키 하룻밤 자고 가라. 영감도 먼저 가고 없으니 나도 적적하다. 에린 기 앞에서 알짱기리다 저것마저 잠들고 나모 잠이 안 와서 뜬 눈으로 새울 때도 많으니, 밤이 오는 기 겁난다."

적적한 밤이 무섭다는 말에 낚인 양지는 하룻밤 자고 가라는 현태 어머니의 권고를 못 이기는 척 받아들였다. 그니가 저녁 준비를 하는 동안 양지는 뜰안을 서성거리며 저녁 이내로 쳐져내리는 낮선 곳이지만 낮설지 않은 기시감에 젖었다. 그가 자란 곳이다. 그의 발자국으로 다져진 땅이다. 그의 시선으로 성장했을 자연은 그대로 있는데 그는 없다. 아니, 그는 지금 중국 어디선가 직장 일을 하고 있을 것이다. 다만 전화도 편지도 단절된 채로 지낼 뿐. 그때, 살그머니 누군가 가까워지는 기척을 느끼고 돌아보니 현태의 아들 완이 다가와서 양지를 올려다본다. 그녀가 시선을 맞추니 아이가 말을 걸었다.

"우리 아빠 친구라고 했죠?"

요즘 아이들은 다 이런가 싶게 되바라진 똑똑함이 훅 전해왔다. 텔레비전 영향을 받아선지 구사하는 억양도 표준말도 텔레비전 속 어린 배우가 같이 있는 것 같다. 양지는 어릴 때 자신이 처음 서울 입성했을 때의 초라한 언어가 떠올라 문명의 격세지감을 느꼈다.

무슨 말을 하려는 걸까. 문득 난해해진 양지는 말 대신 고개만 끄덕였다.

"부탁 하나 들어줄 수 있어요?"

상대방의 반응이 어떨지 몰라 저 먼저 주저하는 인상을 지은 아이는 상체를 꼬거나 제 목덜미를 뒤적뒤적 긁으면서 양지의 대답을 기다렸다.

"그래 해봐."

"해님반 아이들한테 완이 엄마라고 해주면 안 돼요?"

순간 양지는 심호흡을 멈추었다. 할머니는 못 해주는 비싼 장난감을 사달라는 정도의 부탁이려니 가볍게 짐작한 뜻이 가격을 당한 듯한 충격 속에 수연의 친구들에게 환심 작업을 했던 일이 후딱 떠올랐다. 엄마라고 해달라니. 이런 엉뚱하고 기발한 아이의 발상을 어떻게 거절할지 양지는 난감해졌다. 그러나 낙심할 아이의 표정을 보게 될까 시린 마음이 앞서 에둘렀다.

"애들이 많이 놀리니?"

아이는 얼른 대답하지 않았다. 상체를 거저 흔들면서 먼 곳을 바라보고 있다. 그 침묵이 양지의 마음을 아리게 파고들었다. 어린 마음에 새겨진 한 서린 아픔이 구원 요청을 하는 것이다. 울컥 측은지심이 든 양지는 아이를 끌어안았다. 땀 냄새, 구정물 냄새가 아이의 현재를 대변하고 있었다.

"그렇게 할게. 그 대신 완아, 할머니 말씀 잘 듣고 착한 사람이 되어야 한다. 칭찬 많이 들을 짓 하는지 할머니께 여쭈어보고 네 부탁도 들어줄게."

아이가 단박 양지의 깍지를 풀며 두 팔을 휘둘렀다.

"야, 신난다. 좋아요. 내 친구들한테 자랑해도 되죠?"

즐거워진 아이는 양지가 머문 그 밤 내내 심부름도 잘하고 산토끼처럼 경쾌한 동작으로 신바람을 냈다.

양지는 이튿날 현태 아들 완이가 다니는 유치원 아이들을 수연이 때처럼 빵집으로 데리고 갔다. 아이들의 기호대로 빵, 우유를 비롯한 음료까지 필요 이상으로 잔뜩 사놓고 아이들 얼굴을 하나 둘 점찍듯이 바라보며 입을 열었다.

"너희들은 내가 누군지 잘 모르지?"

순진한 아이들은 저마다의 반응으로 궁금증을 드러냈다.

"나 완이 엄마야. 돈 벌러 외국에서 생활하다보니 집에 자주 못 와. 그래서 우리 완이는 엄마 없는 아이처럼 할머니랑 사는 거야. 그러니까 늬들 눈에는 엄마 없는 아이처럼 보였을 거고. 우리 완이가 태어날 때부터 얼마나 예쁘고 건강했는지 너희들은 잘 모르지? 꿈에 아주 무서운 로봇하고 싸워서 이긴 씩씩한 어린이가 있었는데 그게 우리 완이의 태몽이야."

아이들이 와아, 소리를 지르며 짝짝 소리 나게 손뼉을 쳐댔다. 맘대로 지어낸 태몽 이야기는 효과 백 프로였다. 슬쩍 둘러보니 아이들 모두 신기한 정보에 눈뜬 놀라움으로 기색이 빛났다. 양지는 자연스러운 음색으로 앞에 놓인 것들을 어서 먹으라고 아이들에게 권했다.

"어서 먹고 더 먹고 싶으면 또 사줄게. 앞으로 우리 완이랑 사이좋게 잘 지내면 아줌마가 외국에 갔다 와서 또 맛있는 것들 많이많이 사줄게, 알았지?"

"완이 엄마, 또 외국에 가요?"

한 아이가 대답하자 양지는 옳다구나 쐐기를 박았다.

"그럼. 회사에 가서 열심히 돈 벌어야 다음에 또 늬들 맛있는 거 사주지. 그땐 빵하고 아이스크림과 장난감도 많이 사줄 거야. 알았지? 일이 많으면 자주 못 올지도 모르니까 내가 올 때까지 우리 완이랑 사이좋게 잘 놀아줘, 부탁한다. 돈 많이 벌어서 늬들한테 맛있는 거며 장난감이며 많이많이 사줄 것도 약속할게."

양지가 남은 과자에 덤으로 장난감 선물까지 사서 안기자 아이들은 금세 완이를 둘러싸고 올망졸망 머리를 맞대고 선물자랑을 한다. 완이는 한순간 주인공 왕자가 됐다.

완이를 배려한 양지의 행동에 감동한 현태 어머니가 하룻밤 더 자고 가라고 권했지만 양지는 서둘러서 대문을 나섰다. 터미널로 가는 구부러진 들길로 묘한 인연의 두 여인은 걸었다. 하고 싶은 말이 그리 많은 지 자신의 일상사와 심경에 관한 것까지 현태 어머니는 시시콜콜 좀체 말을 끊지 않았다.

버스가 움직인 뒤에야 양지는 현태의 집에서 있었던 시간을 가지가지 돌이켜보았다. 양지의 처지를 연민하며 중얼거리던 마지막 말도 뇌리에서 되살아났다. 아깝다, 그 대단한 재주를 엇길로 풀어서 무용지물 맹그는 겉똑똑이 짓은 그만하고…. 현태 어머니의 말은 곧 자신에게 등 돌린 양지에 대한 현태의 원망처럼 들렸다. 그래 나도 안다. 나는 겉똑똑이다. 양지는 자조의 한숨을 쉬었다. 그토록 경원했던 어머니의 행적을 모질고 독하게 다짐했던 대로 뛰어넘지도 못하면서 내 속에 존재해 있는 모순적이고 이중적인 의식으로 인해 온갖 편견과 시행착오만 저질렀다. 과학이나 지식이 다할 수 없는 생의 오류를 확인하는 데만도 여러 해의 환생이 필요하다는 것을 확인하게 된 것이 그나마 얻어먹은 나이 값이나 될까.

무심한 눈길로 스쳐가는 창밖 풍경을 바라보고 있던 양지는 무언가 자신을 꽉 채우고 있는 넉넉함을 확인하는 순간 자신이 현태의 아들 완이를 품고 있음을 깨달았다. 다시 한번 보육원 설립에 대한 절실함이 되새겨졌다. 현태 어머니가 평생 해왔던 접붙이는 일처럼 장차 어떤 큰 나무가 될지 모를 어린 아이들이 불용 처분되는 묘목처럼 외국으로 보내지는 일은 없어야 한다. 경우에 따라서는 수연이도 완이도 용남의 아이들이나 고종오빠의 손자까지 입양아 신세가 될지도 모른다. 아울러서 얼마 전에 세 자매가 같이 보았던 신문기사가 떠올랐다. 최근 어느 해외 입양인이 부모를 찾아헤매다 실망하고 지친 인생을 자살로 마감한 사건이었다. 삶의 뿌리를 빼앗긴 해외입양인들의 비참한 상황을 보면 하루 속히 해결책이 나와야 한다는 목소리도 있었다. 그러나 그 소리는 여름철 매미소리처럼 한순간 끓어오르다 전에도 그랬던 것처럼 시부저기 가라앉는다. 사람이 사람을 낳았지만 그들을 제대로 양육할 능력이 없는 문제로 인해 입양아들이 살고 있는 세상 곳곳에서 안타까운 문제가 발생한다. 정착해서 사회적인 성공까지 손에 쥔 이들이 혹 없지는 않지만 많은 입양인들의 정체부정적인 정서는 듣는 이들의 마음을 아프게 한다. 복잡다단한 인류문제를 다 해결할 수는 없지만, 양지는 귀남 언니의 경우를 직접 목격하고 있는 입장이라 입양아에 대한 문제만이라도 심각하게 해결해야 될 사회문제로 인식하고 있다. 귀남은 피맺힌 목소리로 이렇게 말했다.

"내가 낳았으면 거지가 되더라도 나는 같이 살면서 키웠을 거다."

그러나 귀남과 다른 호남의 주장도 있었다.

"전부터 입양은 늘 있었고 앞으로도 없어지지 않을 거다. 옛날 부잣집에서도 유모가 아기를 키웠는데 여러 이유로 다른 사람이 아기를 키우도록 하는 것은 어디서나 있었던 자연스러운 일이거든. 제 자식은 꼭 제 부모가 길러야 한다는 편협한 주관도 현대사회에서는 개선되어야 할 문제라고 나는 생각해."

"그래서 그동안 니 반응이 그랬던 걸 인제 알겠다."

"언니 니가 한두 번 하는 소리도 아닌데 귀에 못따까리 앉도록 들었다 아이가."

두 사람의 언쟁 사이로 양지가 끼어들었다.

"우선 이 문제에 대해서 너희들이 이렇게 관심을 가졌고 박식해졌다는 것만도 참 미덥고 든든하다. 요즘 들어 미혼모들은 부쩍 늘어나는데 우리 사회의 편견이 얼마나 완고한지 의식혁명이 왜 중요한지 알아야 해. 이런 고민과 변화가 있을 때 해외입양보다 국내입양이 늘고 양육을 원하는 미혼부모에게 전폭적 지원을 할 수 있는 시스템 가동도 늘어나게 될 거야."

양지의 생각처럼 국내입양 우선에 대한 찬반도 만만찮은 걸 그 기사는 말해주었다.

'삶의 자리를 빼앗긴 해외입양인들의 비참한 상황을 보면 하루 속히 해결책이 나와야 한다. 그러나 해외입양 종결이라는 극단적 수단은 반대다. 시설에 맡겨진 아이들의 시간은 멈추지 않고 빠르게 흐른다. 아이들이 나이 들수록 입양기회는 희박해지고 입양되더라도 애착 형성이 힘들어진다. 해외입양 종결을 촉구하는 이들은 원가보호 대안공동 보육시설확충 등의 대책은 말하지만 시설에 넘쳐나는 아이들이 자라면서 겪어야 할 현재에 대한 얘기는 없다. 내 핏줄만이 최선이라는 생각은 바로 입양편견의 자인이나 마찬가지다. 혈연 중심주의에 매몰되면 누구 핏줄인지 모르는 아이는 없는 존재로 만들어야 하고 비밀 입양을 권하거나 해외입양을 떠넘기게 된다. 우리나라가 개발도상국을 넘어 섰다는데 왜 해외입양을 보내는지 진정 알고 싶다면 국내 입양가족이나 미혼모들이 일상에서 겪는 싸늘한 시선과 차별을 알아보기 바란다. 한국사회의 왜곡된 정서를 체감할 때 당장 해외입양을 종결하라는 것이 얼마나 지나친 주장인지 이해할 것이다.'

이들 언론을 참고하지 않아도 양지는 안다. 더 나은 삶을 위해 입양 보내는 부모도 있었다. 그러나 불확실한 자신의 정체성 속에 방황하다 자살을 하거나 돌아온 귀남 언니처럼 골치아픈 혈육으로 낙인찍히는 사례도 많을 것이다. 우선 비극적인 일을 최소화시키는 장치로 자연이나 바람, 공기, 햇살이나 언어만이라도 낯설지 않게 정서보완을 해주는 것으로 아이들이 마음의 상처를 덜 입고 자라도록 배려해야 한다. 버려지거나 보호자 잃은 미아들을 거두어서 그들의 굶주린 사랑을 채워주는 온상 같은 관심을 베풀어서 여린 싹들의 불안한 심장부터 안정시켜주는 것이다. 비록 물질은 풍부하지 않을지라도 용남 언니와 그 가족들이 보인 사랑과 화목은 사람이 사는 근본바탕이 아니던가.

　고속버스 터미널을 빠져나오는 양지의 얼굴에는 남이 모를 결연한 미소 한 자락이 자리를 잡는다. 이모. 어디 갔었어. 짝짝이 팔을 휘두르면서 뻗은 수연의 재롱이 그녀에게로 다가온다. 비록 현태를 잃기는 했지만 수연을 지킨 것만으로도 독신생활의 손익보상은 충분했다.

　집으로 돌아온 양지는 외출복을 갈아입지도 않고 서랍 속에 넣어둔 통장을 확인한 뒤 우체국으로 갔다. 현태 어머니의 이름으로 송금된 우편환은 아빠의 여자친구에게 엄마 역할을 부탁하던 현태 아들에 대한 보답이었다. 호남의 사업이 잘 되면서 따로 지출될 일 없이 적립된 돈이지만 결코 넉넉한 돈은 아니었다. 그러나 해야 될 일을 미루고 어물쩍하다 뒤늦게야 놓친 기회를 후회하는 어리석은 인간은 되지 않아야 한다. 나이와 경험이 가르쳐주는 대로 인생이 결국 어떠하며 또 어떠할 수 있는가를 목격했고 더불어 자신의 장래도 일목요연하게 정리할 수 있게 된 것이다. 양지는 내면 깊숙한 곳에서 뻗쳐오른 주상절리 같은 힘으로 자신을 격려했다. 이제부터 내가 세운 일생일대의 목표를 위해 나는 나를 바칠 것이다. 낳아서 기른 아이도 없고 뚜렷하게 내세울 가시적인 결과도 없이 저 하나도 건사 못한 노처녀로 무의미하고 초라하게 생을 흘려보내는 것은 나 최강양지의 망가진 자존심이고 수치다.

양지는 부지런히 일복을 챙겨입고 일터로 나갔다. 자금이 필요한 만큼 사업도 잘 풀려야 한다. 눈치로 살짝 긁은 표정이지만 호남이도 길래 외면하지 않고 동참할 것이라는 든든한 믿음이 생겼으니 이제 중요한 길라잡이 역할만 남았다.

양지가 막 장갑을 끼는데 어지간히 기다렸던 기색을 감추지 않고 어디선가 귀남이 달려오더니 숨 돌릴 틈도 없이 준비했던 말들을 쏟아놓았다.

"너 집에 없는 것 보고 오빠도, 호남이도 당장 거기 갔지 하더라. 현태엄니 만나러간 거 다 알더라니까. 네 기분전환도 시킬 겸 우리 셋이 만나기로 했다. 밥도 같이 먹고 저녁 노래방에서 노래도 하고. 호남이 그게 어쩐 일인지 나보고는 '고향이 그리워도' 그 노래하라더라. 한번 더 듣고 싶다고."

귀남의 들뜬 음성에는 양지가 없는 사이에 동생 호남과 직접 주고받았던 대화에 대한 자부심이 사뭇 자랑스럽게 배어 있다. 병원에서 도망간 낭패스러운 행동으로 가책을 느끼고 있던 참에 동생 호남과 맞바로 주고받은 대화여서 앙금도 많이 해소된 모양이다.

목표가 분명하면 행동도 일목요연해진다. 양지는 익숙하지 않은 사료배합 기술 때문에 조금이라도 실수가 있을까 하여 오빠가 꼼꼼하게 정리해준 노트를 자주 들여다본다. 익숙한 목부의 도움을 받지만 자식의 밥을 짓는 어머니 마음으로 수백 마리 소에게 먹일 사료를 만드는 손길은 절로 진지해진다. 이런 보람으로 양지가 보내는 나날 중에도 아는 사람이 많은 고향이라서 그녀를 의기소침하게 만드는 친구들의 소식도 자주 접하게 된다.

"언니 친구 정자 안 있나. 그 언니하고는 연락하고 지내나?"

저녁을 먹고 마주 앉았던 호남이 조심스럽게 눈치를 살피며 입을 열었다.

"아니, 말은 자주 보자고 했지만 저도 나도 바쁘니까. 와 갑자기 정자 이야기는?"

"정자 언니가 수필가로 당선됐다꼬 어제 그 형부가 우리 황금에서 거하게 축하 턱을 쐈다. 저녁을 먹고 이 차로 왔다는데 친정 식구들하고 시숙이나 동서들까지 한 부대가 들이닥쳐서 시끌벅적했어. 그게 그렇게 대단한 건지 첨 알았어."

"정자가 언제 문학을 했나?"

양지는 시큰둥한 목소리로 되물었다. 덜렁 도움닫기를 한 정자 때문에 알짜와 껍데기로 선연히 분리당하는 느낌이 왔던 것이다.

"자기 말로 여가선용 차원으로 서울 문화센타에 가서 글쓰기 강좌를 들었는데 자기 엄마와 사이가 나빠진 것과 시대 인식이 다른 이야기를 글로 썼더란다."

"아, 정자가 서울까지 다니면서? 대단한 열성인데."

"먹고 살기 걱정 없는 사람들, 여기도 서울이 하룻길인데 활용하는 사람들 많지."

"야아, 대단히 바람직한 발전이다. 자기 엄마랑 지독하게 못 지내는 건 잘 구성하면 제대로 된 글감인 건 맞는데 도대체 어떤 내용을 상 받을 정도로 그럴싸하게 썼을까. 살림하고 남편 뒷바라지도 하며 아이들 키우는 것도 힘들 텐데 언제 그런 일을 해냈을꼬."

"참 언니도, 살림살이는 다 뻔한 건데 시간이야 내면 되지. 취미생활하고 계모임하는 여자들이 얼마나 많은지 점심시간에 식당에 가면 맨 여자들뿐이라서 앉을자리가 없다고 남자들은 욕하더라만 난 너무 기분 좋더라. 요새 여자들 자기계발 무섭게 한다. 우리 가게에 오는 여자들도 낮에는 뭐 하는지 모르지? 수영하고 요가하고 그림 그리는 사람, 또 기타나 아코디언 피아노 같은 것도 배운대. 저네 친구들 이야기도 하는데 서예학원, 꽃꽂이학원, 칠보공예니 뭐니 안 하는 게 없이 열심히 살아. 먹고 사는 일이 조금 풀리니까 사람들 생활이 얼마나 멋지고 여유로워지는지 실감이 나."

양지는 낮은 한숨을 뱉어냈다.

"여가선용, 취미생활 참 좋지…. 하긴 오빠도 피리 배우러 광주에 있는 명인을 찾아간다더라."

"어머나. 오빠가? 자기 아버지가 우리 고모 꼬실 때처럼 또 누구 꼬실라꼬 그러나?"

"얘도 무슨 그런 소릴 하노. 오빠는 니가 생각하는 그런 사람 아인 거 잘 알면서. 허튼말이 소문으로 퍼지면 소드래 난다."

"농담도 몬 하나."

두 자매는 모처럼 하하 웃었다.

양지는 오빠의 생일에 오빠가 연주하는 피리소리를 들었다. 아직 완숙한 득음의 경지는 아니지만 얼굴도 모르는 부모님에 대한 그리움을 노래하는 듯 그 소리는 듣는 양지의 가슴까지 애절하게 녹여서 영원 속으로 따라들게 만들었다. 그러나 양지는 고종오빠가 피리를 배우는 진짜 이유는 따로 있는 걸 안다. 물론 선친의 유품에 대한 애틋함도 포함되었지만 오빠는 그날 멋진 가락의 피리 연주를 마친 뒤 당신 가문의 내력과 이 모임에 기울이는 열정을 발표할 것이라 했다. 그날이란 어언 마무리 단계인 '형평운동선양회'의 개회식이다. 진주가 거듭날 수 있도록 자신의 모든 힘을 쏟으려는 오빠, 백정의 후손 장현동. 이번에는 자신의 개인적인 삶보다 짓밟히며 살아온 하층민들을 위해 봉사 희생했던 양반 집안의 선지자들 인명도 조사해놓은 대로 자랑스럽게 실명을 밝혀서 현창할 거라고 했다.

"언니야, 니도 취미생활 하나 개발해서 정자 언니처럼 이름도 내고 좀 그래봐라."

"악기는 하고 있지만 글로는 아직 아니다. 여건도 안 되지만 마음의 여유가 없어."

양지의 말뜻을 전적으로 수긍하는 것도 아니면서 호남은 잠시 먼 데로 눈길을 돌렸다. 그러나 말이 난 김에 못 다한 이야기가 아쉬운지 이내 덧달아서 늘어놓았다.

"정자 언니가 뭐랬는지 알아? 그 언니 이야기가 더 웃겨. 첨에는 부부 싸움도 많이 했단다. 정자 언니가 깔쌈하게 꾸미고 다니는데 뭐 있잖아. 살림 사는 주부가 그게 뭐냐고. 퇴근만 하면 잔소리는 또 얼마나 심한지 말도 못 했단다. 집안이 왜이리 어수선하게 정리정돈도 안 돼 있고 불결하냐, 반찬이 왜 이 모양이냐, 잘 다려서 걸어놓은 와이셔츠도 자기가 입고 싶은 걸 먼저 안 다려놓았다고 트집을 잡던 중인데 어느 날은 딱 원고지하고 씨름하는 걸 들켰다나. 그랬더니 골치 아프게 뭔 공부를 더 해서 판검사 될 거냐고 콧방귀를 뀌면서 마구 무시하더란다. 그러던 남편이 이번 일 있고 나니 글쎄 싹 바뀌었단다. 웃기지? 입이 찢어지게 마누라 자랑을 하고 온갖 집안일도 다 거들어주더니 상 받는 날은 자기가 주인 공처럼 굴더란다. 언니는 형부가 뒷바라지 잘해줘서 앞으로 좋은 글 많이 쓰겠네 했더니 뭐 남자들이 얼마나 이기적인데, 숨어서 공부하다 원고지 뭉치를 구석으로 처박고 수선떨던 시간 내내 마음 졸였던 생각을 하면 코웃음이 절로 난대."

　모두들 참 잘 나간다. 그런데 나는 뭔가. 그런 심정으로 바장이던 양지는 다음 날 마음먹고 정자를 찾아갔다.
　"야아. 천지개벽이라도 일어날 징조다 야. 그 새침떼기가 무슨 바람이 불어서?"
　양지와의 만남 일성을 정자는 그렇게 내질렀다.
　"밥상 차린 자리가 다르면 그럴 수도 있는 거지."
　"아무튼, 친구들 모임에도 잘 안 나오던 애가 이렇게 왕림하다니 놀래는 게 당연하지."
　"너 축하하러 왔지. 너는 네 근본을 지키면서도 성공했으니 참 부럽기도 하고, 또 고맙기도 하고."
　"뭔 말이 그리 복잡하노? 부럽다는 말은 무슨 뜻으로 하는 말인지 좀 이해하겠는데 고맙다는 뜻은 뭐꼬?"
　"네가 앞으로 생각하고 행동하는 모든 일들."
　"내가 무슨 생각을 하고 무슨 행동을 할지 어찌 알고?"
　"너라면…. 지금은 모르지만 실수하지 않고 욕먹지 않을 행동이나 생각을 구상하고 노력하겠지."

"와아, 이 가시나 관심법 통했나봐. 남 속에 들어갔다 나온 것 보래."

"너와 한 집에서 밥 먹고 사는 사람들은 물론이고 교류하는 친구들이며 선후배들 모두가 감동하는 훌륭한 글의 통로도 이제 틔웠지 않나."

"얘는, 이제 시작인데 뭘 그리 확대해석을 하노. 이제 겨우 아장걸음 떼는 아이 어지럽다. 소쿠리 비행기 좀 그만 태아라."

"아무나 말하지 않는 그 겸양의 미덕까지도⋯."

"오호 그게 진정이라면 너도 글 써라. 우리 반에 나와."

"글은 아무나 쓰는 게 아니야. 우리는 거저 편지 글 하나 쓰는 것도 잘 안 되는데 참 장하다."

"너야말로 참 뜻밖이다. 저도 악기 다루면서 봉사활동도 하는 줄 아는데. 니가 이렇게 일부러 와서 축하까지 하다니."

"철들었다는 거지 뭐. 좁고 작은 게 이상만 높아가지고⋯."

"사실은 너 고종오빠 밑에서 일하는 게 너의 최종목표는 아니지?"

"그 눈빛은 뭐야? 꽤 실망한 표정인데."

"당연히 실망이지. 너 같은 애가 이렇게 맥없이 주저앉다니."

"그것도 큰 힘이 되네. 나 사실은 주저앉아 있기만 한 건 아니고, 추진하는 목표가 있는데 이제 시작 과정에 들었어."

"그러면 그렇지. 와아 멋지다. 그게 뭔지 지금 말해주면 안 돼?"

"듣고 보니 그러고 싶네. 너 같은 사람들의 협조나 호응을 받으면 더 큰 힘이 될 거고."

양지는 분위기를 탄 김에 자신이 오래도록 염원하고 있었던 보육원 설립에 대한 계획을 대강 털어놓았다.

"우와, 정말 감동이다. 그래서 결혼할 뻔한 남자친구도 결별했다니. 너 에나 꼭 성공해야 되겠다. 요즘 사실 엄마 대행이 필요한 아이들 많다. 사회적 추세가 앞으로 그런 아이들을 많이 만들어낼 거고. 사람이 동물과 다르게 왜 위대한지 아니? 마음을 한번 먹으면 그대로 여일하게 추진하는 근성. 요즘 거리에 나가보면 거지나 부랑자, 행려병자들이 안 보이는 것 봐. 여기저기 복지시설이 많이 생긴 결과잖아. 앞으로 네가 하겠다는 보육사업도 활성화되면 아이는 굳이 자기 엄마가 안 키워도 되고, 따라서 여성들의 능력은 사회기반을 튼튼하게 만드는 동력으로 전환될 거고. 너 참 좋은 생각을 갖고 있다."

"그런 분야의 시설이 영 없는 건 아닌데, 하여튼 누군가는 해야 될 역할인데 쉽지는 않아."

"어쩌면, 신이 니들 자매들을 그런 일시키기 위해서 일부러 독신 만들어놓고 단련시킨 것 같다는 생각이 갑자기 든다. 호남이 사업 잘되고 알부자라던데 그 돈이 다 그리 투자될 거 아이가."

양지는 그 말 대답 대신 속으로 쓸쓸한 미소를 흘렸다. 남들은 그럴 것이다. 하지만 아직 호남은 확실한 응답조차 주지 않고 있다.

"아직은 소문부터 낼 일 아니니까, 언제 내가 연락하면 도움도 좀 주고 그래라."

"그래, 난 아이들도 키우고 남편도 다루어봤고, 니들이 안 해본 경험을 다 해본 백과사전이니까 뭐든지 콜만 해라. 앞으로 최쾌남이네 사연도 내 작품의 소재가 될지도 모른다. 그래도 괜찮지?"

"작가가 뭐 물어보고 글 쓰나? 아무튼 너 만나서 털어놓고 나니까 내가 얼마나 끙끙 혼자서만 앓고 살았는지 실감이 난다."

"그러니까 동지가 필요하고 소통은 지름길이야. 너네 고종오빠 장현동 씨도 명성이 자자한데, 너들 외사촌·고종사촌끼리 일 내겠다. 폭죽 터뜨리겠어."

"오빠가 우리를 많이 도와주고 이끌어준 덕이고 앞으로는 니 덕도 많이 입게 될 거고. 그렇게만 된다면야 뭐가 돼도 되겠지."

준비해간 축하금과 선물을 정자에게 전달하고 정자의 작품이 실린 책을 받아 안고 돌아오면서 양지는 자신이 참 많이 변했다는 걸 깨닫는다. 정자와의 만남은 예상밖으로 탁 트인 상쾌함을 주었다. 전 같으면 누구를 앞서 칭찬하는 것보다 저도 마음만 먹으면 그보다 더 잘할 수 있을 것 같은 자신감에 차 자신의 입장부터 먼저 비교했다. 뭉친 속내를 툭 털어놓으니 든든한 의논상대까지 생겼다. 새로 튼 문으로 누군가를 영접하는 새로운 즐거움도 있었다.

양지가 돌아오니 집에는 웬일인지 호남이 와서 기다리고 있었다. 굳은 표정으로 양지를 맞이한 호남이 양지가 자리도 잡기 전에 조급한 입을 열었다.

"니 나한테 뭐 숨기는 거 있으모 바로 말해라."

"너한테 숨기고 말고 할 게 어데 있노."

"거짓말, 쌩까지 말고 실토해라. 혼자서 끙끙거리다 또 몸 상하지 말고."

"아아도 참, 넘겨짚기는. 아는 게 있으모 니가 먼저 말해봐라."

"에나 없단 말이제?"

"그래 없다. 정자한테 가서 축하 인사하고 온 거 그거 이상은."

"그라모 하씨는 와그런 소리를 하노?"

아, 누수현상이다. 하씨라는 말을 듣자 양지는 깜짝 놀라며 재우쳐 물었다.

"하씨가 뭐라 캤는데?"

"뭐 딴 말은 모르겠고, 언니한테 뭔 소리를 들은 거 없냐고만 묻는데 눈치가 이상했어."

"그게 오빠도 같이 있었나?"

"그라모 오빠집 일이가? 그러고보니 저쪽에 있는 오빠 눈치를 보면서 작은 소리로 물었는데."

방어막의 한계를 감지한 양지는 저도 몰래 고개를 끄덕였다.

"봐라, 내 촉이 얼매나 빠른데. 어서 말해봐라 뭐꼬? 오빠네 아들부부 깻박 난 거하고 관계있는 거 아이가?"

자긍심 배인 웃음을 걷으면서 호남이 관심을 기울인다.

"니가 그런 것까지 우찌 아노?"

"참 언니도 내가 마당발인 거 모르나. 향내도, 비린내도 남이 먼저 안다. 언니가 생병 나서 저러는데 시장 사람들 말은 안 해도 다 짐작한다. 그런데 오빠는 엊그제도 만났는데 다른 심각한 건 없는 것 같던데, 도대체 뭐꼬?"

"그러기를 바라고, 하씨 아저씨하고만 비밀로 하고 있었는데."

망설이던 양지는 고종오빠의 손자 이야기를 했다.

"아이고 두야. 지금 그럼 수연이 옆집에서 키우고 있다는 거네? 오빠도, 언니도 몰래 감쪽같이. 도대체 이유가 뭔데?"

"자세한 건 나도 몰라. 니가 주영이가 보고 싶다고 울부짖던 것과 같이 재들 부부도 격한 감정이 가라앉으면 생각이 달라지지 않을까, 기다리고 있는 중인데 모르겠어, 나 혼자만의 생각인지."

"하긴 연애할 때는 그리 예쁘게 보이던 것들이 결혼해서 한 집에 사는 순간부터 시빗거리가 되니까. 언니 니는 몰라서 그렇지 부부싸움이라는 게 시시하고 아주 유치하게 별것 아닌 걸로 심각하게 커지는 거라. 그런데 운제까지 오빠 몰래 숨카놓고 있을래? 언니가 말 못 하모 내가 밝힐까? 그래야 대책이라도 세울 거 아이가."

"지금 당장은 안 되고 조카한테 먼저 전화를 해볼 셈인데 얼마나 바쁜지 연결이 잘 안 된다. 올케언니도 아직 쾌유 안 됐는데 또 충격 받으면 안 될 거라서, 우선 막기는 해놨는데 날짜가 점점 길어지니까 실은 나도 걱정은 걱정이다."

"언니 말대로 오빠한테 말하기 전에 영석이한테 먼저 물어봐. 아까 언니가 말했듯이 홧김에 저질러놓고 돌아서서 후회하는 부부들도 꽤 많거든. 자식은 부모를 잊고 버려도 부모는 절대 안 그렇잖아."

말하다 말고 양지를 와락 끌어안은 호남이 어린애 어르듯이 양지를 얼렀다.

"아이구, 이 작은 몸뚱이 속에 얼매나 큰 창고가 들었는지 좀 보자. 마당물이다 마당물."

그러더니 또 확 밀어내면서 쫑알거렸다.

"우찌 그리 아무 내색도 없이 지냈노. 언니 니는 참말로 모질고 독하다. 무섭다 못해 징그럽다."

"누구한테나 듣는 소리다. 괴물이라꼬. 이젠 암시랑토 않고."

자조하는 양지에게 미안했던지 호남이 재빨리 정정을 했다.

"아이다. 작지만 큰 사람. 일내고 말 사람. 그게 내 언니 최쾌남, 아니 최양지다. 고맙고 대단하다 싶어서 그리 비꼬는 거다. 보자, 아부지·엄마가 우리보다 뭔 특별한 재료로 맹글었는지 조사를 함 해보자."

점검하듯 지분지분 양지의 전신을 더듬는 호남의 손짓에 눌려 양지는 옆으로 넘어졌고 넘어진 양지의 겨드랑을 호남이 간질이는 바람에 마주 엉켜서 개글개글 웃고 있는데 귀남이 들어왔다.

"나만 빼놓고 둘이서 뭣들 하고 있는 거야?"

샘나는 눈빛으로 흘겨보는 귀남을 피해 호남이 재빨리 자리를 떴다.

"간다, 간다."

호남은 달아나면서 자세한 이야기는 다시 하자는 사인을 귀남이 몰래 날렸다.

그 며칠 후 가까스로 조카 영석과의 통화가 이루어졌다. 학회 일 때문에 지금 공항으로 출국 준비 중이라고 말처럼 빠른 분위기가 전해왔다.

"고모! 어쩜 그런 일이. 설마설마했더니 제가 좀 전에 집사 아주머니한테 들은 말이 사실이었군요."

영석은 깜짝 놀랐고 어이없어 숨도 제대로 쉴 수 없는 듯했다.

"네 반응이 그렇게 나오는 걸 보니 몹쓸 사람은 아닌 것 같아서 우선 안심이다."

"고모, 사실은 뭐가 뭔지 잘 모르겠어요. 이딴 겉과 속이 다른 세상이 아직도 존재한다니. 제가 왜 인문계보다 연구 파트에 더 목매달 듯이 매진하는지 그게 그 이유입니다."

영석은 아주 침음해진 목소리로 자기네 각시와 틈이 벌어진 이유를 실토했다.

외가가 유학자 집안의 명문인 영석의 아내는 자주 영석의 백정 혈통을 화제 삼아 농담을 했다. 젊은 부부의 애정 섞인 말장난이었지만 한번 두 번 화제에 오르는 동안 영석이 아무리 아버지가 뜻하는 형평운동선양에 대한 학술적인 설득을 해도 견해 차이로 인한 젊은 부부의 언쟁은 차츰 실금이 간 틈을 비집고 간격이 생기기 시작했다. 이러다보니 별스럽지 않은 의견 충돌도 각자의 인성대로 사사건건 티격태격해졌고 냉전으로 발전했다. 유학자 집안의 딸인 장모나 어른들이 안다면 영석이 양지를 고모라고 호칭하는 것도 흉거리가 될 거였다. 처음 양지와 인사를 나눈 날 영석은 저 먼저 양지에게, 친척 아주머니라면 너무 나이 많거나 먼 관계처럼 친밀감을 느낄 수 없으니, 아버지의 동생 호칭인 고모로 부르는 게 좋겠다 했고 양지도 그 뜻을 받아들였다. 겉으로 세련된 사람들은 이 시대에 반상이 어디 있느냐고, 입으로는 점잖은 척 말하면서 썩지 않은 시체처럼 아직도 저 병폐스러운 개념을 행사하여 이 시대의 동량을 속앓이 시키고 있었던 것이다.

"고모, 다시 생각해도 머리털이 곤두서는 것 같아요. 아버지·어머니한테 말씀 안 드리고 처리한 일은 참 잘하셨어요. 감사합니다. 제가 다시 전화 드릴 때까지 부모님 모르시게 고모가 좀 알아서 해주세요. 다녀와서 곧 연락드리겠습니다."

영석과의 통화는 원만하게 끝났다. 다시 얼마 동안 철통 보안을 하고 있으면 원만한 해결이 날 것이다. 영석은 아내의 집을 나와 오피스텔 생활을 하고 서로 연락을 하지 않은지 꽤 됐다고 한다. 하씨의 말대로 문제도 안 되는 것이 문제가 된다. 먹고 살 걱정 없이 잘 사니까 너무 심심해서 일부러 문제를 만드는 것 같은 현상으로 젊은 사람들의 이혼이나 파혼은 일어난다. 인생선배 하씨는 만날 때마다 중첩된 내용을 다른 표현으로 따끔하게 정곡을 찔렀다.

"사람이 사람을, 아아나 어른이나 사람을 예사로 취급하모 그 나라, 아니 그 집구석도 종치고 날 새는 깁니다. 사람이 뭣 땜에 일은 하는데요. 뒷바라지할 사람이 없는데 성공을 하고 부자가 된들 뭔 소양이라요. 아무리 성공한 업적도 지킬 사람이 없이모 쫄딱 망하고 쑥대밭 된다 이 말인 기라요. 아, 사람이 없는데 누가 지키고 발전을 시키나 이 말 아니요."

하씨의 아들 하나도 이혼으로 속 태우고 있기 때문에 자신의 처지에 빗댄 억하심정도 포함돼 있어 울림이 깊다. 민심이 천심이라 했다. 그래서 양지는 더욱 자신의 미력이나마 그 천심을 지키고 싶어졌다.

종종종, 잔걸음치다가 드디어 확 날아오르는 새처럼 그녀의 장한 꿈도 날개 펼 시간을 부른다.

여조삭비.

아버지의 방에서 보았던 사자성어 한 구절이었다.

9. 상처로 만들어진 비수

　수연의 바람대로 용재의 집으로 수연을 데려다주었다. 용남 언니의 이식수술이 지연된 잘못이 마치 자신들의 잘못인 양 송구함을 감추지 못하고 사돈댁 식구들은 더 친절하게 수연을 데리고 온 이모들을 접대했다. 호남이 호기 있게 준비해간 가전제품을 고장나고 낡은 것과 바꾸고 아이 하나를 더 보태서 살 수 있는 공간이 되게 대강 집수리도 했다. 김치냉장고, 전자레인지 따위 신식 제품을 제자리 찾아서 앉힐 때는 동네 사람들도 부러운 눈길로 달려나와 도와주었다. 신이 난 수연이 제 이종들의 일터로 따라나가는 것을 보고 난 후 양지와 호남은 차를 돌렸다.

　"언니 말대로 하고나니 나도 숙제를 마친 것처럼 기분이 홀가분하게 좋다. 우리 이 기분으로 저녁이나 같이 먹자."

　각자의 일을 하다 식당에서 나중 만나기로 시간 약속을 한 뒤 헤어졌는데 호남이 지정한 식당에 양지와 귀남이 먼저 도착을 했다. 한참을 기다려도 호남이 오지 않자 성급한 귀남은 아예 출입문에다 눈길을 고정시킨 채 조바심을 냈다.

"지가 물주라고, 언니들 기다리게 해놓고 이게 뭐하는 거고, 제삿밥도 아니고. 배고파 죽겠는데. 가시나, 그 편한 손전화나 너하고 나한테 하나씩 사주모 안 되나. 이럴 때 늦으면 늦다고 연락도 할 수 있고 얼매나 좋을 기고."

"참 언니도, 호남이는 사업상 필요하지만 집에 전화 있는데 우리한테 그게 뭐 필요해. 곳곳에 공중전화도 있고."

"공중전화 있는 거 누가 모르나. 또 그 가시나 역성들지 말고 치아라."

"그게 너무 비싸서 아무나 못 가져. 앞으로 흔해지면 그때는 몰라도."

"괴나 개나 다 하는 거 그때는 나도 싫다."

양지는 울컥 하는 심정으로 언니의 무능력을 지적하고 싶었다. 사실 귀남은 아무런 역할이나 직업도 없이 호남이 주는 용돈을 받아쓰고 말썽을 부리는 것밖에 하는 일이 없는 상태인데 불평불만만 무성하게 내지른다. 염치없는 그런 언행도 모두 병인일 수 있다는 판단으로 참고 봐주는데 때론 자기의 처지를 망각한 채 너무 뻔뻔스럽게 나와 한 대 패주고 싶을 때도 많다.

"봐라봐라. 우리가 여서 기다리는 줄 알면서 카운터로 전화는 와 한번 안 하노."

기다리는 시간의 밭은 감정을 담배로 땜질하면서 귀남의 목소리는 노골적인 불쾌함으로 변해갔다. 매캐하게 흡입되는 담배연기를 손부채질로 날리며 양지가 말했다.

"좀 참아주자 바쁜 사람 아이가. 그리고 언니도 그 담배 좀 그만 피우고 끊어라. 건강에도 안 좋다는데, 줄담배를 피우고 그라노. 요새 사회적 관심사도 맨 금연 그쪽으로 쏠리더라."

담배를 물고 있던 귀남이 입술에서 담배를 빼들며 대뜸 양지를 노려보았다.

"담배는 호남이도 핀다. 돈도 없는 게 용돈 얻어서 담배만 꼬실라대니 담뱃값만 날린다꼬?"

"아이고 또 시작이네. 말을 그리 빼딱하게 듣노. 호남이보다 언니는 여러 가지로 약자야. 언니 건강 생각해서 그러지 담배가 보약인데도 내가 그랄까."

언니가 골초로 담배 피우는 모습을 보면 양지는 제가 못 견딜 아픔 때문에 더 금연 강요를 하게 됐다. 양지의 아득한 연상 속에는 갈피 잡을 수 없는 황무지를 검불처럼 외롭고 슬픈 영혼이 되어 휩쓸리는 한 인간의 그림자가 귀남으로 그려졌다. 어떤 방종이나 방황, 일탈도 자의가 아니므로 진정한 자유가 아닌 한 유기물체가 보이는 안타까운 절규의 표현과 같은 것이다. 잡히지도 않는 실체를 향한 갈망이 타들어가는 담배 속에 서서히 조금씩 허무로 증발하면 뒤집히는 속을 감 잡기 위해 안간힘 쓰다 실패한 듯이 기침을 쏟아놓는 것까지.

"백해무익이라고 의사들이 하는 말 너도 들었구나."

"굳이 의사들 말 아니라도 담배 때문에 폐암환자가 늘어난다는 통계 숫자도 있더라."

"담배 때문에? 그라모 담배회사를 없애모 될 걸 담배는 와 자꾸 맹글어 내면서 뭔 지랄들인고. 그거는 와 말 안 하노?"

필요악도 있다는 말이 먹혀들 자리는 없다.

"그러니까 권고하잖아. 자기 건강은 스스로 지키라고."

"이깟 세상 오래 살기는 뭐."

시니컬하게 중얼거린 귀남은 몇 번 더 남은 담배를 빨아들인 뒤 창 쪽으로 연기를 후우~ 뿜어낸 후 재떨이 위에다 꽁초를 짓이겨 불을 끄는데 동작이 사뭇 매섭다. 손에 묻은 이물을 손가락으로 탁탁 털어낸 뒤 귀남은 슬몃 양지를 훑어보았다. 습관적인 낀족기림의 전조다.

"나 오늘 너라는 애, 최쾌남이 다시 봤다. 너무 교과서적 아이가? 얼마 전 텔레비전에 나왔는데 구십 살 넘은 할아버지가 담배 피는 게 낙이라서 손가락에 담뱃진이 노랗게 물들도록 줄담배를 물고 산다는 말 안 들어봤나? 복잡한 머릿속도 담배 한 대 피면서 정리하는 거 나 혼자만 하는 거 아니다. 대학교수나 소설가, 화가들도 그런다더라."

"나도 그런 건 알아. 그렇지만 남이 하니까 같이 해도 된다는 말로 들린다."

"맹추, 그게 어찌 같냐? 막걸리보다 맥주나 소주 좋아하는 사람 각각이고 고기보다 나물 좋아하는 사람도 있는 거지."

귀남의 반박을 듣다 양지도 큭 웃었다.

"기호품 차이라 이 말인데, 그래 알았다. 줄담배 빡빡 피우면서 천 년 만 년 살아내서 증인으로 나서라."

자기 행동을 인정해주는 말이라 여긴 귀남의 침묵으로 입씨름은 일단락됐다. 하지만 잠시 후 손목시계를 들여다본 귀남이 또 어린애가 칭얼거리듯 한다. 처음부터 이럴 경우를 예상해서 넓은 홀 구석자리를 잡았던 터였고 지금은 손님도 별로 없는데 귀남의 바닥난 인내심은 짜증으로 표출된다.

"이게 참, 약속 초과 시간이 얼만데 아직도 안 와."

"언니야, 정 배고프면 우리 먼저 뭘 좀 시킬까?"

은근한 목소리로 양지가 양해를 구하자 귀남은 또 불붙는 마른 잎처럼 바르르했다.

"그래 난 언제나 나쁜 년, 죽일 년이고 너희 둘은 죽이 잘 맞지."

양지를 한번 흘겨준 귀남은 휑하니 밖으로 나가버렸다. 귀남이 쑥 사라져버린 문 밖 거리의 어둠을 바라보면서 양지는 눈을 감고 미간을 모았다. 호남의 남성적인 성격이 봄볕처럼 노골노골하게 누그러지거나 오랜 소외감과 열등감 속에 잠재된 귀남의 병인이 해소되지 않는 한 아웅다웅하는 자매지정은 죽도록 지속될지도 모른다. 두 사람이 부딪칠 때마다 언제나 양지 자신이 같이 있으면 막아낼 수도 있는데, 누가 곁에 있어서 혹시 일어날지도 모르는 어떤 상황을 가로막을 것인가. 이렇게 모임이 만들어지면 무사하게 헤어질 때까지 양지는 늘 조바심을 안고 있다.

물 두 잔을 거푸 불 끄듯이 마시고 있을 때쯤에야 호남이 도착했다.

"이거 찾아오느라 좀 늦었다. 설계사가 출장 가서 늦는 바람에."

남자처럼 씩씩한 걸음으로 들어온 호남은 늦게 온 인사 대신 잉크가 묻어날 것 같은 설계도를 꺼내 탁자 위에다 펼쳐놓았다. 좀 전에 보였던 안달 때문에 서먹해진 귀남도 뚱한 모습으로 같이 들여다본다. 호남은 세 자매가 같이 모여 살 집이어서 꼼꼼하게 수정과 보완을 거듭하느라 신경 많이 썼다는 설계사의 설명도 덧붙였다. 거실은 나중에 용재의 가족들과 수연이, 거기 딸린 사람들도 다 모였을 때를 감안해서 최대한 넉넉하게 만들자는데 일치를 보았던 대로 널찍한 공간이 도면의 중간에 자리 잡았고 늙은 자매들에게 남아 있을 최소한의 사생활을 유념한 칸으로 이들의 방은 거실 주변으로 창이 있는 곳에다 각각의 화장실까지 딸려서 독채처럼 배치를 했다. 이층은 아이들의 공간으로 꾸며주고 멀리서 보이는 삼사층 지붕이나 베란다는 동화 속의 그림처럼 만들게 되어 있다. 사철 자연을 받아들일 수 있게 통유리 이중창을 만들고 온갖 생필품을 편리 위주로 구입하여 여한없이 잘 꾸며보자며 호남은 자신감과 열기를 토해냈다. 호남이 욕심껏 지어낸 집은 규모나 예상되는 비용으로도 가정집이 아니라 작은 성채나 다름없다. 꿈에 그리던 한의 궁전. 제가 번 돈을 제 뜻대로 쓰는 일은 돈 버는 목적인데 호남을 탓할 자격은 아무에게도 없다. 넓은 정원으로는 작은 개울이 흐르고 토질에 맞추어 심은 감나무·밤나무·대추나무 등의 과일이 철따라 실한 열매를 익힐 것이며 저녁볕이 남아 있는 질양지에 핀 무수한 들꽃들이 바람에 춤출 때면 자매들은 정답게 웃으면서 산책을 할 것이다.

그러나 양지는 그때 전에 말했던 고향의 고추샘을 떠올렸다. 비록 형편없는 공간에서도 용재네 남매들과 어울리던 수연의 모습이 정답이다. 사랑과 평화가 있는 곳 양지에서 건강하게 자라나는 아이들. 산과들을 헤쳐다니면서 떠들다 저녁이면 편히 쉴 수 있는 아늑한 집으로 돌아오는 남매들. 마음만 맞으면 된다. 큰 아이가 쓰던 물건을 동생이 받아쓰고 언니는 동생의 부족한 부분을 돌봐주는 속에서 그들은 자신들의 처지를 인정하고 이해하면서 나눔이나 배려의 소중함을 일깨워갈 것이다. 부족한 물질에 연연하지 않고 없는 것을 인정하는 협력과 창의를 숙의하는 동안 품성도 원만하게 성숙해질 것이다. 양지는 그들을 돌보게 될 자신의 정신과 행동이 어떠해야 그들에게 줄 행복을 도출할 수 있을지에 대한 전문지식도 심도 있게 공부하고 있는 중이다. 한풀이로 지은 호남의 집은 아이들을 키우기로는 너무 인공적이고 도시적이다. 양지의 깊은 생각을 깨뜨리듯 귀남의 목소리가 끼어들었다.

"그럼 내 수술은 언제 할 건데?"

귀남이 먼저 순서를 묻는 건 가지고 있던 죄책감 때문이리라.

"그 일은 그 일이고."

시큰둥하게 탁 자르는 호남의 말에 무안해진 귀남의 안색이 싹 바뀌었다. 수습은 언제나 양지의 몫이다.

"언니 말도 맞다. 한쪽은 죽네 사네 하는 기로에 서 있는데 당장 잠잘데도 없이 노숙생활을 하는 것도 아니면서 새집 공사를 시작하는 건 사돈어른이나 조카들 보기에도 그러니까 우선 뒤로 좀 미루자."

"그러던지."

모처럼 좋았던 기분을 잡친 듯이 펼쳐놓았던 설계도를 거침없이 착착 접어치우면서 호남이 툭 뱉어냈다. 더친 분위기는 다시 양지가 다스렸다.

"이제 곧 낮 시간도 짧아질 건데, 공사는 봄에 하는 게 좋다고 오빠도 그러더라."

"쾌남이가 말하는 보육원도 지어야 되고, 집도 짓고, 돈도 엄청 많이 들겠다. 갈쿠리로 긁어들이도 모자랄 것 같다. 그럼 집 지을 때 나는 뭘 해야 돼? 우리 다 같이 살 집인데 나도 무슨 일이든 거들어야 안 되나?"

귀남이 강한 동류의식으로 끼어들자 몽둥이로 짓지르듯 호남은 뒤를 받는다.

"언니는 수술만 잘 받고 가만히 있는 게 도우는 거야. 또 도망가는 낭패스러운 짓만 안 일으키면 된단 말이야."

귀남의 돌발적인 행동 때문에 여러 사람이 겪고 있는 골치 아픈 비명의 연장이다. 순간 열등감을 가격당한 귀남의 눈길이 호남을 쏘아보았지만 주문한 음식이 들어오는 바람에 가까스로 분위기는 수습되었다.

저녁을 먹는 동안 제법 화기애애한 분위기를 회복한 자매들은 자연스럽게 호남의 사무실 겸 내실로 자리를 옮겨 같이 들어갔다.

소화제 한 잔으로 맥주도 곁들여놓이자 이런저런 이야기들 끝에 호남이 말했다.

"언니가 하고 싶다는 사업도 좋은 뜻인 줄은 아는데 우리들 힘으로 시작하기로는 아직 무리가 있어. 내가 도와주는 액수 정도로는 택도 안 되게 돈도 많이 들 건데, 그래서 하는 말인데 언니가 전에 해본 공장을 다시 해보던지 대리점 같은 걸 다시 해보는 건 어때? 그 자금쯤은 무슨 일이 있어도 내가 우선 투자를 할게."

남의 밥 보고 숟가락 먼저 들다 들킨 격이라 양지는 또 얼굴이 화끈했다. 게다가 사업자금까지 댄다니 성의 있는 제안이고 고맙기도 하다. 그러나 양지는 목장일이나 오빠의 사업 도우미로 자리잡게 된 안정을 버리고 호남에게 등 떠밀려서 서리 찬 새벽거리로 또 다시 밀려나는 기분이다. 돈이 드는 일이니 우선 돈을 벌어야 한다는 건 절대 틀린 말이 아니다. 그러나 그때는 오직 무엇이든 젊음을, 인생을 소진시켜야만 얻을 수 있다는 오기의 한 방편에 다름없었는데 그 일을 스스로가 아니라 타인의 지시로 다시 하는 건 이미 매진하기로 결정한 일의 힘빼기와 마찬가지다. 양지에게 지난 십 년은 밥과 정신 어느 쪽에서 생의 가치와 보람을 찾아야 하는지에 대한 수습기간이었다. 같이 가자던 강 사장 말을 거절했던 속마음을 알면 이들은 어떻게 나올까.

"자, 건배!"

양지가 무슨 생각을 하고 있는지도 아랑곳없이 귀남은 앞에 놓인 술잔을 들며 외쳤다. 양지가 더러 하는 말을 호남이도 비슷한 심경으로 되뇌었다.

"나도 요즘 갱년기 증상이 나타나는지 골머리가 복잡해. 언니 말처럼 사람의 한평생, 그 많은 세월을 오직 저 혼자 잘 입고 저 혼자 잘 먹기만을 위해서 살다가는 건 너무 불쌍해. 나도 문득문득 그런 생각이 들면 한심하고 허무해. 그렇지만 남을 위해서 쓸 만큼 많이 벌지도 못했는데 돈 들어갈 자리는 범 아가리 모양으로 사방에서 쩍쩍 벌어지다니…."

호남이 생색용 기색을 노골적으로 드러내는 말을 듣고만 있자니 나약한 모습을 들키는 것 같아 양지는 평소대로 지론을 폈다.

"꼭 돈으로만 남을 위한다고 생각하니까 못 하는 거더라고. 내가 갖고 있는 것, 멀쩡한 육체도 있고 남이 못 보는 곳을 보는 눈도 있고, 뭐 그런 사소한 걸 바탕으로 자기가 할 수 있는 일을 찾아서 하면 그게 그거더라고. 일테면 쉽게 말해서 무거운 짐을 싣고 가는 리어카를 서슴없이 뒤에서 밀어주는 마음가짐이라던가 그런 쉬운 것부터, 뭐든 어렵게 생각하지 말고 실천하면 되니까 너무 짐스럽게만 느끼지 마라."

"아하 그래서 쾌남이는 자원봉사도 많이 다니는구나."

양지의 말에 격한 공감을 보이는 귀남의 대꾸에 호남이 조금 머쓱한 기색을 보이는 바람에 분위기가 어색해졌다. 모든 일은 바라는 대로 곧바로 성취되는 것이 아니라 노력하는 가운데 여물어진 바탕속으로 슬그머니 들어와 자리를 잡는다. 그 결과를 이끌어내는 역할과 조절은 각자의 몫이다. 겉만이라도 화목한 자매들의 분위기에 감동한 표정으로 가만히 있던 귀남은 아까부터 머리를 흔들면서 발그레 홍조 띤 얼굴을 쓰다듬기 시작했다. 그녀의 잔 몸짓은 무언가 생각이 끓고 있을 때 보이는 그녀 특유의 전조였다.

"쾌남이 니는 역시 우리 집 기둥노릇할 자격이 있다. 좀 부끄러운 말이지만 나도 다시 겁 안 내고 용재 엄마한테 콩팥기증 해줄게. 이번에는 도망 못 가게 니들이 내 몸을 꽉 묶어. 약속할게."

모두 얼잔이나 취한 상태였다. 순간, 들고 있던 크리스털 잔을 탁, 내려놓으면서 귀남을 쏘아보는 호남의 눈빛이 심상찮았다.

"또! 또! 내가 그랬지, 말부터 앞세우지 말라고. 멀쩡한 사람들 모두 황당하게 만들고 실망시키고, 또 그 따위 짓 안 한다고 누가 보장해."

높은 소리로 윽박지를 말은 아닌데. 이렇게 오래도록 같이 있는 게 아닌데. 실기를 깨달은 양지가 자리에서 일어나려 했지만 도로 주저앉았다. 기분 좋아서 마신 술이지만 가랑비에 젖은 옷처럼 온몸이 처져내렸다. 야, 다르고 예, 다른 격으로 언제나 큰 호남의 목소리나 억양은 언니인 귀남을 호통 치듯이 들린다. 삽시간에 귀남의 얼굴이 굳어졌다. 그러나 귀남은 단박에 어떤 반응을 나타내지는 않고 애써 맑은 정신을 유지하려는 듯 앞에 놓인 얼음그릇에서 각 얼음을 꺼내더니 아그작아그작 소리나게 씹어먹었다. 언제 터질지 모르는 포탄의 초침처럼 위기를 뿌리는 동작이다. 드디어 귀남의 반응이 음성으로 나타났는데 놀랍도록 차갑게 냉각시킨 어조였다.

"넌 언제나 그런 식으로 날 잡더라. 내가 벌레냐? 때려죽일 짐승이냐? 내가 정신병자 되고 싶어서 됐어? 나도 엄마가 해주는 밥 먹고 식구들하고 같이 살고 싶었어. 그래도 내가 이렇게 됐을까?"

"아아, 저 소리 또 나온다. 엄마가 해주는 밥 먹은 우리도 별거 없었어. 핑계대지 마. 너처럼 심약하면 모두 그렇게 돼."

그 말이 채 끝나기도 전에 귀남이 벌떡 일어섰다.

"그래 이년아, 나는 심약해서 이렇게 됐다. 형제라고 따뜻한 말은 못 해줄망정 사사건건 비난만 했지. 내가 그렇게 귀찮고 성가시면 그렇다고 말해. 네 속 시원하게 칵 없어져 줄 거니까!"

"언니, 난 못 산다. 우리 언제까지 이 형벌을 받고 살아야 되는 기고, 부모 밑에서 산 우리는 뭘 그렇게 사랑받고 혜택 받으면서 살았다꼬."

뒤범벅된 열기와 술기운으로 격앙된 호남은 제 손으로 머리통을 벅벅 긁어대더니 그래도 부푼 성깔을 어쩌지 못하고 취기에 눌려 있는 양지를 잡고 흔들었다. 정신건강이 미약한 사람을 어쩌느냐고 양지가 타이를 때마다 콧방귀로 날려버렸던 호남이다. 귀남이 역시 아픈 상처를 방어하기 위해 항상 비수를 소지하고 다녔다는 비유가 옳다. 호남을 향해서 그녀가 날린 일격이 그랬다.

"야, 이 개만도 못한 년아. 난 그래도 너처럼 잡년으로 놀지는 않는다. 이마에 피도 안 마른 새파란 애들 데리고 놀면서 나잇살이나 처먹은 게 돈이면 다냐? 나 나무랄 자격 있는 년이냐 넌?"

친자매라는, 천륜의 튼실한 줄을 자르는 차마 입에 올려서 안 되는 비수가 날았다. 서로 헐뜯는 입씨름은 심심치 않게 있었던 터라 오늘도 다른 날처럼 그러다 말리라 여겼으나 그게 아니었다. 서로를 연민하는 사무친 감정으로 내뱉다보면 어느 결에 쌓였던 스트레스가 풀려 있던 날과는 아주 다른 위기까지 감돌았다. 얼마 만에 쓰러지나, 몇 번에 쓰러지나, 대치의 강도는 치밀한 계산처럼 상대방의 인내를 허물고 있다. 호남이 가만있을 리 없다.

"흥 부러우면 부럽다고 하지. 아무것도 없어서 못 하는 년, 심뽀나 바로 쓰면 밉지나 않지. 위선 떨지 말고 너도 해봐. 필요하면 돈도 줄 거고 물건도 제공해줄게."

"카악, 이 가시나가 그냥!"

귀남이 다시 악을 쓰면서 자리를 박찼고 그들 가운데로 양지가 들어서 막았다.

"이렇게 기쁘고 좋은 날 축하주까지 마시고 또 지랄들 한다. 이것도 애정 확인이라 믿어야 되겠지? 안 되겠다. 오늘은 이만 헤어지자."

양지는 얼른 종업원을 불러 콜택시를 부탁했다. 독신으로 모여사는 자매들의 아슬아슬 남부끄러운 장면을 혹시 종업원들이 봤을까 부끄럽기도 했다. 하지만 귀남은 그 사이에 격렬했던 말싸움도 잊은 듯이 노래방 타령을 했다. 언제나 소리쳤던 십팔번으로 제 가슴에 쌓여 있는 한과 설움을 또 토해내고 싶은 간절함이다. 고향이 그리워도 못가는 신세…. 이제는 옆에 있는 고향마저도 간수하지 못하는 가여운 귀남.

양지는 달리는 차 속에서 주기로 몽롱해지는 정신을 수습하느라 후줄근하게 처져내리는 몸을 바로 세웠다. 감기는 눈을 부릅뜨며 머리를 흔드는 데 어디선가 요란하게 코고는 소리가 들렸다. 어느새 안방처럼 혼곤하게 잠든 귀남은 코골이가 끝나면 입으로는 번갈아서 푸우, 푸우, 불을 불기도 한다.

풀숲 여기저기서 풀벌레 소리가 들리기 시작했다. 어느새 또 한 해가 간다. 그러나 이 가을은 전과 다르다. 단풍을 즐기고 겨울 한철만 보내고 나면 새봄이 올 것이며 이미 계획된 일들이 자매들과 같이 할 봄을 기다리고 있다. 계절 탓으로 피부는 까칠해졌지만 눈빛도 예민하게 빛났다. 호남은 벌써 나이 든 언니들의 겨울 화장품과 방한복을 사주었다. 근거리에 사는 형편이니 안 보면 보아야 될 일이 생기고 만나면 또 고양이 노름으로 아옹다옹했지만 성격이 다른 자매들의 바뀌지 않을 일상이라 받아들이고 산다.

그런데 그날은 유난히도 하늘이 높았다. 구름도 한 점 없었다. 열어놓은 창으로 앞산을 바라보면서 귀남이 긴 머리 손질을 하고 있는데 호남이 일삼아서 귀남을 찾아왔다. 방으로 들어온 양지는 소복하게 담긴 단감 그릇과 과도를 챙겨내왔다. 뒤따라 들어온 호남은 선참으로 귀남을 후려보며 따졌다.

"언니 니 어제 어데 갔다왔노?"

"어데 갔다 왔으면 내가 언내도 아닌데 일일이 니한테 보고하고 댕기야 되나?"

"진양호 찻집에서 누굴 불러냈더노 그 말이다."

굳은 얼굴로 호남을 주시하고 있던 귀남의 얼굴이 히물 흩뜨러졌다.

"아아, 그게 벌써 니 귀에 들어갔는가베. 이래서 좁은 도시는 하는 수 없다니까. 니 설마 내 뒤에다 파파라친가 뭔가 그런 거 붙인 거는 아이가? 그 사람이 그리 유명한 사람이가?"

"그 사람은 내 집에 자주 오는 고객인데 다른 사람도 아닌 언니가 그라모 안 돼!"

"듣고 보니 기분 이상해지네. 이 가시나 봐라. 듣기 따라서 니가 점찍었는데 나한테 뺏길까봐 질투하는 걸로 들린다."

"이기 또 도졌네. 그분은 내 고객이고 고객에 대한 주인의 예의라는 게 엄연히 있다."

"고객은 사내 아니냐? 점잖은 괭이가 부뚜막에 먼저 올라간다꼬, 그 고객도 매력 있는 여자를 보면 흥분할 줄 아는 사내새끼다. 같이 앉아서 술을 먹는데 내 어깨에 손을 걸치고 귀 간지럽게 속삭거린 사람은 누고? 니도 그때 같이 있을 때 봤다 아이가."

"그때는 그때고…."

말이 막힌 듯 잠시 주춤했던 호남이 다시 곁달았다.

"그분은 술이 취하면 누구한테나 그란다. 착각하지 마라."

"러브 샷도 먼저 하잔 사람이 그 사람이다."

"그래서 착각이라 안 하나. 그 사람은 가정도 있고 좋은 직장도 있는 사람이다."

"자기가 얼마 있다 미국 바이어를 만나러 갈 건데 영어 교습도 나한테 받고 싶다더라. 내 같은 미인한테 배우면 귀에 쏙쏙 잘 들어올 것 같다 그 말은 누가 했겠노? 니도 줄창 그 사람 두둔만 하는 거 본께 좋아하는 것 맞네 뭐."

두 사람의 말씨름 같았으나 점점 심각해지는 말싸움을 듣고 있던 양지는 그제야 그 말이 이 뜻이었구나 싶은 지난 밤을 상기했다.

어젯밤도 귀남은 씻은 얼굴에 스킨로션만 바르던 평소와 달리 정성스럽게 밑화장을 했다. 그러고보니 요즘 늘 건조한 가을 날씨 탓을 하면서 피부관리에 신경을 썼다. 고운 향기를 내며 잠자리에 든 귀남이 양지를 보고 그랬다.

"너한테 물어보겠는데, 날 언제까지 이렇게 둘 거냐?"

"그게 무슨 소리고?"

입으로 가져가던 단감 조각을 어중간에서 멈춘 양지는 무슨 잘못을 추궁하듯 말하는 귀남을 멀뚱하게 바라보았다. 그만큼 배려하고 있는데 도대체 무엇을? 말귀를 얼른 못 알아듣고 시선만 맞추는 양지의 반응에 답답한 듯 찡그린 얼굴로 귀남이 잇달았다.

"너는 싫어서 안 했고, 호남이는 한번 해봤는데 나한테는 와 아무 말도 안 하는데?"

"뭘, 우리가 도대체 뭘 잘못했는데 이유를 알아야 시인을 하고 사과를 하든지 말든지 할 것 아이가."

"똑똑한 기 말귀는 와그리 어둡노. 나더러 처녀귀신으로 같이 늙어죽자는 건 아닐 건데 와 걱정 한번도 안 하노 말이다. 만약 나를 좋아하는 남자가 있어서 내가 결혼을 하겠다면 니들 나 시집보내줄래?"

양지는 그때 언니는 병자라는 생각으로 흘려버린 관심을 사과하며, 건강해지면 앞장서서 주선할 거니까 어서 병이나 나으라고, 약은 잘 챙겨먹었는지 공연히 그런 쪽만 확인을 했었다.

둘의 언성은 그 사이 더 격렬해졌다.

"나도 그 손님 좋아해. 그렇지만 언니가 말하는 그런 식은 아니다. 마담은 만인의 애인이다."

"봐라, 내 말이 맞지. 그래서 더 질투한다 이 말이다."

질투라는 귀남의 말이 거듭되자 자존심 상한 호남의 분기가 자극을 받았는지 붉으락푸르락 두 볼의 살갗이 후들거렸다.

"내가 지금 네까짓 걸 질투해서 그런다꼬?"

호남이 쏘아붙였지만 눈치가 없는지 연적의 비위를 뒤집기로 작심을 했는지 귀남은 미얄스러운 한마디 말로 야무지게 송곳을 박았다.

"내가 물어봤는데 니는 남자겉이 무뚝뚝해서 여자 맛이 안 나고 여성적인 매력은 내가 훨씬 더 낫다더라."

그 순간 나불거리는 귀남의 볼 위로 호남의 손이 짝, 소리 나게 날아갔다. 잠시 충격을 삭이고 있던 귀남이 볼을 싸쥐고 있던 손을 떼는데 입 귀로 빨간 피가 침과 섞여흘렀다. 늘 그랬듯이 익숙한 동작으로 호남과 귀남의 사이를 막아섰지만 어느 틈엔가 귀남의 손에는 과도가 들려 있었다. 호남의 얼굴에도 싹 핏기가 가셨다. 칼을 높이 들고 꼿꼿이 선 채 막상 다음 단계의 어떤 행동으로도 옮기지 못하는 귀남을 보고 이번에는 호남이 밖에 있던 큰 몽둥이를 들고 와서 마주보며 치켜들었다. 기싸움이라면 윽박질러서라도 이기는 뚝심이 호남의 장기였다. 귀남이 가지고 있는 과도보다 몇 배나 크고 무작스러워 귀남을 내려치는 순간 박살이 날 것같이 위험스러운 큰 물건이다. 잠시 대치를 보였던 호남은 시위하듯 쟁반에 담겨 있는 단감을 후려쳐 쟁반까지 깨뜨린 뒤 귀남의 두 눈을 마주 겨누었다. 기선 제압의 이단계로 화장대 대용으로 쓰는 둥근 탁자를 탁 내려치자 위에 얹혀 있던 화장품을 비롯한 일상용품들이 깨지고 뒤집히며 아래로 떨어져 뒹굴었다. 그 장면은 술병도 뒹굴고 목이 긴 크리스털 그라스가 바닥에서 산산조각 난 것과 흡사하다. 술 취한 뭇 사내들을 제압하고 다스리는 호남의 수법이다.

싸움의 단초는 늘 그렇듯이 발효된 묵은 감정의 폭발이다. 이참에 귀남의 버릇을 고치기로 작정하고 왔던 것처럼 성큼 다가선 호남이 가벼운 귀남의 멱살을 바짝 조여서 들자 호남의 턱밑에서 귀남의 모습은 고장난 인형처럼 버둥거렸다. 그렇지만 꼿꼿하게 얼굴을 추켜들고 저항하는 귀남의 눈길에도 필살의 독기가 뿜어져나왔다. 그런 귀남의 얼굴을 찍어보면서 호남은 침이 튕기는 입술로 조롱을 토해냈다.

"보자보자 하니까 이게 정말! 대체 니가 뭔데. 흥, 꼴에도 언니라고? 언니면 언니답게 행동을 해야 대접을 하든 말든 하지. 이게 눈에 보이는 게 없어."

"야 이년아. 그래서 수술 다시 하자고 했잖아."

"얼씨구 그래 장하다. 날짜 잡고 시간 잡고 또 줄행랑 칠 거?"

"그래 니 잘났다 이년아. 돈을 칭칭 감고 겉은 멀쩡한 년이 경찰서나 드나드는 주제에 저는 뭘 그리 대단하게 잘한다고. 남자 하나를 사이에 두고 형제간에 질투나 하면서."

귀남이 쏜 화살로 불뚝성이 치솟은 호남은 차마 사람을 치지는 못하고 다시 눈앞에 놓인 것들을 몽둥이타작하기 시작했다.

"이 년아 화풀이를 와그리 하노. 미운 건 난데."

"너라고 이렇게 못 만들 것 같애?"

위협적인 손짓으로 쑥 내민 호남의 몽둥이가 귀남의 면상 앞으로 확 디밀어졌다.

"뭐, 이게 참말로!"

차마 거기까지는 예상하지 않았던 듯 잠시 흠칫했던 귀남의 얼굴 위로 이내 하얀 비웃음이 얼룩졌다. 또 어이없는 자매간의 기 싸움이다. 취기도 아닌 맨 정신이라 대치는 더 심각한 양상으로 바뀌었다. 귀남이 호남에게로 바짝 붙어서며 가슴을 내민 것은 다음 순간이었다.

"해봐!"

"이게, 사람을 뭘로 보고. 하라면 내가 못 할 줄 알고!"

크게 칠 듯이 겨누며 호남이도 귀남의 머리 위로 몽둥이를 치켜들었다. 귀남이도 지지 않고 두 눈을 하얗게 뒤집으며 호남의 가슴을 밀었다.

"하자, 그래 니 년이 그라는데 나는 몬 할 줄 아나?"

양지는 다시 그들 사이로 나섰다.

"너것들 참말로 이럴래. 얼나들도 아닌 어른들이 언제까지 이랄래. 밖에서 남들이 본다."

소란함이 밖으로 새나갈까봐 틈없이 바투 사무실 문을 당기면서 양지가 주의를 주었지만 대치한 두 사람의 기세까지 누그러뜨리지는 못했다. 칼과 몽둥이를 든 자매가 꽤 넓은 방안이 비좁아보이도록 이리저리 돌면서 기 싸움을 한다. 손에는 흉기가 들려 있다. 병중이 있는 귀남이는 말할 것도 없지만 격해진 호남이도 지금 이 순간에는 그 흉기를 사용할지 모른다.

"그만해. 정말 다치겠다!"

양지의 타이름은 고조되어 있는 살기의 표면에서 미끄러져 내렸다. 호남이 휘두르는 몽둥이가 이곳저곳에서 부딪칠 때마다 무언가가 파기되는 소리를 이끌어낸다. 피하고 공격하는 몸놀림들이 마치 춤을 추는 것처럼 유연하다. 말이 그렇지 이건 춤이 아니다. 살상을 부르는 짓이다. 그것도 친자매들이. 아무리 의도하지 않아도 손에 들린 흉기는 사람을 상하게 한다.

양지는 앞뒤 가릴 겨를도 없이 싸움이 한창인 그들을 분리시키기 위해 두 손을 뻗으면서 몸을 밀어넣어 막았다.

그러나 그 자리에서 양지가 외친 것은 다만,

"그만해! 에나, 진짜로 다치겠다."

그 한마디였다. 지줏대처럼 깊이 박아놓았던 심지가 싹뚝 잘려서 요절나는 듯한 아픔이 몸의 중심부 어딘가에서 일어났다. 휘청, 하면서 귀남이 물러서는 것도 보였다. 양지는 일이 나도 큰일이 났구나 싶은 의식은 들었지만 비명도 못 지른 채 앞으로 거꾸러졌다. 형제간에 이래서는 안 되는데. 도대체 이유 같은 이유로 이런 일이 일어나기나 한 건가.

양지는 수치스러웠다. 아뜩하게 내려지는 머릿속의 검은 가름막을 안간힘 써 밀어올리면서 호남의 외침을 들었다.

"병원, 병원!"

병원으로 실려가는 동안 지혈 안 되는 상처에서 느껴지는 홍건한 피의 양으로 양지는 자신이 어쩌면 이 길로 주검이 될지도 모른다는 예감을 했다.

순간 자신의 일생에 대한 회한이 울컥 일었다. 생을 다 걸어서 추구했던 내 삶의 최고 양지는 고작 여기였단 말인가. 어머니만큼도 살지 못하고 끝내면서 그토록 오만방자하게 어머니를 멸시했다니.

남다른 삶을 향한 모색의 나날이었다. 금욕의 시간들이었다. 한때는 용감한 우먼파워의 멤버였지만 스스로도 어쩌지 못할 모순의 다중성으로 정체성의 혼란도 겪었다. 인생은 소소한 즐거움으로 장식된 악몽의 산물이라고 했던 누군가의 말이 딱 맞는 것 같다. 학자는 학자대로 기술자는 기술자대로 또 장사꾼은 장사꾼대로 농사꾼은 농사꾼대로 제 각각의 일을 하면서 어울려서 살게 되어 있는 것이 인생인 것을, 인생이란 도착하는 곳 어디엔가 찬란한 빛을 내며 거창하고 기막힌 그 무엇으로 대기해 있는 것인 줄 알았다. '인생, 그거 환각'이라고 어머니의 무덤에서 외치던 아버지의 말이 맞는 것 같다. '세상에 새로운 것이란 없다. 변용변주되는 복제품들의 범람에서 새로운 가치를 생산하는 존재는 여성들이 배출하는 신인류만이 가능하다'는 어느 학자의 말도 떠올랐다.

양지는 눈을 떠보려고 안간힘을 썼다. 이제 잠에서 깨려는 것일까. 침상을 따라오면서 외치는 가족들의 안타까운 목소리가 점점 멀어지고 있었다. 어느 부위에선가 슴벅슴벅 느껴지던 통증도 견딜 만하게 점점 둔해졌다. 까무룩 해지는 혼미가 순간순간 낮은 쪽으로 그녀를 끌어당기는 가운데 깜빡 눈을 뜨면 경계의 금을 넘어 홀연 다른 세상에서 잠을 깨게 될 것 같았다. 하필이면 자매들끼리 싸우다 이런 불상사가 일어났다는 수치심 때문에 더욱 눈을 뜨기 어려웠다.

아, 생이란 이렇게 후회로 마감하게 되어 있는 것인가. 할 수만 있다면 우직하고 헌신적이었던 어머니의 기반에다 내가 공부하고 습득했던 모든 능력과 정서를 접목시킨 멋진 생을 한번만, 단 일 년 만이라도 다시 한번만 살고 싶구나. 자식을 낳아도 나 같은 겉똑똑이는 절대로 낳지 않으리라. 사랑만이 가능한 둥지에서 모든 것을 실천해 보고 싶다. 자신을 끌어들이는 침잠의 늪에서 벗어나려 애쓰는 가운데 메마른 뺨을 스치며 뜨거운 눈물이 흘러내렸다. 이렇게 어이없이 세상 끝나는 일이 자신에게 일어날 것이라고는 꿈에도 생각지 못했던 것이다.

며칠 후, 양지는 죽음의 문턱에서 희미한 의식을 되찾았다. 의사는 패혈증을 조심해야 된다는 진단을 내려놓은 상태로 지켜보고 있는 중이었다.

병상을 지키고 있던 아버지가 여러 줄의 의료용 호스로 연결된 채 겨우 숨결만 내쉬고 있는 양지를 향해 숨겨온 사연을 털어놓았다.

"호냄이 말 들으니 니가 하고 접은 일이 있담서?"

'제가 무슨 일을 한다고 했는데요?'

친절해지지 않는 양지의 반박에도 아버지는 전처럼 대뜸 노기를 드러내지 않았다.

"정신이나 얼른 채리고 일어나라. 그게(호남이가) 첨이라 아직 조갈증이 덜 풀린 기라, 양껏 마시고 갈증이 멈추면 될 끼라. 지 재산 물리줄 자식이 있나 딸린 가족도 없는데 그 년 성질 모르나, 니가 낸 뜻이 너무 커서 끌어안기 버겁고 샘도 나서 그렇지만 결국은 실그머니 도와줄 기다. 어서 눈을 좀 뜨라."

양지는 그냥 듣고 있을 뿐이다. 다른 누구한테 응원을 청할 생각도 접은 터여서 아버지의 위안은 더욱 공소하다. 그러나 병상에 누워지내는 동안 왠지 급했다. 천지개벽을 예감하는 미물들이 그러하듯 이유없이 조마조마하고 안타깝기도 하다. 하지만 지금은 마음만 간절할 뿐 여러 개의 생명줄에 매달려 겨우 연명만 하고 있을 뿐이다.

"그래서…."

일인극 배우처럼 다시 서두를 먼지 떼고 난 아버지는 뒤적뒤적 안주머니를 열고 반으로 접힌 작은 서류봉투 하나를 꺼냈다. 이쪽저쪽을 뒤집어서 둘러본 아버지가 아무런 의사소통도 안 되는 양지에게로 그 봉투를 내밀었다. 양지가 손을 내밀거나 안색이 달라지는 것조차 보일 리 없자 아버지 스스로 설명을 했다.

"사실은 네 에미도 모르게 숨겨놓았던 선산 한 자락이 있었는데 어서 훌훌 털고 일어나서 이 돈으로 니하고 싶었던 일하는데 보태라꼬 여게 들고 왔다."

짐짓 무거운 음성으로 실토를 한 아버지는 서류봉투 안에든 은행 통장과 도장까지 꺼내더니 양지 손에다 쥐어주었다. 기막힌 심정으로 아버지의 말을 듣고 있던 양지가 상처에서 나오는 통증만도 아닌 안타까운 표정으로 소리없이 말했다.

'아버지. 어쩌면 그리 기막힌 미끼를 이제야 던져서 저를 낚으려 하십니까? 이 돈을 쓰는 시기가 너무 늦지 않았어요?'

"그러게 이제 와서는 나도 그게 만시지탄이다. 네 에미가 낳다보면 아들 하나는 꼭 낳을 거라 믿었던 고로…."

스스로 만시지탄이라니 너무 어이없는 나머지 탓할 말도 생각나지 않았다. 왠지 서글프고 헤식은 장면이었다. 양지는 풀기 없는 의식으로 다음 말을 이었다.

'넣어두고 아버지나 쓰세요. 연세 든 숫자만큼 한도 많을 테지요. 궁색한 삶에 휩싸인 나머지 다음에, 다음에 하면서 못 해본 것들도 조옴 많겠어요? 친한 친구 만나면 밥도 한 그릇 하고 쐬주도 한 턱 내시고요.'

"야 이것아. 우째 이리 말 한마디 없노. 애비한테 도끼눈 치뜨고 따지던 년은 어데 갔노. 어서 일나서 이 애비 빰따귀라도 쌔리라."

소리 없는 대화는 계속되었다.

'이 순간 아버지가 더 원망스럽십니다. 배고파서 헐떡거리다가 굶어죽거나 도둑이나 강도가 된 뒤에야 돈이 무에 필요합니꺼.'

"저저이 네 말이 맞다, 나도 동감한다. 그런 깨달음이 좀 일찍 들었다면 내 인생도 이리 구접시리 늙지는 안 했을 걸 싶다. 늦었지만 지금이라도 후손을 키운다는 네 뜻에 찬동하는 뜻으로 내놓는 기니께 어서 눈 뜨고 이 돈을 쓰란 말이다. 정신 차리가 하고 싶은 일하면서 펄펄 살아가게 제발 퍼뜩 정신 차리고 일어나란 말이다."

'리더는 구성원들의 감동을 받아야 된다는데 아버지는 시대착오적인 편집증으로 자신은 물론 자식들까지 망쳤습니다. 암탉이 많은 집 가장이면 가장답게 아버지는 열심히 부지런히 그 암탉들이 알을 낳게 해주고 양질의 먹이를 조달했어야지요. 신문물이 안고 있는 사회적인 혼란 속에서 삿대도 돛대도 없이 돈키호테처럼 나섰으나 아버지의 외고집은 사용해야 될 꾀주머니를 오히려 팽개쳤지요. 오빠나 오빠의 도반인 지리산 스님에게서 '역행보살'의 존재를 듣고는 아버지를 중오만 하다 제 인생까지 망쳤던 점 뒤늦게야 참회했습니다. 난파 직전의 노후한 폐선 위에서도 선장이고자 애썼던 아버지. 빈약한 자본에 산더미 같은 부채는 역부족인 아버지의 인생을 덮친 재앙이었던 점 인정합니다. 언젠가 아버지가 말씀하셨듯이 인생이라는 환각, 환상의 바다를 건너 또 어느

곳 어느 형상의 시절 인연으로 우리는 다시 만나게 될 테지요.'

겉보기는 침착했지만 새삼스러운 안타까움에 떨던 양지는 극심한 두통을 쫓아내느라 도리질하듯 강파르게 머리를 내저었다.

"빌어쳐먹을 년. 그 썽달가지는 꼭 안 베리고. 도와준다는데 고맙다고 그냥 받아들이모 안 되나. 저 차중에도 제 맘에 안 든다꼬 하는 꼬라지 좀 보래. 야, 이년들아. 네 년들 타고 난 사주팔자가 더럽은 기제 내가 그리 살라고 시킨나. 지 성질머리 더럽다는 소리는 안 하고 끝까지 잘못을 애비한테만 둘러씌운다. 그래 맨맨한 기 에미·애비다. 제 자식 본 되게 하는 부모가 세상천지에 어데 있는지 새끼도 안 낳아본 게 알 턱은 없제."

이때 누군가 들어오는 기척이 나는데 호남이었다.

"아부지 아직도 여 계십니꺼. 죽물이라도 좀 잡솨야지, 언니랑 똑같이 아부지도 일 낼 낍니꺼?"

"저기 저리 사경을 헤매고 있는데 이 늙은 것이 얼매나 더 살자꼬 내 아구지로 음식을 쳐넹길 끼고. 이것아 어서 벌떡 일나서 애비한테 대들고 그래라. 가슴팍을 팍팍 쥐어박고 머리통이 쪼개지게 아픈 소리도 내질러야 될 거 아이가. 잠자다가 깬 듯이 어서 벌떡 일나란 말이다."

"의사가 절대안정이라 캤는데 이라모 안 됩니더. 여서 이랄 기 아이라 어서 나가입시더."

"그래 나가자. 내 썽에 받치서 또 안 할 소리를 했는 갑다. 그년은 또 우짜고 있노?"

"울고 있지요. 병원에서 가져온 서류로 정상참작을 해서 곧 내보내준다꼬 한 경사님이 그랬십니더."

"참, 형제간에 이게 뭔 지랄인고. 꼬라지 좋다. 이 년드을."

이해 안 되고 용납 못 할 분기로 덜덜거리던 아버지가 소리나게 문을 닫고 나갔다.

아버지가 나간 후에 고종오빠도 왔다.

"오늘도 역시 맑은 정신이 안 돌아오는 가베?"

양지에게로 연결된 여러 개의 생명선이 제 역할을 잘하는지 이리저리 침착한 눈길로 살펴본 오빠는 양지의 옆으로 다가와 앉으면서 양지의 손을 잡고 어루만졌다.

"이 작은 손으로 큰일을 하겠다고 했지. 어서 정신 차리고 일어나야 우리같이 할일을 할 거 아닌가. 동생처럼 의식 있고 강한 의지를 가진 사람이 내 동생이라서 얼마나 든든하고 좋았는지 몰라. 이제야 고백하건대 자네 속에는 얼굴도 모르는 내 어머니도 살아 있고 형제도 없이 쓸쓸한 나의 내면을 미소 짓게 해주는 옹골찬 혈육 여동생으로 내 가슴을 뿌듯하게 채워주었네. 동생, 어서 일어나. 우리는 동지 아닌가. 어서 일어나서 내가 개회식 때 연주할 피리소리도 듣고 내가 읽을 선양회 찬양문도 손 봐 줘야지. 그리고 동생이 언젠가 말했듯이 논개나 산홍이처럼 진주의 큰 여자도 우리 같이 찾아봐야지."

오빠가 어깨를 들먹거리며 흐느끼고 있었다. 덩치 큰 장년의 남자가 체면도 위세도 아랑곳없이 사그라지는 불꽃을 되살리기 위한 간절함을 나타낸다. 이미 양지의 상태를 인지하고 있지만 인정하고 싶지 않은 비통함이 절절하게 울려나오는 음성이다. 애절한 이 통음은 곁에 있는 사람들 모두에게도 반석에 고이는 물기처럼 슬픔의 감정을 전이시켜놓는다. 병문안 오는 사람들마다 양지를 벌떡 일어나게 할 명약이라도 되는 양 양지가 염원하던 보육원 설립에 동참하겠다는 약속만은 빼놓지 않았다.

양지는 삼 일 만에 조금 정신을 차렸다. 호흡기를 떼자 초췌해진 작은 얼굴이 더 조막만 하게 보였다. 양지가 깨어났다는 소식을 들은 가족들이 줄줄이 병실로 들어왔다. 양지는 희미하게 뜬 눈으로 곁에 있는 사람들을 하나하나 새겨보았다. 하고 싶었으나 하지 못한 말들을 마음으로 전하고 있음이다. 고종오빠와 아버지, 용재에게서는 특히 더 오래 머물렀다. 빙 둘러본 사람들 사이에서 수연을 확인하자 혼자 중얼거렸다.

"이 애를 지켰다니…. 내가 세상에 태어나서 뭘 하고 살았나 싶더니…."

다시 눈길을 돌린 양지는 표정으로 용재를 찾아 수연이와 손을 맞잡혀주었다. 두 아이가 마주보고 웃으며 고개를 돌리자 양지의 얼굴에도 옅은 미소가 어렸다.

"자, 너무 오래 있으면 환자한테 안 좋으니까, 수연이만 여기 있고 모두 밖으로 나가자."

고종오빠가 양지 옆에 있는 사람들을 격리시키자 방안에는 정적이 내려앉았다.

"언니야, 입술에 물기라도 좀 발라줄까?"

적신 수건을 들고 호남이 다가오자 양지는 너무 낮아서 들리지 않는 음성에다 한 호흡 한 호흡 있는 힘을 다 모았다.

"나, 거기… 좀…. 데려다… 주라."

"거기, 어디?"

양지가 얼굴을 찡그리자 호남이 단박 알아차렸다. 양지가 자맥질하듯 생사를 넘나드는 동안 호남은 오열하며 목메게 외쳐댔다. 언니 니가 살아나면 열 일 제쳐놓고 언니 니가 원하는 일부터 먼저 시작하자. 약속할

게, 이렇게 손가락 걸자. 자, 도장도 찍고 복사도 하자.

"아아 알겠다. 그렇지만 이 몸으로 거기는 무리다. 이제 정신도 들었으니 조금 더 회복되면 내가 꼭 데리고 갈게, 약속할게."

양지는 떼쓰듯이 강하게 얼굴을 찡그렸다. 그러나 호남은 신중한 음성으로 또렷이 반대를 했다.

"깍쟁이. 이런 식으로 내 투자금을 받아내다니. 하지만 됐어. 거기는. 이제 언니의 꿈밭이 됐으니까. 몸이나 회복하면 가도 돼. 앞으로 설계도도 그리고 본격적으로 할일이 좀 많나. 어서 몸 회복될 궁리나 하시지."

완강한 호남의 기색을 보고 절망의 빛을 보이던 양지는 혼신의 힘을 끌어 모아 뜻 전달을 위한 신음을 다시 흘려냈다

"거기… 갔다오면… 힘…이 나알… 것 같아. 부탁 좀… 꼭… 들어주라."

남자처럼 단호한 성격의 호남이다.

"그래 좋다. 꼭 그렇다면 못 갈 것도 없지."

병이 나을 것 같다는 환자의 부탁인데 더 거절할 이유도 없잖은가.

의료진이 응급장치를 갖추어주자 호남은 대기시켜놓은 차에다 양지를 옮겨태운 뒤 세 자매가 같이 살 전원주택을 짓겠다며 터 잡아놓은 곳으로 향했다. 들 가운데로 난 좁은 길을 가로질러 최대한 가까운 위치에다 차를 세웠다.

"언니야, 언니가 원하는, 아니 우리들 모두 같이할 보육원부터 먼저 짓도록 약속했지? 알았지? 언니는 내 성질 알재? 한번 한 약속은 죽어도 지킬 거다. 그게 내 장기 아이가. 약속은 꼭 지킬 거니까 언니만 일어나면 된다. 언니야, 눈뜨고 저기를 봐라. 아파트 짓는다고 벌써 측량하고 야

단이다. 우리도 어서 공사 시작할라모 언니가 원하는 건물 배치도도 구상해야 될 거 아이가. 어서 눈을 떠서 봐야지."

양지에게 힘을 불어넣는 뜻으로 호남은 열심히 말을 붙였지만 양지는 눈을 뜨지 못했다. 스치는 바람결에 솜털이 움직여도 아무런 기색이 없다. 멀리로 바라보이는 자신의 땅둘레와 언니를 번갈아보며 호남이 중얼거렸다.

"속 시원하게 약속이라도 얼른 해줄 걸. 이리 될 줄 누가 알았나."

호남은 양지의 앙상한 손을 굳게 잡은 채 뜨거운 입술을 눌렀다. 양지의 메마른 손등이 온통 눈물로 젖었다.

"제발 살아나기만 해라. 약속 안 하다나. 약속! 약속!"

호남이 아무리 진정어린 언약을 외쳤지만 양지는 반응이 없다. 하지만 양지는 자신이 도착한 곳이 어디인지 알고 있었다. 감은 눈 속으로 전원의 풍경은 더 환하고 또렷이 잘 보였다. 움직이지 못하는 몸 대신 마음의 동작은 훨씬 더 가볍고 자유스러웠다. 어서 깨어나면 언니하고의 약속부터 지킨다고 언약했으니 여장부인 호남의 말은 믿어도 된다. 바람을 탄 배가 순항을 하듯 사업운도 좋으니 자기가 한 약속도 잘 지킬 사람이다. 그러나 이 지점이 어디로 통하는 곳인지 인지하는 순간 우련히 성남 언니에 대한 아쉬움과 미안함이 찌르르 심장을 감돌았다.

'언니야, 미안해. 열심히 살아서 언니가 좋아할 일을 다 실천하고 싶었는데 마음대로 안 됐어. 아무리 힘을 주어도 눈이 안 떠져. 말을 하고 싶어도 입술이 맷돌짝같이 무겁고 준비한 말은 모두 목구멍으로 넘어가 버리네.'

중얼거리는 양지의 망막 속으로 너울처럼 가벼운 옷을 하늘거리며 새처럼 날아오는 누군가가 있었다. 그토록 그리며 영혼 속에 간직하고 있던 언니, 성남이었다. 양지는 금방 어린 시절처럼 언니를 향해 볼멘소리를 했다.

"언니야 인간은, 아니 여자는 왜 이렇게 모순투성일까. 아니 내가 생각해도 여자는 요사한 꾀주머니를 차고 있는 것 같애. 살다보니 아, 그래서 그랬구나 이제야 조금씩 이해하고 있는데 여기서 끝나다니 너무 안타까워. 새삼스럽게 아버지 인생도 너무 불쌍하고. 진주정신, 진주정신 하는 오빠를 도와서 나도 한번 잘해보고 싶었는데…. 결국 돌고 돌아서 시원으로 돌아오는 걸, 나는 인생 선배들의 체험을 무시한 채 너무 많이 헤매었어."

"그건 너만 그런 게 아니야. 나름대로 피 터지는 노력을 하지. 결국 죽을 것이라고 아무것도 안 하는 사람이 어디 있어. 긴 장마가 비 오다 바람 불다 지나가면 햇살 좋은 갠 날이 오듯이 반드시 좋은 날이 올 거야. 내 눈으로 본 세상은 이미 흐름이 달라지고 있어. 우리 쾌남이가 장담하는 말도 있듯이, 반드시 여자들이 능력 발휘하는 시대의 바람이 불게 되어 있다."

"언니가 그걸 어떻게 알아?"

성남 언니가 씨익 웃으며 귀애하던 어릴 때처럼 쾌남의 두 볼을 살짝 건드렸다.

"귀신이 그것도 모를까?"

"참 그렇구나!"

순간 양지의 얼굴에는 안도의 빛이 드리워졌다. 전지전능한 신격에 대한 신뢰의 표정이었다. 문제도 아닌 사소한 다툼은 늘 병적으로 자매들을 긴장시키며 반목하게 만들었고 자매이기에 그 갈등의 뿌리는 더 단단하게 얽혀서 공존했다. 친자매들이 휘두른 칼부림에 그중 하나가 죽는 슬프고 부끄러운 사건을 두고 사람들은 무성하게 허튼 소문도 지어낼 것이다. 속박시대와 결핍된 애정이 부른 당연한 말로에 대한 결론은 어떻게 내릴까. 사람이 괴물로 변하는 데는 환경의 영향이 절대적이며 사람은 사람으로 인해 병들고 사람으로 인해 치유 받는다. 양지는 자신이 왜 그토록 보육원 설립을 원했던지, 호남의 약속을 믿기 때문에 이제는 홀가분했다.

"언니야, 이제 와서 생각하니 그토록 열심히 살았던 내 인생이 결국 남의 흉내만 내다 종결짓는 것 같아. 영원히 지킬 수 있는 것도 없는데 그렇게 돌려서 생각하면 아버지도 너무 불쌍해."

"그런 생각은 나만 한 줄 알았더니 너도 그런 생각을 하는구나. 하여튼 쾌남아, 그동안 애 많이 썼다. 네가 못다 한 일은 남아 있는 사람들이 다 알아서 할 거야. 우리는 이제 그들이 마음먹는 대로 무엇이든 잘되게 힘이나 팍팍 보내면 돼. 누구에게나 한계는 있게 마련이니까 더 이상 애태우지 말고 편안한 마음으로 내 손을 잡아라."

"그럴까, 언니?"

양지가 성남의 손을 잡자 바람처럼 가볍게 몸이 날아올랐다.

그때 옆에서 움직일 줄 모르는 양지를 지켜보고 있던 수연이 암울한 이 분위기를 타파할 무슨 자극적인 표상이라도 발견한 듯, 냇물 옆 한 곳을 가리키며 새된 소리를 질렀다.

"이모, 저기 갈대밭에서 뭐가 기어나오고 있어요!"

정말 수연이 가리킨 갈대 숲 속에서 살아 있는 물체 하나가 빽빽한 갈대 사이를 힘들게 비집으며 기어나오고 있었다. 수연은 자꾸 이모를 불렀지만 양지는 아무리 깨워도 눈을 뜨지 않았다. 이때 같은 곳을 보고 있던 호남이 냇가에서 꿈틀거리는 그 물체를 건져올렸다.

"이모, 고양이에요, 얼룩 고양이!"

살아 있는 생명체를 발견한 환희로 수연은 다시 양지를 보고 소리쳤지만 양지는 역시 아무런 반응도 보이지 않았다.

"얼마나 오래 먼 길을 헤매다녔는지…."

수연이와 마주앉은 호남은 남루하고 기진맥진한 얼룩고양이를 개울물로 헹구기 시작했다.

* * *

10년 후 보육원은 설립 간판을 달게 되었다.

"저는 참 돈을 좋아하는 사업가입니다. 세상은 이제 여성들의 능력이 위축되지 않고 원만하게 뻗어나갈 수 있는 열린 세상으로 바뀌고 있는데, 그와 더불어 인간이 병드는 이런 사업이 잘 되는 것은 절대 바람직한 현상이 아닙니다. 나 하나의 잘못된 판단이 곧 나의 이세 삼세의 비극으로 연결된다는 사실을 명심해야 될 현상이겠지요. 여기 오신 여성분들을 비롯하여 우리 모두가 굴절된 인식을 잘 풀어나가지 않으면 우리의 후세들이 영적인 기형아로까지 내몰리게 되는 세상이 안온다고 누가 장담할 수 있습니까. 호미로 막을 일 가래로 막는 투미한 짓은 돈만 날리는 것이 아니라 인간세상도 망하는 지름길이라 이 말입니다."

조각난 가정의 파편처럼 원아들이 늘어나자 설립자, 호남 이모는 가슴에 새긴 양지 이모의 뜻을 절절하게 되새기면서 개원 1주년 인사를 그렇게 했다. 선조들의 무덤 위에서 후손들은 만대로 이어지는 춤을 추며 노래한다는 어느 시인의 말이 상기되는 일들은 연이어 현현되었다. 장현동 회장님 역시 자신이 주축이 되어 결성한 '형평운동선양회'를 이끌며 연전에는 형평기념탑도 건립을 했고, 진주는 진주답게 거듭나는 기본 요건인 '진주정신'을 꾸준히 일깨워나가는데 일조하는 의미로 자신의 수입원 모두를 사회운동에 쾌척할 뜻을 내비치기도 했다.

기나긴 펜을 놓으면서, 나 수연은 비록 불편한 장애를 가졌으나 내 신분이 쓰임새 많은 여성인 것에 대한 크나큰 자부심을 갖는다. 그러나 명심할 부분의 좌우명을 나의 이모들, 아니 우리의 많은 선배 여성 자매들의 경우를 본보기 삼으려 한다. 우리의 여성사는 분명 병든 뿌리를 가지고 있는 과일 나무와 같다. 하지만 이제는 사회제도적 모순으로 인해 위축되어야만 했던 시대를 넘어 남녀평등 문화의 훈풍이 돌고 있음으로 여성들의 신음으로 축조되었던 그 야만적 세태는 새롭게 펼쳐질 것이다. 그러나 불우한 의식의 장옷을 활활 벗어던진 여성들이 지식과 용기를 거룩하고 슬기롭게 잘 활용하지 못하면 우리가 원하는 세상은 더 어려운 국면으로 뒤꼬일지 모른다는 점을 잊지 말아야 한다.

<끝>

복잡미묘한 여성의 본색으로 쓴 여성의 역사

백두산만 산이냐. 우리 동네 앞산도 산이다.

그런 심정으로 무명의 길이나마 묵묵히, 열심히 걸었다.

『갈밭을 헤맨 고양이들』은 20여 년 전에 썼던 「언니」라는 제목의 단편 소설인데 공교롭게도 내 인생의 심화과정에 겹쳐 동행하면서 4,000여 장의 장편소설로 거듭나게 되었다. 긴 세월 동안 한 작품을 오리고 덧대고 다듬는 작업은 사실 참 지난한 작업이었다. 그러나 숲속에 갇힌 것처럼 답답한 장거리 길을 동행하는 동안 다행히도 운이 좋아 대량의 열매를 받은 셈이다. 그리고 이 작품 속을 관류하는 동안 작품 속 인물이나 사회환경에 대한 이해의 폭과 깊이는 물론 각도에 따른 관점 또한 그래프처럼 내 인간적인 성숙도를 높이는 데 많은 도움을 받았음도 빠뜨릴 수 없는 고백이다.

그동안 여자로서의 역할에 따른 굴레에 저항한 것도 사실이며 잠시 절필 지경을 헤매기도 했다. 하지만 깊이 들여다볼수록 거룩한 모성에 힘입어서 과대포장 되었을지 모르는 복잡미묘한 심리로 구성되어 있는 여성의 본색을 발견했고, 이와 연결된 충돌로 드러난, 나와 같은 여성들의 역사를 보면서 얻은 과외의 큰 수확이 있다면 관조나 관망의 긍정적 사고로 일상을 대할 수 있는 안목이 생긴 터일 것이다.

여성이 가진 수많은 능력을 바로 읽지 못한 채, 핍진한 사랑과 관심의 결과가 빚은 불행했던 시대는 어느덧 지나갔다. 그러나 각종 시험에서 여성우위론이 나올 정도로 남녀평등의 기회가 온 듯하지만 새로운 양상의 몸살은 계속되고 있다. 어머니 시대의 인내와 딸들의 다양한 지식이 잘 버무려진 성찬이 되어 가족과 사회를 배부르게 했으면 얼마나 좋을까. 너와 나 손뼉 치면서 함께 웃는 세상은 우리 모두의 지향점이기에 말이다.

어릴 때 내가 자란 마을은 시골이어서 멀고 먼 비포장도로를 십 리 길이나 걸어 학교로 가야 했다. 일가친척으로 구성된 마을이었지만 성큼성큼 보폭이 큰 언니들을 따라가기에 친언니도 없는 맏이였던 나의 등굣길은 언제나 고난의 행군이었다. 황새를 따라가는 뱁새처럼 종종걸음을 치다보면 자갈투성이 도로에 엎어지기도 하는데 다친 무릎에서 흐르는 피를 닦을 겨를도 없이 절름거리면서 따라 뛸 수밖에 없었다. 그런 어느 날, 나 역시 예상 못했던, 지금도 왜였는지 모르게 아리송한 말이 내 입에서 튀어나왔다. 어젯밤에 재미있는 꿈을 꾸었는데 이야기해줄까? 별스러운 기대를 품고 했던 말도 아닌데 언니들은 의외의 반응을 보이며 내 이야기를 듣기 위해 나와 같은 보폭을 만들며 어깨동무를 해주었다. 신이 난 내 음성은 먼 먼 등굣길이 지루하지 않고 재미있게 꿈 이야기를 풀어나갔다. 진짜로 꾸었던 꿈은 그날로 동났지만 그 후 몇 날 동안 나는 어린 셰에라자드가 되어 지어낸 꿈 이야기로 언니들의 보호를 받았다.

어느덧, 먹은 나이가 가당찮음을 실감하면서 자신을 성찰해볼 때면, 그 많은 설법을 남겼으면서도 '나는 아무 말도 하지 않았다'고 했다는 부처님 말씀이 떠오른다. 대성대각도 아닌 내가 쓴 글이나 말은 얼마나 허풍스럽고 필요 없는 감언이설로 넘쳐났을까 부끄러움도 생겼다. 어떤 삶을 살아야 하는지에 대한 가치관의 명료함도 없이 선배들의 그림자에 끄달려서 흉내내기만 한 듯한 것이 무척 아쉽다.

가사를 책임진 아내와 어미의 여력으로 다른 분야에 비해 긴 시간이 소요되는 소설을 쓰는 일은 참 어렵다. 그러나 소설 창작의 심해로 나를 이끌기 위해 내 인생 초기의 흐름은 그처럼 협소하고 굴곡졌으며 거칠기까지 했던가. 이 역시 부엉이 집처럼 가득 차야 하는 작가의 곳간을 충분히 채워준 과정이었음을 이해하게 되었다. 소설이 어떤 것인지 조금 보인다고나 할까.

아직도 내 곳간은 빽빽한데, 느낌 좋은 작품 인연을 계속 만났으면 좋겠다.

덧.

나의 남자, 목원 김태호 씨에게,

착한 '사미'처럼 평생 나를 지켜준 당신. 이 작품이 신문에 연재되는 동안 하루도 빠짐없이 스크랩한 묵직한 관심까지 선물해주셨지요. 서로를 서로의 작품이라 상정해놓고 동반하는 동안 당신의 순도 높은 사포질에 힘입은 결과임을 어찌 인정하지 않으리요.

그 아버지의 자녀들답게 아들 딸 삼남매와 사위의 배려까지 힘입어서 이 작품이 묶여 나왔음을 보고합니다. 이 모두 당신의 뜻이 발현된 현상이라 믿습니다. 고맙고 고맙습니다. 마하반야바라밀.

2019년 8월

박주원

박주원 장편소설

갈밭을 헤맨 고양이들
제4권 새로 열리는 길

지은이_ 박주원
펴낸이_ 조현석
펴낸곳_ 북인
디자인_ 푸른영토

1판 1쇄_ 2019년 09월 21일
출판등록번호_ 313 - 2004 - 000111
주소_ 121 - 842 서울 마포구 서교동 467 - 4, 301호
전화_ 02 - 323 - 7767
팩스_ 02 - 323 - 7845

ISBN 979 - 11 - 87413 - 54 - 7   03810
ⓒ 박주원, 2019

이 도서의 국립중앙도서관 출판예정도서목록(CIP)은 서지정보유통지원시스템 홈페이지
(http://seoji.nl.go.kr)와 국가자료종합목록시스템(http://www.nl.go.kr/kolisnet)에서
이용하실 수 있습니다. (CIP제어번호 : CIP2019035018)

이 책은 경남문화예술진흥원의 문화예술지원금을 보조받아 발간되었습니다.